おばあちゃんが
教えてくれた
とても、とても、
大事なこと

吉井 鈴
Yoshii Rin

「悩みなんて尽きないもの」
「クヨクヨするだけ損よ」

そんなおばあちゃんの
前向きで、まっすぐな生き方が
私は大好きでした。

# おばあちゃんが教えてくれた とても、とても、大事なこと

吉井 鈴

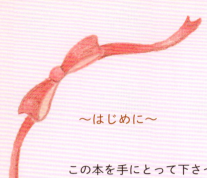

～はじめに～

この本を手にとって下さっているみなさま、
ありがとうございます。

おばあちゃんにずっと愛されながら、
そして今でもおばあちゃんを愛してやまない孫が
書き綴ってきたものです。

おじいちゃんを若くして亡くし、
一人で前へと進むしかなかった現実の中で、
孤独と不安を抱えながら、
精一杯生きてきたおばあちゃん。

「そもそもこの世の中、
"当たり前"なんて何ひとつないよ。」と、
いつも言っていました。

きっとみんなの前では笑顔で、泣く時は一人で……
そんな日々を過ごしてきたのだと思います。

5人の子供たちを育てながら、
強くたくましく生きてきたおばあちゃんが、
孫の私に教えてくれた
とても、とても、大事なこと……

私がしっかり人生を歩んでいけるようにと、
いろんなことを教えてくれました。
そんなおばあちゃんの愛と、
やさしさあふれる言葉が、
今でも私を支えてくれています。

心が疲れてしまうことが多い今日この頃、
読んでくださるみなさまの心が少しでも和み、
ホッとしていただけるのなら……幸せです。

吉井　鈴

はじめに　4

大 ……8
一言 ……10
耳が痛いこと ……12
何事も過ぎたら…… 14

おばあちゃんという人 ……16

過去 ……18
涙の粒 ……20
人を想える人 ……22
注ぐ ……24

窓から二人で見た桜 ……26

空と同じ色 ……28
基本的なもの ……30
ありがとう ……32
ごめんなさい ……34

おじいちゃん ……36

思い出すだけで ……38
作り笑い ……40
人に言うと書いて"伝える" ……42
"ありがとう"という忘れ物 ……44
何気ない会話 ……46
甘え ……48

「わたしのおばあちゃん」 ……50

両想い ……70
道しるべ ……72
涙は、流していいもの ……74
スッと ……76

ずっとずっと…… ……78

おばあちゃんの教え ～"目"編～ ……80
おばあちゃんの教え ～"気"編～ ……82
凸凹道 ……84
心と頭と目 ……86

おばあちゃんが母に…… ……88

おわりに 92

大

大切、大事、大好き……
大切なものには、「大」の字がつくね。

大切なものほど、見えない所に隠れている。

だから、見逃さないように、
見過ごさないようにしなければいけない。

## 一言

一言って、"一つの言葉"と書くけど、
勇気を出して言えたなら
大きなものへと変わり、人の心へと届く。

一言が言えるだけで、得をすることがある。

一言が言えなくて、損をしてしまうこともある。

「言える、言えないで、大ちがいよ」と、
いつもおばあちゃんが言っていた。

耳が痛いこと

耳が痛いことを言ってくれる人にこそ
耳を傾けてね。

その人は、
本当のことを言ってくれる人だから……
本当に大切に思ってくれている人だから……

だからちゃんと聞いてね。

何事も過ぎたら……

言い過ぎたら、ケンカになる。

食べ過ぎたら、お腹が痛くなる。

がんばり過ぎてもしんどくなる。

さぼってみたり、手抜きしてしまったら、
後でしんどくなる。

道を行き過ぎると、戻らないといけなくなる。

可愛いからと甘やかし過ぎたら、
あとで困ることになる……

おばあちゃんがいつも言っていた。

「お湯加減みたいに

　熱すぎず、ぬるすぎずね」と。

### おばあちゃんという人

誰も言ってくれないようなことを
数えきれないほどの言葉にして
私に伝えてくれた人

心いっぱいの想い出を作ってくれた人

色んな所へ連れて行ってくれた人

私が約束を守れなくても
必ず約束を守ってくれた人

愛される喜びを教えてくれた人

愛することをやめなかった人

どんな時もやさしく見つめてくれた人

いつも私の手を離さなかった人

時には、雷よりもこわい雷を落としてくれた人

愛とは、こういうものだと与え続けてくれた人

その人が……
"おばあちゃん"でした。

過去

過ぎ去った日のことを"過去"と呼ぶ。
その時間は、二度と帰ってはこない。

でも過ぎ去るということは、
一緒に過ごした時間があるということでもある。

その過ぎ去りし日々や時間のことを
"想い出"と呼ぶのだろう。

## 涙の粒

涙の粒をじっと見つめていた。
しばらくすると、粒が消え、
やがて乾いていった。

悲しみもこんなふうに
時間が乾かしてくれる時がきっと来る。

いつか、必ず……

## 人を想える人

笑顔から泣き顔に変わると悲しいけど、
泣き顔から笑顔になると嬉しい。

大切な人の涙は、見たくない。
悲しみの涙は、流してほしくない。
できるだけ笑っていてほしい。

おばあちゃんみたいに
いつも"人を想う人"でいたい。

## 注ぐ

「愛を注ぐ時は、そっとね。
　お湯を注ぐ時もゆっくり注がないと
　やけどするでしょう。
　愛もゆっくり、
　やさしく注いであげるといいよ。」

おばあちゃんのやさしさが心に沁みるのは、
そっと愛を注いでくれるからなのね。

こぼれないように、こぼさないように……

## 窓から二人で見た桜

桜の咲く頃になると、より強く深く
おばあちゃんのことを想う。

おばあちゃんが入院していた時、
病院の窓から、おばあちゃんと一緒に見た桜。

桜がきれいだと笑うおばあちゃんの顔が
愛しすぎて、思わず抱きしめたくなった
ことを思い出す。

今でも力強く咲いてるかな……
桜は美しくて可憐な花だけど、
儚い花でもあるのだと教えてくれた。

たくさんの人達を笑顔にしてくれる花

春の訪れを知らせてくれる花

下を向いてばかりいた顔を
空へと導いてくれる花

そして……

おばあちゃんの愛が今でもずっと

変わらないものだと気づかせてくれる花

## 空と同じ色

気分がすぐれない時は、
「今日は、ブルーな日」って言うけれど……

そんな時おばあちゃんは、こう言う。
「ブルーだったら、
　青空と同じ色だからいいやん」

おばあちゃんの感じ方や考え方に触れると、
私はいつの間にか元気になってる。

ブルーな気持ちが青空へと
消えてった。

## 基本的なもの

大切な人を大切にする。
大事なものを大事にする。
やるべきことをやる。

それが一番大切なことで、
とても必要なものではないか、と思う。

「当たり前のことなど、何ひとつないよ」

おばあちゃんの一言ひとことには、
一つじゃない想いが込められている。
だから今もずっと、
心に残っているのだと思う。

ありがとう

ありがとうは2回言うように、
といつも言われていた。

「1回目は、有り難く思えたその時に、
　2回目はもう一度会った時に
　すぐに言うんだよ」と……

ごめんなさい

"ごめんなさい" は、
早く言わなきゃダメよ…と

「時間が経てば経つほど、
　言いにくくなるからね」

言いにくい事を素直に言えるってことは、
自分を救うことにもなるから…と

ごめんなさいが言えないひと、増えている。
私は言える人でいたい。

おばあちゃんのように。

おじいちゃん

おじいちゃんは、
若くしてこの世を去ってしまいました。
私は、おじいちゃんに一度も会えませんでした。

でもおばあちゃんは、おじいちゃんの話を
たくさんしてくれました。
その話を聞いているうちに、
おじいちゃんのことも
大好きになりました。

どんな時もおじいちゃんを
大切にしていたおばあちゃんを見ていて、
"人を大切に思うことは、こういうことなんだ"
と学んだような気がします。

おじいちゃん、ひと目でもいいから……
逢いたかったです。

　思い出すだけで

思い出すだけで悲しくなる悲しみは、
心の中で砕いて、涙にして流してしまおう。

思い出すだけで笑顔になる想い出たちは、
いつまでもずっと忘れずに、
心の中で大切に温め続けよう。

思い出すだけで心がほっこりするような、
おばあちゃんと交わした言葉の数々は、
今日の私に、明日からの私に、
力とやさしさをそっとくれる。

そして……
強く前へと進む勇気を与えてくれる。

作り笑い

悩んだり、元気が出ない時、
おばあちゃんに心配かけたくないと、
無理して笑っていた。

すると、おばあちゃんがすぐに

「おばあちゃんには、
　作り笑いなんてしなくていいの。

　笑顔は作るものじゃなく、自然になるもの。
　作り笑いは無理してる証拠よ。」と言った。

おばあちゃんには、
隠し事はできないね。

やさしさに満ちあふれた
おばあちゃんの笑顔に、
私は、心から笑顔になれた。

## 人に言うと書いて"伝える"

おばあちゃんに
伝えることの大切さと必要さを教わり、
私は伝えることで、伝わった時の喜びを
感じることができた。

想いが伝われば、
伝えた人が喜んでくれるだけでなく、
自分自身もうれしくなる。

おばあちゃんと私は、
伝えることがどれだけ大切なことなのかを
互いを"想うこと"で確かめ合えた。

「人に言うと書いて、"伝える"だから、
　自分の思いは、ちゃんと伝えてね。
　伝えることから始まるんだよ」

おばあちゃんが大切にしていた
"伝える"ということを
私も大切にしていきたい。

# "ありがとう"という忘れ物

ありがたいと感じる時、
あの時は、ありがたかったと思い出す時、
誰もしてくれないようなことを、
誰かがしてくれた時……

どんな忘れ"物"をしたとしても、
"ありがとう"を言う忘れ物をしてはダメと
おばあちゃんが言っていた。

## 何気ない会話

日常の何気ない会話にこそ、
愛がいっぱい含まれているのかも……

「おばあちゃん、元気？」
「おばあちゃん、足は大丈夫？」
「おばあちゃん、風邪ひかないでね。」

そんな会話が、
何よりも一番温かくて、
心に届くのかもしれない。

甘え


甘いものを食べ過ぎると太ってしまうように、
人に甘えてばかりいると、
"心が太ってしまうからダメ"だと
おばあちゃんが言っていた。

「甘えてばかりいたら、甘えた分だけ
　後で自分が困るだけよ。
　時には甘えてもいいけど、ずっとはダメ。」

甘えていい事とダメな事がある。

そんなおばあちゃんが人に甘えている姿を
私は見たことがありませんでした。

"おばあちゃんは強い人"だと、
誰もがそう思っていました。
たしかにおばあちゃんは、強い人でした。

でも本当は、寂しがり屋で涙もろくて……
そんなおばあちゃんの
本当の姿を知っていた人は、
どのぐらいいたのでしょう……

"おばあちゃんは強い人"
という目でしか見ていなければ、
おばあちゃんの本心や弱さには気づけない。

人に強いと思われている人ほど、
本当は弱かったりする……
きっとおばあちゃんは、いつしか弱い所を
誰にも見せられなくなってしまって、
強くならざるをえなかったのよね。

ひいおじいちゃんとひいおばあちゃんだけが
本当のおばあちゃんを
知っているのかもしれません。

おばあちゃんって……

自分にしてもらったことを
決して忘れない人でした。

でも、
おばあちゃんが誰かにしてあげたことは、
覚えていないような……
そんな人でした。

「誰かに何かをしてもらったことは、
　絶対に忘れたらダメ」
と、いつも言っていました。

感謝の気持ちをこれからも
自分の言葉でちゃんと伝えていきますね。

ありがとう、おばあちゃん。

おばあちゃんが笑うと私も笑う。
私が笑うとおばあちゃんも笑う。

おばあちゃんの笑顔が
いつも私を笑顔にしてくれました。

そして、おばあちゃんも、
私といると笑顔になれると言ってくれたね。

わたしのおばあちゃん

「笑顔には、言葉がいらないから、
　たとえ知らない人でも、外国の人にも通じるよ。
　だから笑顔には笑顔で返し、
　そしてニコニコ顔を大切にね」と……

おばあちゃんは、
いつも笑顔を絶やさない人でした。

妹とケンカした時、おばあちゃんは言いました。

「おばあちゃんは、早くにお姉ちゃんを
　亡くしたからケンカする事もできないよ。
　だから、姉妹仲良くしてほしいの。」

その言葉で、ケンカはストップ。

またケンカが始まった時も、
おばあちゃんの言葉を思い出してストップ。

わたしのおばあちゃん

妹もおばあちゃんが大好きだから、
ケンカしても続かない。

おばあちゃんの言葉は、姉妹ゲンカも
止めるほどのパワーがありました。

「贈り物は、送り物にならないように
　気をつけてね。
　心を込めて贈ってこそ、心も一緒に届くもの。
　贈り物とは、そういうものだよ。」

おばあちゃんは
いつもそう言ってたね。

おばあちゃんからの贈り物は、
包装紙にも、おばあちゃんの気持ちが
込もっていたように思います。

今までたくさんの贈り物をありがとう。

わたしのおばあちゃん

私は、私が知らないおばあちゃんの話を
聞くのがとても好きです。

「いつも親切にしてもらいましたよ」
「困ってる時そっと助けてもらいました」

私と離れている時も、いろんな人達に
分け隔てなくやさしく接していた
おばあちゃんの姿が目に浮かぶ……

そして、おばあちゃんが
人を気遣う、
心優しい人だと確信できるのです。

おばあちゃんの家から帰る時、

いつも駐車場まで送ってくれる
おばあちゃん。

「また来るね」と手を振って、
後ろを振り返ると、
おばあちゃんの"後ろ姿"が見える……

叔父や叔母たちはまだこちらを見てるのに、
おばあちゃんだけが後ろ姿……

帰り際だけは、私と目を合わせない
おばあちゃんの目には、うっすらと涙が
浮かんでいました……

帰る時の「またね」の時が一番イヤだと
言ってたね。

私もあの瞬間が一番寂しかった。
おばあちゃんと離れたくないから……

おばあちゃんの後ろ姿が見えなくなるまで
私はずっと見ていました。

子どもの頃から大好きだったおばあちゃん。

大人になった今でも
"大好き"は、変わらない。

おばあちゃんと過ごす日々の中で、
感謝や尊敬の気持ちも芽生えてきて、

おばあちゃんへの"大好き"という気持ちが
"愛"へと変わっていきました。

大人になってからもこんなに
おばあちゃんのことが"大好き"なのは、
おばあちゃんが私にくれた愛が
「本物」だったからなのね。

どんなに時が流れても、
私の心から消えることのない愛です。

おばあちゃんと手をつないで歩いてた子どもの頃、
車が横切った時には、おばあちゃんは
私の手を力強く、ぎゅっと握る。
車が通り過ぎると少しゆるくなる。

おばあちゃんの手の力加減で、
危なさを知り、愛の深さも知る。

そして私は、優しさに気づく……

大切に思われているという安心感に
包まれた私は、幸せを知りました。

わたしのおばあちゃん

おばあちゃん

いつもやさしくしてくれてありがとう。
大切に想ってくれてありがとう。
大事なことを教えてくれてありがとう。
時には叱ってくれてありがとう。
ちゃんと褒めてくれてありがとう。
どんな時も変わらぬ愛で包んでくれて
本当にありがとう。

そして、
今も私を守ってくれて、本当にありがとう。

わたしのおばあちゃん

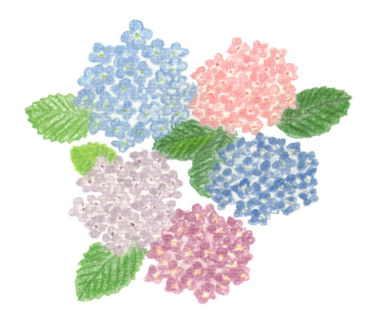

両想い

お互いがお互いを大切に想うことを
"両想い"だとおばあちゃんは言っていた。

一人だけが想っていても片思い。
バランスが悪いよって…

"人を大切に思える気持ち
　大切に思う人がいることが
　どれだけ幸せなことなのか……"

おばあちゃんと私が
両想いでいられた事に感謝。

## 道しるべ

おばあちゃんが教えてくれることを
素直に聞いて実行すると、
不思議なほどに良い方向へと進んでいった。

逆におばあちゃんがダメだということは、
本当にダメだった。

私が迷い悩んでいる時、
「こっちよ」と手を差しのべながら、
私を道案内してくれたおばあちゃん。

私の歩んできた"道"には、どんな時も
おばあちゃんの言葉と教えがあった。

涙は、流していいもの

泣きたい時に泣けない方が
心の中でくすぶっている苦しみが
二重三重になってしまうから、
涙が止まるまで泣けばいい。
気がつけば、きっと笑顔になってるよ。

"涙はガマンするものじゃなく、流していいもの"
おばあちゃんはそう言った。

「泣きたい時は泣いていいんだ」

　おばあちゃんの励ましに、
　私は涙が止まらなかった。

スッと

「ありがとう」と「ごめんなさい」を
"スッと"言える人になってね。

言えそうで言えない言葉だからこそ、
タイミングを逃したらダメ。

この二つが"スッと"言える人は、
素直な心の持ち主だと思ってもらえるよ。

*ずっとずっと……*

おばあちゃんの素顔を
おばあちゃんの本音を

見たり聞いたりした人って、
少ないのかもしれない。

おばあちゃんの笑顔を見ることがあっても、
涙を見たことがある人は、
案外少ないのかもしれない。

おばあちゃんに
「私の前では無理しないでね」と言った時、
ただただ黙って、私を見つめてくれた……

おばあちゃんはそんな言葉を、
ずっと待っていたのかもしれない。

ずっと言ってほしかったのだと、
見つめてくれたまなざしで感じました。

祖母と孫って、
素顔や本音を言い合えたり、見せ合える……
"特別な関係"なのかもしれません。

おばあちゃんの教え　～"目"編～

"目が早い"
早く気がつき、気が回る人に。

"目を留める"
人の気持ちや痛みのわかる人に。

"目を止める"
困っている人がいたら、
立ち止まって声をかけて。

"目を向ける"
ちょっとしたことにも気づける心を持って。

"目をそらさない"
イヤなこと、苦手なことから逃げないで。

## おばあちゃんの教え　〜"気"編〜

"気遣い"
どんな時も忘れずにいてね。

"気配り"
さりげなく、そっとできる人に。

"気働き"
相手の気持ちを少しだけ先読みして、
気が利く人に。

"気持ち"
気の持ちようで、人は変われるもの。

一つでもたくさん気づくことが大事で、
小さなことにも気づける人になって。

## 凸凹道

平坦な道ばかり歩いていると、
凸凹道があるとすぐに転んでしまう。

だから常日頃から、
凸凹道に慣れておくことが大切。

凸凹道も飛び越えられるように
心身ともに鍛えておくと、
それが自分の強みになる。

おばあちゃんの歩いてきた道は、
きっと凸凹道が多かったのよね。

色んなことを乗り越えてきた
おばあちゃんの
言葉の一つひとつ、
聞き逃さぬように心に刻みたい。

心と頭と目

心には、抱えきれない程の愛とやさしさを

頭には、おばあちゃんが人生の中で身に
つけてきたという、たくさんの教えを

目には、おばあちゃんの愛しい笑顔を

しっかりと刻んで、忘れずにいます。

これからもずっと、ずっと……

おばあちゃんが母に……

「なんであの子は、私の事をこんなに
　思ってくれるのかな…」

おばあちゃんが母に、
不思議な顔をしながら言ったそうです。

その話を母から聞いた時、
私は、本当にうれしくてうれしくて……

私の気持ちが、私の想いが、
おばあちゃんにちゃんと
伝わっていたのだと感じました。

いつも心の中で思うことも大切。

そして、その想いを
言葉にして伝えることは

もっと大切だと知りました。

おばあちゃんは

"太陽"と一緒に、私に温もりを与えてくれた人
"風"と一緒に、やさしさを運んでくれた人
"雨"と一緒に、イヤなことを流してくれた人
"星"と一緒に、光を与えてくれる人

おばあちゃんが生きていた時も
天国へ行ってしまった今も
変わらない愛を本当にありがとう。

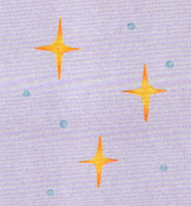

～おわりに～

私はいつもどんな時も、おばあちゃんと過ごしてきた日々が心の中にあり、やさしくかけてくれた言葉や想い、そして大きな愛情を与えてもらいました。

本書を手にとって下さったみなさまにも、それぞれのおばあちゃんへの思いがあるのではないでしょうか。

この本が生まれるきっかけは、最愛のおばあちゃんが病気で入院した時に、私が「今日は、元気そう！」「今日は、しんどそうで心配…」などと書き始めたことからでした。

最初は、スケジュール帳の片隅や仕事の資料の空白部分に書き留めていたのが……やがてノートに綴るようになり、それは何冊にも増えていきました。
そうしていつの日か「おばあちゃんへの想いを本に出来たらいいな」と思うようになったのです。

こんな私の思いは、出版社の皆さま、そしていつも周りで支えてくださるたくさんの皆さまのご尽力で、出版へと導いていただきました。心から感謝いたします。

最後に、本書を読んで下さいました皆さま、
本当にありがとうございました。

吉井　鈴

おばあちゃんと私の姿を、
母が描いてくれました。
おばあちゃんと共に過ごした
時間を想いながら……。

【著者紹介】

## 吉井 鈴　Rin Yoshii

兵庫県宝塚市出身。本職はコンサート・イベント企画制作。学生時代からLiveやお笑いが好きで、たくさんの人たちに夢や感動、そして笑顔を届けたくて今の仕事に就く。大のおばあちゃん子で、祖母の入院をきっかけに、おばあちゃんへの想いを綴りはじめる。

【staff】

| | |
|---|---|
| イラストレーション | 竹永絵里 |
| ブックデザイン | 藤田知子 |
| 編集 | 小泉宏美 |

おばあちゃんが教えてくれた
とても、とても、大事なこと

2019年11月20日　初版第1刷発行

著　者　　吉井 鈴
発行者　　廣瀬和二
発行所　　辰巳出版株式会社
　　　　　〒160-0022
　　　　　東京都新宿区新宿2-15-14 辰巳ビル
　　　　　電話 03-5360-8956（編集部）
　　　　　　　 03-5360-8064（販売部）
　　　　　http://www.TG-NET.co.jp

印刷・製本所　　図書印刷株式会社

本書へのご感想をお寄せください。また、内容に関するお問い合わせは、
お手紙、FAX（03-5360-8073）、メール（otayori@tatsumi-publishing.co.jp）にて
承ります。恐れ入りますが、お電話でのお問い合わせはご遠慮ください。

本書の一部、または全部を無断で複写、複製することは、著作権法上での例外を除き、
著作者、出版社の権利侵害となります。
落丁・乱丁本はお取り替えいたします。小社販売部までご連絡ください。

©Rin Yoshii 2019
Printed in Japan
ISBN 978-4-7778-2404-5 C0095

# 昭和モダン建築巡礼 完全版 1965-75

JAPANESE MODERN ARCHITECTURE 1965-75

磯達雄＝文　宮沢洋＝イラスト　日経アーキテクチュア編

## はじめに——15年続く連載の意図せぬ成果

本書は、日経アーキテクチュアの連載「建築巡礼」で掲載したリポート記事に、書き下ろしを加えてまとめたものである。既刊書籍「昭和モダン建築巡礼 西日本編」(2006年発刊)、「同 東日本編」(2008年発刊)に収録した記事をベースとして、未収録記事や新規のイラストを加えて竣工年順に再構成した。

「建築巡礼」の連載がスタートしたのは2005年1月。間もなく15年になろうとしている。

雑誌の長寿連載が生まれる条件は2つあると思う。1つは、当然ながら「読者の継続的な支持」があること。だが、人気があるだけでは10年以上も続かない。もう1つの重要なポイントは、「担当者が面白がっている」ということだ。この原稿を書いているのはイラスト担当の宮沢であるが、この企画が今も面白くて仕方がない。

本書で取り上げた建築は、東京五輪翌年の1965年から沖縄海洋博が開催された1975年までに国内に竣工した55件。今回、本書が発刊されたことで、明治維新からバブル崩壊までの主要な建築が「竣工年順」に4冊、ずらっと並ぶことになった。

① 「プレモダン建築巡礼 1868-1942」(2018年4月発刊)
② 「昭和モダン建築巡礼 完全版 1945-64」(2019年10月発刊)
③ 「昭和モダン建築巡礼 完全版 1965-75」(2019年12月発刊、本書)
④ 「ポストモダン建築巡礼 1975-95 第2版」(2019年11月発刊)

自分で言うのも何だが、数を重ねるというのはすごいことで、目の前にある面白いことを自分たちの勝手な解釈で書き続けていたら、いつの間にか我々なりの「近現代建築史」が出来上がってしまった。

本書を含む4冊を通して、今まで気付かなかった建築の美しさ、奥深さ、そして何よりも「楽しさ」を改めて感じていただければ幸いである。

2019年11月
宮沢洋[日経アーキテクチュア]

※本書で掲載した55の建築のうち34件は既刊の『昭和モダン建築巡礼 西日本編』『同 東日本編』『菊竹清訓巡礼』のいずれかに掲載している。本書では「昭和モダン建築」の流れを明確にするために、改めてそれらを掲載した。

Contents

002　はじめに

**特別対談** | Dialogue

006　橋爪紳也氏×磯達雄氏|
「2つの潮流」読んだ
黒川紀章の眼力
大阪万博を輝かせた日本の建築家＋
傑作パビリオン［前編］

206　橋爪紳也氏×磯達雄氏|
転機の丹下、
挫折で磨かれた磯崎
大阪万博を輝かせた日本の建築家＋
傑作パビリオン［後編］

300　あとがき
302　日経アーキテクチュア掲載号
303　著者プロフィル

※記事中の「RC造」は鉄筋コンクリート造、「S造」は鉄骨造、
「SRC造」は鉄骨鉄筋コンクリート造を示す

022　# 発展期 1965-1967

024　01 | **津山文化センター** |1965| 川島甲士建築設計研究所
　　　コンクリートの「第三の道」

030　02 | **大阪府総合青少年野外活動センター** |1965| 坂倉建築研究所大阪事務所
　　　キャンプ場の「camp」な屋根

036　03 | **桂カトリック教会** |1965| ジョージ・ナカシマ
　　　インドで考えたこと

042　04 | **大学セミナーハウス** |1965| 吉阪隆正+U研究室
　　　未来へと、ゆっくり進め

048　04 | **大学セミナーハウス本館** |1965| 吉阪隆正+U研究室——寄り道
　　　不思議な身体感覚

050　05 | **新発田カトリック教会** |1965| アントニン・レーモンド——寄り道
　　　チャーミングな窓飾り

052　06 | **カトリック宝塚教会** |1965| 村野・森建築事務所——寄り道
　　　心地よい裏切りの内観

054　07 | **都城市民会館** |1966| 菊竹清訓建築設計事務所
　　　「キメラ」としての建築

060　08 | **海のギャラリー** |1966| 林雅子（林・山田・中原設計同人）
　　　「対」へのこだわり

066　09 | **国立京都国際会館** |1966| 大谷幸夫
　　　うしろの正面だあれ？

072　10 | **愛知県立芸術大学** |1966| 吉村順三・奥村昭雄
　　　陸に上がった脊椎動物

078　11 | **長野県信濃美術館** |1966| 日建設計工務
　　　牛に引かれて……

084　12 | **山梨文化会館** |1966| 丹下健三・都市・建築設計研究所
　　　空間を呼び寄せる柱

090　13 | **古川市民会館**［現・大崎市民会館］|1966| 武基雄研究室
　　　空中のクレーター

096　14 | **パレスサイド・ビルディング** |1966| 日建設計工務
　　　円筒のシンクロナイズ

102　15 | **百十四ビル** |1966| 日建設計工務
　　　そびえ立つブロンズ

108　16 | **大分県立大分図書館**［現・アートプラザ］|1966| 磯崎新アトリエ——寄り道
　　　「ポーズ」としての拡張

110　17 | **佐渡グランドホテル** |1967| 菊竹清訓建築設計事務所
　　　明日にかける橋

116　18 | **寒河江市庁舎** |1967| 黒川紀章建築・都市設計事務所
　　　大きな傘の下で

122　19 | **岩手県営体育館** |1967| 日本大学小林美夫研究室
　　　健全なる意匠と構造

128　20 | **若人の広場** |1967| 丹下健三+都市・建築設計研究所
　　　石垣のメモリー

134 **絶頂期** 1968–1970

136 21 | **坂出人工土地** | 1968 | 大高正人
「人工」の上昇と下降

142 22 | **萩市民館** | 1968 | 菊竹清訓建築設計事務所
城下町に現れた「箱舟」

148 23 | **箕面観光ホテル** | 1968 | 坂倉準三建築研究所──寄り道
崖地に立つレジャーランド

150 24 | **霞が関ビルディング** | 1968 | 三井不動産、山下寿郎設計事務所
映し出された超高層

156 25 | **金沢工業大学** | 1969 | 大谷研究室［大谷幸夫］
内包された広場

162 26 | **栃木県議会棟庁舎** | 1969 | 大高建築設計事務所
プラモデルの時代

168 27 | **志摩観光ホテル本館**［ザ・クラシック］| 1969 | 村野・森建築事務所──寄り道
世界屈指の美しき塔屋

170 28 | **イサム・ノグチ庭園美術館** | 1969 | イサム・ノグチ＋山本忠司──寄り道
なにげない裏山も見どころ

172 29 | **那覇市民会館** | 1970 | 現代建築設計事務所
トロピカルアジアの片隅で

178 30 | **佐賀県立博物館** | 1970 | 第一工房＋内田祥哉
不可侵の十字架

184 31 | **稲沢市庁舎** | 1970 | 設計事務所ゲンプラン
頭上のマトリックス

190 32 | **岩窟ホール** | 1970 | 池原義郎
スパゲティ・ジャンクションで

196 33 | **京都信用金庫** | 1970 | 菊竹清訓建築設計事務所
コミュニティのための「傘」

204 34 | **北海道開拓記念館** | 1970 | 佐藤武夫設計事務所──寄り道
絵になる雪の中のレンガ

［大阪万博レガシー］

218 35 | **お祭り広場** | 1970 | 丹下健三ほか

36 | **太陽の塔** | 1970 | 岡本太郎・吉川健一
閉ざされた未来

224 37 | **鉄鋼館**［現・EXPO'70パビリオン］| 1970 | 前川國男

38 | **大阪日本民芸館** | 1970 | 大林組

39 | **日本万国博覧会本部ビル** | 1969 | 根津耕一郎

40 | **エキスポタワー** | 1970 | 菊竹清訓
「未来の遺構」を巡る

228　**終焉期** 1971–1975

230　41　|　**豊岡市民会館**　|1971|　京都大学増田研究室[増田友也]───寄り道
　　　　コンクリート造形の到達点
232　42　|　**大同生命江坂ビル**　|1972|　竹中工務店
　　　　未来を先取りしたアトリウム
238　43　|　**中銀カプセルタワービル**　|1972|　黒川紀章建築・都市設計事務所
　　　　カプセルよ、転生せよ
244　44　|　**希望が丘青年の城**　|1972|　都市科学研究所[中島龍彦]
　　　　アポロ時代の夢のかたち
250　45　|　**栃木県立美術館**　|1972|　川崎清＋財団法人建築研究協会───寄り道
　　　　万華鏡のように風景を反射
252　46　|　**瀬戸内海歴史民俗資料館**　|1973|　香川県建築課
　　　　階段は「海」である
258　47　|　**中野サンプラザ**[旧・全国勤労青少年会館]　|1973|　日建設計
　　　　ビッグネスとしての建築
264　48　|　**リーガロイヤルホテル**[ロイヤルホテル]　|1973|　吉田五十八研究室＋竹中工務店
　　　　自由自在の東西「配合」
270　49　|　**迎賓館和風別館**　|1974|　建設大臣官房官庁営繕部、谷口吉郎
　　　　清らかな建築×清らかな庭
276　50　|　**北九州市立中央図書館**　|1974|　磯崎新アトリエ＋環境計画
　　　　隠された文字を読む
282　51　|　**最高裁判所**　|1974|　岡田新一設計事務所───寄り道
　　　　権威を正直に表現
284　52　|　**宮崎県総合青少年センター・青島少年自然の家**　|1974|　宮崎県＋坂倉建築研究所東京事務所───寄り道
　　　　池に浮かぶ宇宙基地
286　53　|　**黒石ほるぷ子ども館**　|1975|　菊竹清訓建築設計事務所
　　　　メタボリズムの子どもたち
292　54　|　**アクアポリス**　|1975|　菊竹清訓建築設計事務所
　　　　海上都市の夢、水平線の彼方へ
298　55　|　**小山敬三美術館**　|1975|　村野・森建築事務所───寄り道
　　　　建築における自由とは？

Japanese Modern Architecture 1965-75

特別対談 | Dialogue

橋爪紳也 氏 [建築史家、大阪府立大学教授] × 磯 達雄 氏 [建築ライター]

## 「2つの潮流」読んだ黒川紀章の眼力
大阪万博を輝かせた日本の建築家+傑作パビリオン[前編]

EXPO'70パビリオン(旧・鉄鋼館)にて(対談写真:生田 将人)

建築史家で1970年大阪万博に詳しい橋爪紳也氏。2025年大阪万博誘致の立役者でもある。その橋爪氏をゲストに迎え、万博記念公園内に残る鉄鋼館（現・EXPO'70パビリオン）にて、磯達雄氏との対談を行った。5年後の万博を建築界にとって意味あるものにするために、70年大阪万博で輝いた建築家について語り合い、MVA（最優秀建築家）を選ぶ。

（進行・似顔絵・パビリオンのイラスト：宮沢 洋）

―― 今日は、「日本一、1970年大阪万博に詳しい」といわれる橋爪紳也さんと、「大阪万博を輝かせた日本の建築家+傑作パビリオン」を選んでいきたいと思います。橋爪さんは、当時、万博会場に相当通ったそうですね。

**橋爪（以下、橋）**｜全パビリオンに入りましたよ。

―― 全部見たんですか！

**橋**｜70年万博のときは10歳で、全パビリオンに入って、スタンプを集め、パンフレットを集め……（笑）。

―― 何回行って制覇したのですか。

**橋**｜18回くらいですかね。

―― 磯さんは何回行きましたか。

**磯**｜僕は1日だけですよ。関東ですから。それも、まだ小学校1年生だから、自分の行きたいところも回れず、悔しさしか印象に残ってないです（笑）。

―― なるほど。今日は劣勢ですね。

**橋**｜当時の大阪の子どもたちは、まず遠足で行くんですよ。『私たちの万博読本』という本を持たされて、学習として行く。

―― 最初はどんな印象でしたか。

**橋**｜スケール感、空気感が、まるで別世界だなと思いました。自分が普段、暮らしている大阪ミナミとは全く違う。

**磯**｜「未来都市」という印象はありましたか。

**橋**｜ありましたね。ウルトラマンの科学特捜隊の基地とかサンダーバードの基地とか、テレビで見た未来的な建物が実際にそこにあるという感じでした。

**橋爪紳也**（はしづめしんや）
大阪府立大学大学院経済学研究科教授／大阪府立大学観光産業戦略研究所長。1960年大阪府生まれ。建築史家。専門は建築史・都市文化論。著書に『倶楽部と日本人』『明治の迷宮都市』『化物屋敷』『祝祭の『帝国』』『日本の遊園地』『飛行機と想像力』『絵はがき100年』『創造するアジア都市』『水都』大阪物語』など

当時と今とでは、建築や都市の捉え方が違いますからね。今日は、10歳の子どもで語るのか、後で建築を勉強した専門家の視点で語るのか……。
── なるほど、では、まずは子どもの視点で、当時気になったパビリオンを挙げてもらえますか。まずは、磯さんから。

## 01｜大谷幸夫 ── 住友童話館
### 丹下を超える未来都市の視覚化

磯｜僕は子どものときに一番見に行きたかったのは、住友童話館（設計：大谷幸夫）です。あれは、SFの未来都市が本当に実現した感じがしました。ガラスのドームで都市を覆うイメージが、住友童話館にはシルエットとして実現していた。なので、あれは絶対見たかったんだけど、大行列で入れなかったんです。悔しかったなあ。

橋｜僕は何度も入りましたよ（笑）。

── まあまあ。

磯｜大谷幸夫の作品の中では、住友童話館は異色に見えます。他にああいう未来的な思考って、以前の作品にも、以後の作品にもない。

住友童話館。設計：大谷幸夫。SF雑誌の挿絵で見た未来のドーム都市のようなデザイン

橋｜確かに異色ですね。「童話館」なのに柱と空中に浮かぶ展示館の組み合わせですからね。その後の大谷さんを考えると、あんな軽やかなものは思い浮かびません。

磯｜ないです。もう少し土俗的な方向にどんどんいってしまったので。

――本人はこのパビリオンが気に入らなかったんでしょうか。

磯｜というより、大谷さんの本来的な資質は、そういう土俗的なところに向かう人だったんですよ。でも、丹下健三と出会って、未来っぽい人に一時期なっていた。それが全面に出たのがこの住友童話館。万博の前に完成した国立京都国際会館（1966年、66ページ参照）も、そういう面が少し出ているけれど。

橋｜国立京都国際会館も未来っぽさはあるけれど、日本に本来あった形を組み合わせている。でも、この住友童話館は純粋に「空中都市」。

磯｜写真を見ても、スケール感が分からないんですよね。だから、体験してみたかった。

橋｜大谷さんはその後、大阪万博に関して語っていますかね？

磯｜あまり語ってないと思います。

橋｜読んだ記憶がないですよね。いろいろなことがあったのかもしれない。

磯｜大谷さんについては、金沢工業大学（1969年、

●大阪万博を輝かせた10人●
## 01
### 大谷幸夫
Sachio Otani

1924（大正13）年－2013（平成25）年

緻密な論理で大規模建築を構成
東京大学丹下健三研究室で、浅田孝とともに最初期からのメンバーとなり、広島平和記念資料館、愛媛県民館、旧東京都庁舎など、数々のプロジェクトに携わる。1960年に独立して、1961年に沖種郎と設計連合を設立。1963年に国立京都国際会館のコンペを勝ち取る。このとき、39歳であった。翌年、東京大学工学部の都市工学科で助教授の職に就き、1971年からは教授となる。初期の作品においては、大規模建築を統合的に設計する緻密な論理構成の妙に目を見張らされるが、晩年の沖縄コンベンションセンターなどでは装飾的なモチーフを細部に凝らした作風へと変わっていった。建築のスタディーでは手の跡が残る粘土の模型を好んだ。

国立京都国際会館（1966年）。設計：大谷幸夫。66ページ参照。（建築写真：特記以外は磯達雄）

156ページ参照)の回でも触れましたが、内心は"反万博派"の心情を持っていたんだと思いますよ。それは表には絶対出せなかったのでしょうね。

橋｜そうかもしれないね。金沢工業大学の回は面白く拝見しました(笑)。あの吹き抜けに、日本海側のうつうつとした感じが重なるというのは、考えたことがなかった。

磯｜ありがとうございます！

---

## 02｜黒川紀章──東芝IHI館、タカラ・ビューティリオン
### 映像主導、建築主導の両者を実現

──では、次は橋爪さんお願いします。当時、印象に残ったパビリオンを普通に言うとどれだったのですか。「日本一、大阪万博に詳しい」と言われる橋爪さんには酷な質問ですが(笑)。

橋｜うーん、選びにくいなあ。住友童話館とか、イギリス館とか、オーストラリア館、電力館とか。主要な建物が空中に浮いているものに引かれた。東芝IHI館などもそうですね。今、建築の専門家の目で振り返っても、どれも面白いですね。ただ、演出的には虹の塔、三菱未来館、日立グループ館、みどり館、オランダ館、富士グループ・パビリオン、スカンジナビア館なんかが印象的でした。

──1つに絞りにくいようであれば、進行役の権限で東芝IHI館(設計：黒川紀章)について聞かせてください。

橋｜あれは、演出も面白かったんですよ。

磯｜ドームの内側が全部映像なんですよね。

橋｜そう、巨大マルチスクリーンでした。各パビリオンが、巨大映像やマルチ映像、全天や全周への

●大阪万博を輝かせた10人●
**02**
**黒川紀章**
Kisho Kurokawa

1934(昭和9)年－2007(平成19)年

**大阪万博で時代の花形に**
京都大学を卒業して東京大学の大学院へ。丹下健三研究室に所属する。メタボリズム・グループの一員として最年少ながら頭角を現し、1970年の大阪万博では、まだ30代だったにもかかわらず、東芝IHI館やタカラ・ビューティリオンなど、未来感あふれるパビリオンを設計して、時代の寵児ともてはやされた。1970年代の後半には西欧文化との対比で日本の伝統への回帰を見せ、中間領域、グレーの文化、共生の思想といったキーワードで建築を語るようになる。晩年は東京都知事や参議院議員の選挙に立候補して、そのパフォーマンスでも話題となった。

投影など、スクリーンの大きさとバリエーションを競い合った。そのなかであの形が生まれた。

磯｜観客は中に入ると、床ごとグワーッと持ち上がって、回転しながら映像を見る。

――えっ、あれは上がるんですか！

橋｜上がる、上がる（笑）。床全体が昇降して展示館に収容されるとは普通、考えないでしょう。黒川さんらしい。

磯｜僕もあれはよく考えたなと思いましたね。

橋｜大阪万博は、従来、日本人が経験したことのない国際博覧会をどうつくるか。それを建築家がどう業務として見ていたのかというところが、重要なポイントだと私は思っています。そのベンチマークとなったのが、関係者が視察に出向いていた1967年のモントリオール万博なんです。

従来の国際博覧会とモントリオール万博は、博覧会の在り方が明らかに違っていた。この万博では建築自体よりも、巨大な映像装置とかマルチ映像など、最新の演出に多くの人が驚いた。観客席が移動するパビリオンも人気があった。とこ

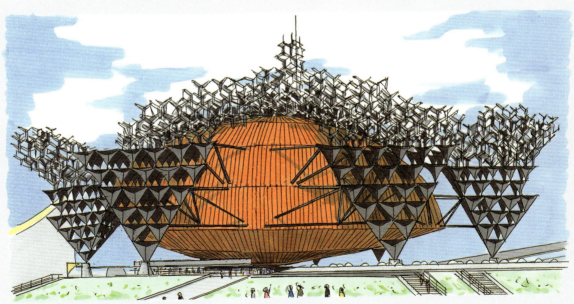

東芝IHI館。設計：黒川紀章。ドームの内側前面をスクリーンに使った劇場を、三角すいのユニットをつないでつくり上げた巨大な構造で吊っていた

ろが、モントリオール万博における日本館はそうではなく、従来型の展示館だった。そこで、我々も発想を変えるべきだと、多くの人が感じたようです。何をどう見せるのか、展示に関する創意工夫と、建物の検討を同時進行で進めなければだめだ、となった。

磯｜建築が主役じゃないという意識が、大阪万博の前からあったということですか。

橋｜主役じゃないということではなく、巨大映像などをどう収めるのか、巨大空間をいかに形にするのかという発想が先になったということです。要は、それまでの博覧会のパビリオンは物産展示場だったんです。

磯｜それが、「新しい映像の見せ方」をどうつくるか、に変わった。

橋｜そう。東芝IHI館とか、みどり館、富士グループ・パビリオン、せんい館、あるいは虹の塔やリコー館もそうだけど、投影に関する創意工夫があって、それが建築の制約条件になった。一方で、大空間をつくるための構造や技術系の開発もあって、空気膜構造とか吊り構造とか、建築的に新しい試みが生まれた。

磯｜建築工法とか建築的な面白さと、映像演出の面白さと、両方兼ね備えているパビリオンがやっぱり一番強いと思っていて、そういった意味では、東

磯達雄（いそたつお）
建築ライター。プロフィルは303ページ参照

芝IHI館は大阪万博を象徴するパビリオンではないかと。

橋｜そうだね。あの「テトラ」の組み方はすごい。

磯｜三角すいのユニットを工場でつくってきて、現場に持ち込んでつなげたんですよね。

橋｜そうそう。テトラをつなげて組み上げていって、巨大ホールを上から吊る。

磯｜演出先行で進んだパビリオンである一方で、建築的な、つくり方のアイデア自体が「未来の都市はこうなる」というメッセージとなり、展示のテーマにつながっていたパビリオンもあったと思います。黒川さんが設計したタカラ・ビューティリオンはそっちだったのではないかと。

タカラ・ビューティリオン。設計：黒川紀章。ユニットをつないで立体格子を組み、そこに立方体のカプセルを配置した

中銀カプセルタワービル（1972年）。設計：黒川紀章。238ページ参照

橋｜そうですね。いくつかの建物はそっちが先だった。アポロの月面着陸（1969年）の影響で、日本ではスペースエイジデザインが流行していた。そこに工場生産した各種のユニットとしてビルドインする「建築の工業化」の実践がうまくかみ合った。タカラ・ビューティリオンは1週間で組み上げたことが強調されていました。建築の工業化とメタボリズムとは実に親和性が高い。

ほかにも、観覧車とレストランを融合した「空中ビュッフェ」などの遊戯施設、サンヨー館のいわゆる「人間洗濯機」などの展示でも、空間のユニット化が試みられていました。

——そのカプセルユニットが中銀カプセルタワービル（1972年、238ページ参照）へとつながるわけですね。

橋｜ただ、タカラ・ビューティリオンは当時、中に入ったけれど、あまり印象はない。普通の部屋だなと（笑）。

磯｜狭苦しい部屋が並んでいるみたいな感じですか。

橋｜そう。我々は巨大映像に毒されていましたから。

さっきの話に戻ると、未来の建築空間や都市空間の在り方を発想して設計に入った「建築主導型」と、こういう巨大映像をつくりたいという要件が検討されて建物の形に影響を与えた「映像主導型」という、2つのタイプがあった。黒川さんは、その両方で記憶に残るというのがさすがだね。

## 03 | 村田豊──富士グループ・パビリオン
## 「空気膜兼スクリーン」の合理性

── 映像主導で新たな空間が生まれたパビリオンには、ほかにどんなものがありましたか。

磯｜技術的に一番とんでもないことをやったのは、村田豊じゃないかな。

橋｜富士グループ・パビリオンね。あれは確かにとんでもない建築でした。

磯｜まず、空気で膨らませたチューブのアーチをつくって、それを組み合わせて空間をつくるという、今まで誰もやらなかった建築を世界で初めて実現させた。

**大阪万博を輝かせた10人**
**03**
村田豊
Yutaka Murata
1917(大正6)年－1988(昭和63)年

空気膜構造をリードした建築家
東京美術学校(現在の東京芸大)を卒業後、設立されたばかりの坂倉準三建築研究所に入所。岡本太郎邸などを担当した後、1957年に退所して、フランス政府招聘技術留学生としてパリへ留学。ウジェーヌ・ボードゥアンやル・コルビュジエの下で働いた。帰国後は自らの事務所を立ち上げて設計活動を行う。1970年の大阪万博では富士グループ・パビリオンと電力館水上劇場を、前例のないエア・チューブによる構造で実現させて世界的な注目を集めた。その後も神戸ポートピア芙蓉グループ・パビリオン(1981年)、世界蘭会議向ヶ丘遊園展示場(1987年)といった空気膜構造の仮設建築を手掛けている。空気膜構造を世界的にリードした建築家。

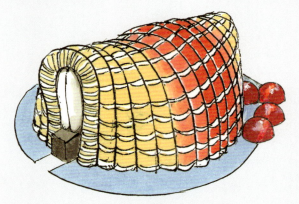

富士グループ・パビリオンの外観(上)と内部(下)。設計：村田豊。空気で膨らませたチューブを構造に用いて大空間を実現。その内側に映像を投影した

―― あれは中で何をやっていたんですか。

橋｜動く歩道がループになっていて、チューブにはマルチスライドショーを投影していました。

―― チューブにスクリーンが掛かっていたんですか。

橋｜違う違う。チューブが全部スクリーンで、そこにマルチスライドが映っていました。

―― チューブがスクリーン！

磯｜ダイレクトに映していたんですね。

橋｜そう。でも、投影されていたのは、子どもには訳の分からない「マンダラ」という作品。赤ん坊や老人、ミクロやマクロの世界をスライドショーに編集して、誕生、憎悪、孤独、絶望、愛、祈り、調和、宇宙といったテーマでまとめていた。映像は怖かったです（笑）。音楽は黛敏郎さんの電子音楽。それも含めてとにかく怖い空間だった。

―― 村田豊という建築家について、私はこのパビリオンしか知らないのですが、どんな建築家だったのですか。

磯｜大学を卒業して坂倉準三の事務所に入るのですが、そこを辞めてフランスへ渡り、ル・コルビュジエの下でも一時期、働いていました。大阪万博の空気膜構造は世界中から注目されて、これを見たソビエト連邦から声が掛かって、直径100mという巨大なエアドームのプロジェクトを手掛けたりもしています。

## 04｜林昌二 ―― リコー館
### 子どもを捉えた演出の斬新さ

橋｜映像と建築という点では、リコー館も面白いですね。

磯｜そうですね。林昌二がリコー館でやったことの

04
林昌二
Shoji Hayashi

1928（昭和3）年－2011（平成23）年

組織設計事務所の顔として活躍
日建設計は住友本店の臨時建築部を前身とする、日本で最大規模の建築設計事務所。その東京事務所でチーフ・アーキテクトとして長く設計部門をリードした。担当した主な作品に三愛ドリームセンター（1963年）、パレスサイド・ビルディング（1966年）、ポーラ五反田ビル（1971年）、中野サンプラザ（1973年）、新宿NSビル（1982年）などがある。集団で設計を行う組織設計事務所では、設計者の個人名が広く知られるようになることは少ないが、例外が林だった。後に日建設計の副社長、副会長の座に就いたほか、日本建築家協会においても第3代会長を務めた。夫人の林雅子も建築家として活躍し、対照的に戸建て住宅の設計を得意とした。

リコー館。設計：林昌二（日建設計工務）。空中に浮かぶバルーンが巨大な目になっている

面白さはもっと評価されていいと僕は思います。

——リコー館は、当時そんなに人気ではなかったのですか。

橋｜いや、大人気だった。

磯｜でも、こうして大阪万博を振り返るときに、取り上げられることは少ない。

——では、語っておきましょう。あれはどういう展示内容だったのですか。

橋｜円形の動く歩道「ムービングウオーク」で、人間の方が動きながら、円筒に投影された写真や絵を見るんです。そうすると、自分たちの方が動いているから、単なるスライドショーがぱらぱら漫画のように動いて見える。

——あ、なるほど！

橋｜久里洋二の漫画とかも映っていて、子どもも楽しめました。

——で、あの球体は何なのですか。

橋｜目玉になっていたバルーンが、気象条件によって着地していたり、空中に浮いていたりした。

パレスサイド・ビルディング（1966年）。設計：日建設計工務。96ページ参照

中野サンプラザ（1973年）。設計：日建設計。258ページ参照

磯｜バルーンの下面には瞳を模した鏡が付いていて、地上を見つめ返しているという趣向です。内部には光源が仕込まれていて、夜になると様々な色で光っていました。

橋｜我々子どもは巨大な球体を見上げて、これこそSFだと。すごく、本当に変わった建物。

──パレスサイド・ビルディング（1966年、96ページ参照）や中野サンプラザ（1973年、258ページ参照）を設計した実利的な林昌二と、万博というお祭りとが全く結び付きませんが……。磯さんは以前、日経アーキテクチュアで大阪万博特集をやったときに、林昌二に話を聞きに行きましたよね。

磯｜実験的なことをできて面白かったという、そういう語り口でした。

──肯定的なんですね。

磯｜当時の建築雑誌に載った林さんによる解説文を読むと、「建築をつくらない。展示をしない」「おどかし、言葉、電子音楽なし」などと書かれていて、他のパビリオンを意識しながら、そのアンチをやろうとしたことが分かります。

---

## 05 ｜ 前川國男──鉄鋼館
### 玄人をうならせる安定感

---

──今日の対談で使わせていただいているこの鉄鋼館（現・EXPO'70パビリオン）も、演出先行型のパビリオンだったんですよね。

橋｜前衛音楽とレーザーのショーを組み合わせた演出でした。子どもだったから訳が分からなかったけれど（笑）、後になって調べてみると、専門家の評価が非常に高かったパビリオンです。

磯｜志の高いパビリオンでした。

・大阪万博を輝かせた10人・
**05**
**前川國男**
Kunio Maekawa

1905（明治38）年－1986（昭和61）年

**全国各地で公共文化施設を設計**
東京帝国大学を卒業するとそのままシベリア鉄道経由でパリへ向かい、ル・コルビュジエのアトリエで働く。帰国後、アントニン・レーモンドの事務所勤務を経て自らの設計事務所を設立。神奈川県立図書館・音楽堂（1954年）をはじめとして、全国各地で公共文化施設や庁舎を設計した。当初は装飾を排したコンクリート打ち放しの仕上げを好んだが、雨の多い日本の気候風土では長い年月の経過に耐えられないと悟り、1960年代の途中からはタイルで覆うスタイルへと変わる。日本建築家協会の会長やUIA（国際建築家連合）の副会長も務め、建築家の職能向上にも積極的に関わった。

鉄鋼館。設計：前川國男。現在は、日本万国博覧会の記念館である「EXPO'70パビリオン」として公開されている。1008個のスピーカーとレーザー光線によるショーを上演していたスペース・シアターをガラス越しに見ることができる。ロビーには「フーコーの振り子」の展示跡が残る（写真：3点とも日経アーキテクチュア）

橋｜子どもには、エントランスホールにあるフーコーの振り子は面白かったけど。鉄の楽器とか、レーザーショーは訳が分からなかった。前衛的に過ぎた。

磯｜建物も地味。子どもにはありがたみがよく分からなかった。

橋｜でも、大人になって建築的な目で見てみると、これは素晴らしい建物（笑）。最初から恒久施設として計画された民間パビリオンは、ここと大阪日本民芸館（224ページ参照）くらい。鉄鋼業界が、将来的に恒久施設で使えるように建てたものなので、ほかのパビリオンとはスタンスがちょっと違う。

──前川さんもそのつもりで、飽きのこない空間をつくったということですね。前川さんがこの万博でもう1つ設計した自動車館の方は、どんな感じだったのでしょうか。

磯｜自動車館は円すいが2つ並んだような格好。内側の持ち上げられた小さいリングと外側の大きいリングの間にケーブルを張って、膜屋根を架けるという構造でした。

──前川國男は大阪万博の時点で大御所だったと思いますが、万博に関わったことで株を上げたのでしょうか。

磯｜前川國男はすでに確立された評価を持っていた人だから、評価を上げるとか下げるとかはないし、前川さん本人は博覧会のような浮ついたお祭り

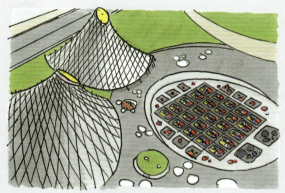

自動車館。設計：前川國男。ケーブルネット構造により、ユニークな外観を生み出している。屋外にはゲームで未来の交通システムを体験する広場が設けられた

はあまり好きじゃなかったろうなと想像します。でも、1958年ブリュッセル万国博と1964年ニューヨーク世界博覧会では日本館を設計していて、万博と縁の深い建築家ではあるのですけれど。

----

06｜吉田五十八──松下館
子どもには不人気でも日本を席巻

----

──前川國男と同じくらいの世代の吉田五十八はどんな評価だったのでしょう。松下館は、万博では異色の和風のデザインですが。

橋｜松下館は、「1970年の今が、5000年前と、5000年後の未来の真ん中と位置付けてみたらどう見えるか」というコンセプトでした。松下幸之助は、5000

松下館。設計：吉田五十八。天平時代の建築様式を取り入れたデザインは、パビリオンの中で異彩を放った

松下館では1階ホール中央にタイムカプセルの本体が展示され、2階から3階にかけて、カプセルの収納物が展示された

## 06 吉田五十八 Isoya Yoshida

1894(明治27)年 – 1974(昭和49)年

### 数寄屋建築の近代化を果たす

東京・日本橋に生まれる。父は太田胃散を創業した太田信義。東京美術学校(現・東京芸術大学)を卒業して建築家となる。柱を壁に塗り込める大壁を採用したり、電気照明や空調設備を目立たせることなく組み込んだりと、数寄屋建築の近代化に大きな役割を果たした。文化人、財界人、政治家などの邸宅のほか、成田山新勝寺、中宮寺本堂などの仏教寺院、歌舞伎座や大和文華館などの日本の伝統文化を鑑賞する施設、日本料理を提供する料亭などを数多く設計した。芥川賞・直木賞の選考会が行われる新喜楽も吉田の設計による。

年後にタイムカプセルを残そうというアイデアに共感して、万博に出展することに決めたそうです。つまり、「5000年後に託す伝統」みたいな上位のコンセプトがあって、ならば大和文華館(1960年)を手掛けた吉田五十八に設計を依頼しようということになったようです。

松下館は、竹やぶの中に水盤をつくって2棟の建物がそこに浮かぶように見える。日本の伝統建築のモチーフです。分割された壁面が、スケールアウトした障子みたいに光る。伝統建築とスケールアウトした数寄屋風の壁という、非常に面白い組み合わせで、私はユニークなパビリオンだったと思います。

磯｜小学生にとっては、あまり行きたいと思わない建物でしたよ。全然SFっぽくないから(笑)。

―― 子どもたちが期待するものとは違っていたんですね。

橋｜ただタイムカプセルというアイデアはすごく万博に貢献した。

磯｜そう、タイムカプセルは大人気だった。

―― タイムカプセル？

磯｜1階のホールに上に蓋が付いた球形のタイムカプセルが置いてあって、その中に収めるいろいろなものを2階と3階に展示していたんです。収納品は、生物標本、電子部品、建築材料から写真、映画、音楽、小説といったものまで、いろいろな分野にわたります。タイムカプセルは万博終了後に大阪城の近くに埋められました。

当時、ナショナルのテレビを買うと、タイムカプセルの模型みたいなのがもらえましたよね。

橋｜そうそう、それを開けると、松下館のミニチュアが入っていて。開けると宝箱があって、宝箱を開けると豆本が入っていた。そこには松下幸之助さんの「箴言」（戒めの言葉）が書いてあった。

タイムカプセルは大人気になって、当時は小学校を卒業したら、未来の自分たちにメッセージを送るべく校庭にタイムカプセルを埋めるのが流行した。日本中を席巻したタイムカプセルは、松下館の影響です。そういう意味では大変意義のあるパビリオンでした。

残り4人、さらに白熱する対談の後半は206ページに。

# 1 発展期

1965–1967

1950年代に始まった戦後日本の高度経済成長が続くなか、
大都市圏のみならず、全国いたるところで建築が建てられる。
建築着工床面積の統計を見ると、
1965年に総計で約1億m²だったものが
1968年には約1億6000万m²と、
後にも先にもない急激な増加を果たした。
そして建築におけるモダン・ムーブメントの流れを引っ張ったのは、
丹下健三やメタボリズム・グループの建築家たちだった。
その表現を、プレキャストコンクリートや
カーテンウオールといった技術の進化が後押しした。

| 024 | 01 | 津山文化センター 1965 |
| 030 | 02 | 大阪府総合青少年野外活動センター 1965 |
| 036 | 03 | 桂カトリック教会 1965 |
| 042 | 04 | 大学セミナーハウス 1965 |
| 048 | 04 | 大学セミナーハウス本館 1965 ──── 寄り道 |
| 050 | 05 | 新発田カトリック教会 1965 ──── 寄り道 |
| 052 | 06 | カトリック宝塚教会 1965 ──── 寄り道 |
| 054 | 07 | 都城市民会館 1966 |
| 060 | 08 | 海のギャラリー 1966 |
| 066 | 09 | 国立京都国際会館 1966 |
| 072 | 10 | 愛知県立芸術大学 1966 |
| 078 | 11 | 長野県信濃美術館 1966 |
| 084 | 12 | 山梨文化会館 1966 |
| 090 | 13 | 古川市民会館［現・大崎市民会館］1966 |
| 096 | 14 | パレスサイド・ビルディング 1966 |
| 102 | 15 | 百十四ビル 1966 |
| 108 | 16 | 大分県立大分図書館［現・アートプラザ］1966 ──── 寄り道 |
| 110 | 17 | 佐渡グランドホテル 1967 |
| 116 | 18 | 寒河江市庁舎 1967 |
| 122 | 19 | 岩手県営体育館 1967 |
| 128 | 20 | 若人の広場 1967 |

Japanese Modern Architecture 1965-75　　　　　　　　　　　　　　　　　　　　　No.01

## • 昭和40年 •
# 1965

## コンクリートの「第三の道」　　川島甲士建築設計研究所

### 津山文化センター

所在地：岡山県津山市山下68｜交通：JR津山駅から徒歩約15分
構造：RC造＋PCa斗栱構造｜階数：地下1階・地上3階｜延べ面積：4678㎡（竣工時）
初出：2005年9月5日号

岡山県

全国に小京都と呼ばれる町はいくつもある。岡山県津山市もその一つ。出雲へと続く街道沿いの町として栄え、古い街並みも残っている。映画のロケ地としてもしばしば使われているらしい。

今回の巡礼地は、この町の中心部にある津山文化センターである。設計者は川島甲士。今では建築専門誌でもほとんど名前を見ることはないが、1960〜70年代には作品が大きく取り上げられていた。実はこの連載の第1回で宮崎を取材をしたとき、ついでに川島作品をいくつか見にいったのだが、代表作とされる西都原考古資料館（1968年）と国民宿舎・青島（1970年）がどちらもなくなっていた。ひと足遅かった、とショックを受けた。

津山文化センターはしっかりと残っていた。事務室の増床でピロティの一部がつぶされたり、搬入口を広げたりといった改築は行われているが、およそは当時のままだ。

## 「斗栱（ときょう）」の構造をプレキャストで

建物は本館と展示館からなる。何より特徴的なのは本館の外観で、深い軒が三重に巡り、しかも上にいくほど外に広がっている。軒を支える構成は日本の寺院建築に見られる斗栱（ときょう）のよう。伝統的なデザインを鉄筋コンクリートの建築に取り入れて、しかもキッチュな表現に陥っていない。日本建築とモダニズムが見事に融合した建物である。

構造設計を担当したのは、この連載では佐賀県立博物館、北九州市立中央図書館に続いての登場となる木村俊彦。『Space Structure 木村俊彦の設計理念』（監修：渡辺邦夫、鹿島出版会）という本には、この建物を設計したときのスケッチが載っている。それを見ると、室生寺五重塔、醍醐寺五重塔、平等院鳳凰堂中堂など、実在の伝統建築について斗栱部分の形や構造の検討を行っていたのがわかる。だが、実際に出来上がったものは特定の建物をモデルにしたわけではないようだ。斗栱の構造を抽象化してプレキャスト・コンクリートのピースに置き換えたのだと思われる。

本館の脇には小さな展示館がある。この日は中でブランド雑貨のバーゲンセールが行われていた。外壁のうねるような紋様は、グラフィックデザイナーの粟津潔によるもの。これは生物や大地の営みを表現したものという。竣工時の雑誌記事によると、展示館と本館の間にも粟津による中庭があったようだが、こちらの方はなくなっていた。

## 屋根のない建築と、天守閣のない城跡

館のスタッフに案内してもらい、本館の中を回る。

026　Japanese Modern Architecture 1965-75　　　　　　　　　　　　　　　　　　　　　No.01

A 津山城趾の方から見た全景｜B 展示館。壁面のレリーフは粟津潔による｜C 本館と展示館の間の中庭はなくなり、スロープが増設された｜D ホワイエ。曲面壁にあるセラミックアートは白石齊によるもの｜E オーディトリアム｜F ホワイエに浮かぶ謎の円筒（中はトイレ）｜G 屋上へ至る階段。HPシェルの屋根がそのまま現れている

本館はオーディトリアムと会議室、レストランなどからなる。以前は結婚式場としても頻繁に利用されていたそうだ。

オーディトリアムの両側はHPシェル曲面（40ページ参照）の巨大な壁。屋上に出る階段も、HPシェル曲面の屋根を屋上に突き出させている。このあたりは、同一ピースの繰り返しからなる建物外周部の単調さを破るために設計者が工夫したのだろう。ホワイエから見上げると大きなドラム缶のようなものが浮かんでいる。何だろう、と思ったらトイレのユニットだった。この辺はメタボリズムの影響かもしれない。

3階に上がって軒下のバルコニーに出させてもらう。ここからは津山城跡がよく見える。津山城は、豊臣秀吉、徳川家康に仕えた武将、森忠政が17世紀初めに築いた城。天守閣などの建物は明治維新後の廃城令によって姿を消し、現在は石垣が残るのみである。しかし、幾重にも立ち上がる巨大な石垣の曲面はそれだけで美しい。

津山文化センターの設計は、城との関係が第一のポイントだったことは間違いない。雑誌発表時の設計者による解説文でも、「城壁の圧倒的量感と、なだらかな曲面に対応させ、しかも市民のシンボルとなる」ことが意図されたと記されている。その帰結が、上にいくにつれて三段階に広がる軒だったというわけだ。

屋根のない斗栱建築と、天守閣のない城跡。欠落したもの同士だが、それが二つ並ぶことで、ここでは絶妙なランドスケープが出来上がったといえるだろう。

## 軒のあるコンクリート建築

さて、建物の外壁を改めて眺めるとコンクリート打ち放しの外壁が非常にきれいなことに気付く。これは長く張り出した軒が、雨が壁にかかるのを防いでくれた結果だろう。

コンクリート打ち放しの外壁は、雨が多くて高湿な日本では耐久性に問題があるとしばしば指摘されてきた。コンクリート打ち放しでいくつもの傑作を生んだ前川國男ですら、60年代の途中からは打ち放しを止めて、打ち込みタイルの外装に変えたほどだ。

津山文化センターでは、上層にいくほど軒を張り出させることによって、この問題をクリアしたわけだが、このような建築はほかにあまり例がない。思い出そうとしても、菊竹清訓の京都国際会館のコンペ案ぐらいである。コンクリートの建築というと、柱梁による表現か壁による表現になっているのだが、第三の道、軒による表現というのが実はあったのではないか。津山文化センターを眺めながら、そんなことを考えた。

発展期 1965–1967 ／ 絶頂期 1968–1970 ／ 終焉期 1971–1975

029

全体が日本的モチーフで統一されているかというと、そうでもない。伝統とはほど遠い茶目っ気たっぷりのディテールがあちこちに…。

ホワイエの南側に吊るされた巨大な土管のようなものは…。2階に上がってみると、何と円形のトイレユニットだった！

何ですか、あれは

???

スタッフのウチダさん

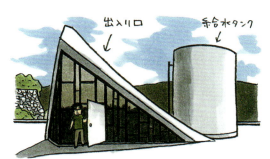

出入り口　給水タンク

屋上によると、SFっぽいシュールな光景が広がる。（一般の人は出られません）

換気口もオブジェのよう。

M2F Plan
ホワイエ／客席／舞台／事務室／展示ホール

東側のエントランスにはBCS（建築業協会）賞の銘板が誇らしげに張ってある。

大ホールの内部。三つのスピーカーをデザインに取り込んでいて、カワイイ。

川島先生が設計された建物だから、これからも大事に使って…

建築業協会賞
第8回 (1967年)
津山文化センター
設計：川島甲士＋よねはら研究所
施工：
施主：

だから、館の人も「川島甲士」の名前をちゃんと知っていた。

No.02

• 昭和40年 •
## 1965

# キャンプ場の「camp」な屋根

坂倉建築研究所
大阪事務所

## 大阪府総合青少年野外活動センター

所在地：大阪府豊能郡能勢町宿野437
構造：RC造、S造、木造｜階数：地上2階｜延べ面積：8583m²（竣工時）
初出：2006年3月27日号

閉館

発展期 1965–1967　絶頂期 1968–1970　終焉期 1971–1975

敷地に入ってすぐのところにある管理事務所でスタッフにあいさつをする。仕事の邪魔にならないよう気を使って「あとは自分たちで勝手に見て回りますから」と言うと、イヤイヤと止められた。「広いから歩いて回るのはたいへん。車で行ってあげよう」。お言葉に甘えて、乗せてもらうことにした。

野外活動センターは、第1から第6までのキャンプ場と、本館、体育館などの共用施設からなる。一番奥の第1キャンプを目指して車が走り出すと、スタッフの申し出に感謝することになった。敷地内の道はとにかく長い。しかも急坂である。歩いていたら本当に丸一日かかってしまうところだったかもしれない。

各キャンプ場にはそれぞれ、テントエリア、ロッジ、メインホールがある。中心施設となるメインホールには、食堂とスタッフルームなどが収められている。その周りには10戸ほどのロッジ。ひとつに10人が泊まれる広さだ。建物群は斜面地のなかに場所を選んで配置され、全体で群造形をつくっている。

一方、本館は約140人が泊まれる宿舎と、食堂、会議室などからなる。食堂と階段でつながったホールは、演劇や音楽会にも使われる天井の高い空間。ここから個室が並ぶウイングが様々な方向に延びている。建物は敷地の高低差に合わせてつくられており、規模は大きいけれども実は平屋。各キャンプ場と同じく、敷地形状を生かした設計だ。

設計は、西沢文隆(1915-86年)が率いていたころの坂倉建築研究所大阪事務所。後に大阪事務所長を引き継ぐ太田隆信が担当していた。

## 青少年施設のかつてと今

大阪府総合青少年野外活動センターは、1960年代半ばに青少年のための野外研修施設の先駆けとして建設された。当時は日本のキャンプの歴史にとっても大きな節目の時期だった。全国のキャンプ指導者が集まり、日本キャンプ協会が発足したのが1966年。1968年には野外活動施設に補助金が出るようになり、大阪と同種の施設が各地で建設されるようになる。それらのなかには、奈良県や埼玉県の施設など、坂倉建築研究所で設計したものも多い。似たような目的の施設として、少年自然の家も続々と建設されるようになり、1970年代末には、全国で170あまりができていた。

ところが今、この種の施設がどんどん閉鎖されているという。理由は建物の老朽化と利用者の減少である。ここ大阪府総合青少年野外活動センターでも、5年前から冬季は原則として閉鎖するようになった[1]。利用形態も変化している。キャンプといえば、かつては学校や青少年団体のための活動と相場が決まっていたが、今では家族で行くものという

[1] ── 施設は2011年に閉所となった

**A** 第3キャンプのメインホール外観｜**B** 本館のアプローチ。本館には144人が泊まれる｜**C** 第3キャンプ、メインホールの食堂内部。暖炉から放射状に木造トラスが架かる｜**D** 本館のホール。演劇や音楽会にも使われる｜**E** 体育館の内観。傘のような鉄骨の屋根が架かっている｜**F** 10人が泊まれるロッジ。こうしたロッジが、敷地内に現在20棟ほどある｜**G** テントサイトを見る。デッキの上にテントを張って使用する

メージがすっかり定着した。この野外活動センターでも、かつてはほとんどなかった家族による利用が、現在では相当な割合を占めるようになっている。

社会の変化に合わせて、こうした青少年施設の意味が問われている。しかし、なくなってしまうのは寂しい。かつてこうした施設を利用し、集団キャンプの楽しさを体験した世代が、子どものころに出かけたキャンプ場にもう一度行ってみたいと考えることも少なくないはずだ。形や規模を変えながらでも、続いてくれるといいなと思う。

## もう一つの「キャンプ」

英和辞典で「camp」の項を引くと、「野営」のほかにもう一つ「わざとらしい、女々しい、同性愛者っぽい」という意味も載っている。なぜ「野営」と「わざとらしい」が同じ「キャンプ」なのかについては、よくわからない。同性が同じ部屋に寝泊まりするところから、ゲイ文化へと連想が広がっていったのかもしれない。

大阪で野外活動センターがオープンしたのと同じころ、米国の文芸評論家スーザン・ソンタグは、二つ目の意味での「キャンプ」を、芸術批評の新しい概念として肯定的に用いて、これを広めた(「《キャンプ》についてのノート」1964年、ちくま学芸文庫『反解釈』に収録)。彼女によると、キャンプとは人工性を誇張するような表現であり、自然の対極にあるものだという。例に挙げるのは、派手なファッションだったりポピュラー音楽だったり日本の怪獣映画だったり。一見、俗悪に見えるこうした作品を、「だからこそ素晴らしい」と言い切るセンスは、その後のサブカルチャー批評に大きな影響を与えた。

さてここで、この野外活動センターの「キャンプ」性について考えてみる。ほとんどの建物は、鉄筋コンクリート造に木や鉄骨のトラスで屋根を架けた混構造となっている。壁から下は地形に合わせて自然の延長としてつくられているのだが、屋根は明らかに違う。建築家の手による造形が誇示されているのだ。例えばメインホールの食堂では、大空間を豪快な放射状のトラスが覆っている。体育館の屋根は鉄骨だが、こちらも平面図からは全く想像できない意外性のある架構だ。本館やロッジもそう。単純な切妻屋根にはしたくないという、必要以上の身振りがそれぞれに伝わってくる。

自然と一体化してしまうのを、屋根のデザインによって抵抗し、人工の美を具現化している。俗悪でも女々しくもないが、この過度な造形性においてこの建物は「キャンプ」な感じをまとっている。それがこの建築群の魅力に、実は大きく貢献しているのではないかと思う。

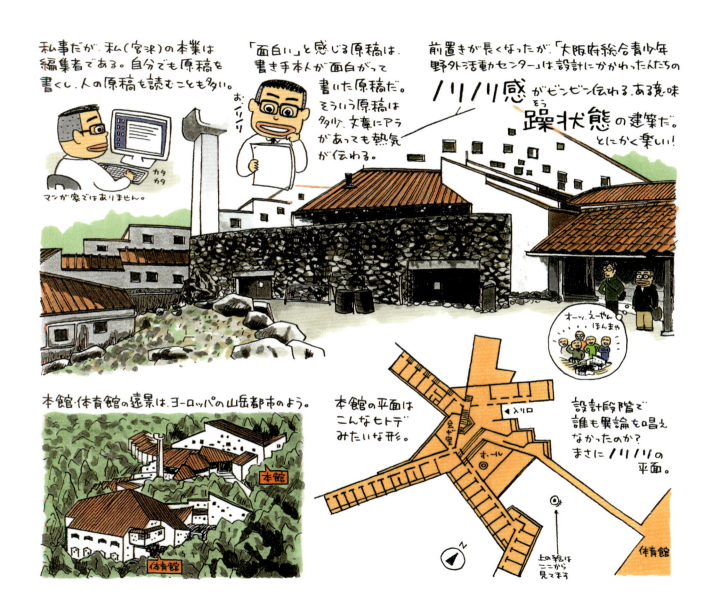

発展期 1965–1967　絶頂期 1968–1970　終焉期 1971–1975　　　　　　　　　　　　　　　　035

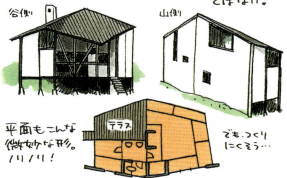

036　Japanese Modern Architecture 1965-75　　　　　　　　　　　　　　　　　　No.03

### ●昭和40年●
# 1965

## インドで考えたこと

**桂カトリック教会**

ジョージ・ナカシマ

所在地：京都市西京区川島尻堀町30｜交通：阪急桂駅から徒歩5分
構造：RC造｜階数：地上1階｜延べ面積：256m²（竣工時）
初出：2006年5月2日号

京都府

白状しよう。僕は家具があまり好きではない。建築はいい。プライドがあって、建築自体の都合で形が決まるようなところがある。一方で家具は、人間の身体に合わせて形をつくる。そのおもねっているところが嫌なのである。たまにいいなと思うイスもあるが、それはむしろ座りにくいイスだったりする。周りからはひねくれ者だと言われるが。

　ジョージ・ナカシマは有名な家具デザイナーである。彼のイスは座りにくいわけではない。座って気持ちいいと感じる。それでも僕が彼のイスを好きな理由は、著作を読んだときにわかった。木をどうやって見分けるか、木をどんなふうに切るか、木をどうつなぐか、そんな調子で、ほとんど木のことばかりが書いてあるのだ。イスの形や、それを使う人間のことはほとんど出てこない。「作品の形は、その樹木が生息地で自然に育てられたのを引きつぐような気持ちで、発展的に作り出される。そうすると、その作られた作品は永遠に生き続けることができる。つまりもとの樹木は、その新しい形の中で生き続けることができる」(『木のこころ――木匠回想記』鹿島出版会)。

　言い換えれば、木をいかに生かすか。そのことを考えた結果が、あの家具群なのだとわかる。人間の視点からではなく、木の視点からつくっているのだ。だから家具嫌いの僕にも、なんとなく合うのだろう。

## ナカシマの数少ない建築

　さて、その家具デザイナー、ナカシマの数少ない建築作品が、京都の桂にある。郊外の住宅街を、地図を頼りに探し歩くと、周囲に溶け込むようにしてそれはあった。シェル構造だが、構造表現主義の建築に見られるような大仰なはったり感はない。つつましやかに建っている。

　完成したのは1965年。ナカシマは日本人の両親を持つが、米国生まれで米国育ち。大学では建築を学ぶものの、フランク・ロイド・ライトの建築を見て失望し、家具デザイナーに転じたとされる。ペンシルベニア州のニューホープに自邸や工房などを自らの設計で建て、そこを本拠として1990年に亡くなるまで活動した。桂カトリック教会はシアトルで知り合ったチベサー神父が、日本に渡って桂に着任することから実現したもので、監理には当時、早稲田大学の大学院生だったナカシマの娘があたったそうである。

　許可をもらって中に入る。HPシェルの曲面天井の下には静かな空間が広がっていた。イスやテーブルはもちろんナカシマのデザイン。曲面の天井から吊られている円筒形の照明は、ナカシマがデスクランプとしてデザインしたものと共通している。

**A** 円形の開口に障子を組み合わせたなんとも不思議な和風の窓｜**B** 礼拝室の扉のディテール｜**C** 正面外観。円筒形の部分は洗礼室。当初は現在より数倍高い十字架が載っていた｜**D** 庭に大きく突き出た月見台。先端部には竹を並べている｜**E** 行燈（あんどん）のような照明は、ナカシマのデザインによるデスクランプにも見られる形｜**F** HPシェルの屋根を側面から見る｜**G** 祭壇部。後ろの窓には竣工当時はステンドグラスが入っていたという

祭壇の方を見ると、建具を組んだような背景がある。かつてはここに磔刑のキリストが吊られていたのだという。丸窓に障子を組み合わせた開口部は日本家屋の床の間を意識したのだろうか。RC（鉄筋コンクリート）造でありながら親密な感じも伝わってくる居心地のいい空間である。

## なぜシェル屋根なのか

　わからないのは、木にこだわり、自らをウッドワーカーと任じたナカシマが、どうして建築を設計するときにはコンクリートでシェル構造の屋根を架けるのか、である。

　ナカシマのイスに「コノイド・チェア」という代表作があるが、その名前は彼の工房「コノイド・スタジオ」から取られている。なぜ「コノイド（＝円すい）」かというと、工房の屋根がコノイド・シェルだから。それほど、シェル構造が好きだったのだ。

　謎を解くカギは、おそらく彼のインド体験にある。ナカシマは若いころ、日本のアントニン・レーモンド事務所で働いていた。当時、インドのポンディシェリで僧院をつくるプロジェクトがあり、ナカシマは2年間、現地に滞在している。そのときの僧院がシュリ・オーロビンドという聖人のもとに集まった宗教団体のためのものだった。インドでも最初期のRC建築で、日射調整用のルーバーがファサードの全面を覆った建物は、写真で見る限り相当に魅力的だ。

　この建設にかかわるうち、なんとナカシマ本人もオーロビンドに帰依することになってしまい、「サンドラナンダ」というホーリーネームまでもらってしまう。ちなみに、ロックやジャズの世界で有名なギタリストのカルロス・サンタナやジョン・マクラフリンがはまったシュリ・チンモイという導師がいる。この人もかつてはシュリ・オーロビンドの弟子だった。つまりナカシマとサンタナは師弟関係でいうと叔父と甥にあたるわけだ。

　オーロビンドの思想は膨大で難解だが、玉城康四郎著『近代インド思想の形成』（東京大学出版会）を読むと、オーロビンドからの影響がその後のナカシマに強く作用したことがわかる。「家具として生き続ける木」という前述の考え方もそうだ。オーロビンドは空間についても語っていて、それによるとすべての運動をその中で成り立たせている「一つのひろがり」があるという。その「一つのひろがり」を、ナカシマは建物全体を覆う一枚のシェル屋根として表そうとしたのではないか。そんな推測をしてみたが、どうだろう。

　米国と日本、建築と家具、カトリック思想とインド哲学。ナカシマが抱えていたいくつもの分裂は、このやさしいシェル屋根の下で統合されたのだ。

近年"家具的な建築"をつくる
若手建築家が増えている。

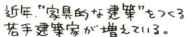
空間を棚で特徴付けたり…

逆に、生活機能をすべて壁の中に収納できるようにしたり…

おそらく、上の世代の建築家たちが、空間に占める家具の比重を軽視していたことへの反発があるのだろう。しかし、今から40年以上前に、**建築と家具の融合**に果敢に挑んだ建築があった！

## 桂カトリック教会。

家具デザイナーとして知られるジョージ・ナカシマが日本で設計した唯一の建築である。

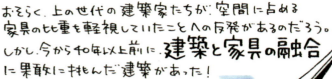

### ジョージ・ナカシマ
（1905～1990）

米国で建築を学び、1934年に来日。レーモンド建築事務所に入所。同僚に前川國男や吉村順三がいた。戦後は米国を拠点に家具・工芸デザイナーとして活躍。

MAEKAWA　YOSHIMURA

外観の造形は、モダニズム建築の王道とも言えるもの。

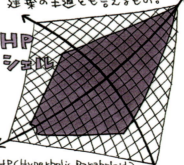
HPシェル
HP(Hyperbolic Paraboloid)＝双曲放物面

ひし形の平面形に、HPシェルの大屋根をかぶせた、シンプルかつ大胆な構成。

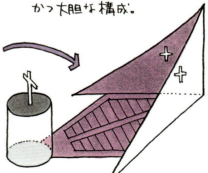

発展期 1965–1967 | 絶頂期 1968–1970 | 終焉期 1971–1975

外観もなかなかのものだが、圧巻は礼拝堂の内部。

筒状の吊り照明で、天井に十字架の模様も浮かび上がらせ、HPシェルのうねりも幻想的に見せている。照明マジック!!

開口部のデザインも唯一無二!

飾り棚の付いた丸窓は、室内側に障子、屋外側にガラスと網戸の三重構造。これぞ和洋折衷?

生け花が映えそう

この照明ほしい…

竣工当初は、祭壇の背後のステンドグラスにも障子が取り付けられていたという。

残念ながら今はガラスのみ。「ステンドグラス+障子」見てみたかった…。そんなの想像できますか?

竣工当初の図

ステンドグラス+障子。

現在は床に置かれているキリスト像。

# 1965
・昭和40年・

## 未来へと、ゆっくり進め
### 大学セミナーハウス

吉阪隆正+U研究室

所在地：東京都八王子市下柚木1987-1 ｜ 交通：JR八王子駅南口から京王バスで野猿峠下車
構造：RC造、木造 ほか
初出：2006年4月4日号

東京都

No.04

今回は緊急企画として東京・八王子の大学セミナーハウスへと向かった。新しい研修棟の建設に伴って、宿泊用のユニットハウスが解体されると聞いたからである。

「ワァオ!」。本館の前でタクシーを降りると、思わず口から感嘆の言葉が漏れる。ピラミッドを逆さにして地面に突き刺したようなこの建物の形には、建築を訪れる者の原初的な情動を揺り動かす力がある。さすがに本館はまだまだ壊されることはないな。そう確信する。

大学セミナーハウスは、国公私立の大学が共同で運営する研修施設で、豊かな自然のなかで学生と教員が寝食を共にしながら研修する環境を提供している。本館で鍵を借りて、第1群のユニットハウスに向かった。ここは学生が泊まるための施設で、15m²ほどの部屋に2〜3人が寝られるようになっている。これが十数棟集まって、セミナー室とともに一体の群を形成している。2006年3月いっぱいはすべて残っているとの事前情報だったが、7つあった群のうち、5つは既に取り壊されていた（取材は2006年3月中旬）。

中に入ると、ベッドと小さな机が置いてあるだけの無愛想な空間だが、窮屈さはなく、それなりに快適だった。とはいえ風呂はもちろん、トイレや洗面も外にあるから、ホテル並みのサービスとはいかない。最近の学生なら使い勝手に不満を漏らす輩も出るのだろう。

朝になって辺りを見渡すと、眼前にはユニットハウスの解体現場が広がっていた。壁のパネルが、建具や家具とごちゃまぜになって廃材と化している姿はなんともショッキングだ。それでも、ユニットハウスを支えていたコンクリートの基部は残っている[1]。上屋はなくなっても、斜面地に水平の床を並べて自然と人工の弁証法を試みた吉阪の思想は、よりピュアな形で現れてくるのかもしれない。

## 本館以外も傑作ぞろい

つくられた順に建物を巡る。まずは本館からブリッジを渡ると、講堂と図書館に出る。敷地のなかで一番高い場所なのだが、あえて両施設とも葉っぱを裏返したようなずんぐりした格好をしている。

その奥の松下館（教師館）は、斜面の敷地を生かして建物の外から屋上にそのまま上がれるようになっている。しかも屋上は、屋根のシェルがそのまま現れてうねっているというトンデモなさで、防水は大丈夫だったのかと、柄にもない心配までさせられてしまう。

谷の向こう側に渡って、今度は長期セミナー館へ。これがまたすごい。言葉で説明するのは難

[1]──ユニットハウスは土台も含めほとんどが解体されたが、一部は残り、現在も利用可能となっている

**A** セミナー室を囲む宿泊ユニット群。手前が1群、右奥が2群。ユニットハウスは全部で7群あった。1965年竣工｜**B** 取り壊された第5群ユニット。背後に見える新設の「さくら館」の設計には、吉阪門下生はかかわっていない｜**C** 室内にはベッドが3台ある｜**D** 交友館の下にある浴室(1965年竣工)。ユニットハウスには風呂がないので、ここを使う。タイルのストライプ模様がサイケデリック!｜**E** 松下館(教師館)。1968年竣工。シェル屋根をもった客室ユニットがJの字を描くように連続している｜**F** 長期セミナー館(1970年竣工)の内部。シャフトを中心としてらせん状にベッドルームが連続する｜**G** 本館の外観｜**H** 長期セミナー館のシャフトの内部。光が貫通する

しいが、要するに縦シャフトが何本か貫通していて、その周りに寝室がスキップフロアで間仕切りもなくらせん状につながっているのである。シャフトは光や風を建物の奥まで引き込む機能も果たしていて、これはせんだいメディアテーク（設計：伊東豊雄、2000年）のチューブ柱や、日本科学未来館（設計：日建設計＋久米設計、2001年）の「スルーホール」の考え方に近い。この建築、竣工当時よりも今の方が面白さを評価されるのではないか。未来を先取りしていたような感覚がある。

## 「新しい時代が待っている」

　未来を先取りと言えば、思い出すのは1966年のテレビドラマ『快獣ブースカ』だ。ブースカは怪獣だが人間と同じくらいの背丈で、主人公の大作少年たちの遊び仲間として登場する。最終回、ロケットの打ち上げに失敗したカミナリ博士（由利徹が演じている）がパラシュートで落ちてくるのが大学セミナーハウス。博士の研究所という設定だ。建物の形が未来的で、しかもちょっとエキセントリックなところがヘンクツな科学者のすみかというイメージにぴったりでロケ地に選ばれたのだろう。

　計画の中止を迫る役人に対して、カミナリ博士は人口爆発や資源枯渇から人類の未来を守るために、宇宙開発が必要だと言い張る。足りないのは宇宙船を飛ばすエネルギー源なのだが、ブースカのもっている力でそれが可能になることがわかった。20日間の宇宙旅行という約束で光速ロケットに乗って旅立つブースカ。しかし実はウラシマ効果と呼ばれる現象で、宇宙船内で20日間が過ぎる間に地球では20年もの月日が流れてしまうのだ。ブースカとは長いお別れとなる。それを知っている大作少年は悲しさを押し殺して、ブースカを未来へと送り出す。「おまえの行く手には／新しい時代が待っている／それは 僕たちの時代だ／先に行け ブースカ／さよなら さよなら」。

　大学セミナーハウスの周りでも、光速ロケットと地球の間で生じるウラシマ効果のような時間のズレが起こっている。大規模なニュータウンが生まれ、大学が進出し、テーマパークまでがオープンする。その一方で大学セミナーハウス自体は、一部の建物を除いてほとんど変わらないまま。周囲の変化から取り残されているように見えるかもしれない。しかし、ゆっくりとだが未来へと近付いているのは、実はセミナーハウスの方なのだ。進み方があまりにも遅いので、外からはわからないだけなのである。未来への確信に満ちた建築群を眺めながら、そんなことを考えた。「先に行け セミナーハウス／さよなら さよなら」。

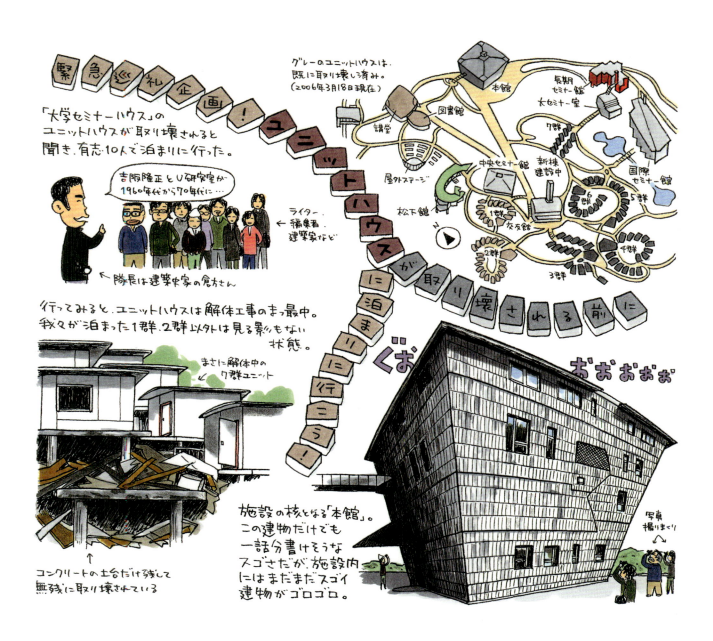

発展期 1965–1967 | 絶頂期 1968–1970 | 終焉期 1971–1975

047

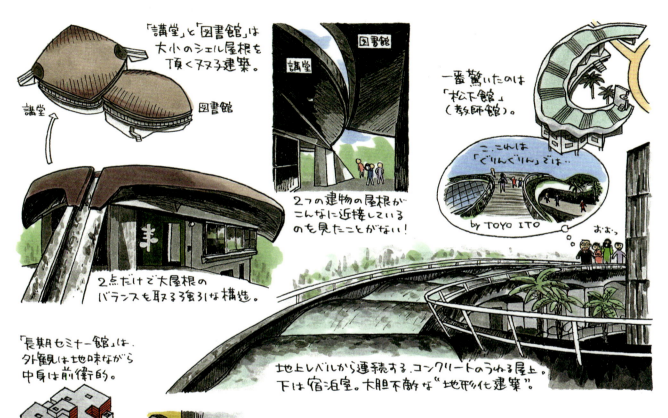

048　Japanese Modern Architecture 1965-75　　　　　　　　　　　　　　　　　　　No.04

・昭和40年・
1965　寄り道

## 不思議な身体感覚

吉阪隆正＋U研究室

### 大学セミナーハウス本館

所在地：東京都八王子市下柚木1987-1｜交通：JR八王子駅南口から京王バスで野猿峠下車
構造：RC造｜階数：地下1階・地上4階｜延べ面積：1371m²
初出：2008年「昭和モダン建築巡礼 東日本編」

――東京都

本館にはフロントや客室のほか、食堂を収めている。外観は荒々しい打ち放しコンクリート

発展期 1965-1967 | 絶頂期 1968-1970 | 終焉期 1971-1975

やはり、本館がたったの1コマでは、吉阪翁に申し訳ない。もう一度、本館に戻ってリポートしよう。

←本館への近道

外観は4面とも似た印象だが、北側だけ、ある"仕掛け"が組み込まれている。

ん?

坂の入り口で車を下り、階段を歩いて上るとだんだんと光るものが見えてくる。

ガラス越しに太陽光がギラギラとさし込む

それは巨大な目。コワッ!!「画竜天晴」のデザインか? でも、普通はやらないぞ。

お前は固定観念に縛られてはいないか?

←こんな問いかけが聞こえてきそう。

なんでも、本館のデザインは、基本設計がほぼ決まった段階になって「模型をヒョイと逆さにした」ことをきっかけに、設計をやり直したという。

あっ
これ、いいかも
ヒョイ

想像図

天井はシェル
食堂
ラウンジ 寝室
ブリッジ
企画室 理事室
ロビー 事室
機械室
スラブもシェル
基礎までシェル

断面はこんな感じ。「スラブ=平板」という固定観念から脱している。

「打ち放しはスベスベがいい」という常識に異を唱えるかのような外壁。補修され、汚れるほどにスゴ味を増すコンクリート打ち放しは、見る価値 ★★★★★。

049

・昭和40年・ 寄り道

## チャーミングな窓飾り
### 新発田カトリック教会

所在地：新潟県新発田市中央町1-7-7｜交通：JR新発田駅から徒歩15分
構造：鉄筋入りレンガ造・木造｜階数：地上1階｜延べ面積：286m²
初出：2008年「昭和モダン建築巡礼 東日本編」

アントニン・レーモンド

新潟県

前面道路の拡張で庭は削り取られたが、建物本体は健在。平面は放射状で正面の入り口側が人を迎えるように広がっている

発展期 1965-1967 | 絶頂期 1968-1970 | 終焉期 1971-1975

051

道路拡幅により、前庭が建物ギリギリまで削られることになった新発田カトリック教会。

拡幅工事中

ゆったりとした庭を知る人にとっては残念なことに違いないが、知らない人にとっては今も(これからも)十分魅力的。

日本の大工の技術力を生かした丸太の架構が魅せる。レーモンドは日本人の心をつかむのが実にうまい。

## 夫と妻

建築も一級品だが、さらに光っているのは妻、ノエミ・レーモンドの仕事ぶり。

オシドリ夫婦

ノエミのデザインによるイスや燭台は建築と見事に調和している。

## 建築とグラフィックの融合

そして、何よりも心を引かれるのが開口部を覆う幾何学模様。ステンドグラスをつくる費用がなかったため、信者が和紙でつくれる模様をデザインした。

しかも、切り抜いた紙に無駄がない。夫もすごいが妻もすごいぞ、レーモンド夫妻!

※レーモンド夫妻はこの"切り紙ステンドグラス"を他のいくつかの教会でも採用している。

052　Japanese Modern Architecture 1965-75　No.06

・昭和40年・
**1965**

寄り道

**カトリック宝塚教会**

心地よい裏切りの内観

初出：本書のための描き下ろし
構造：RC造・一部S造｜階数：地上2階｜延べ面積：418㎡
所在地：兵庫県宝塚市南口1-7-7｜交通：阪急今津線宝塚南口駅から徒歩7分

—兵庫県

村野・森建築事務所

有名なのは線路側から見た外観。だが、この形から想像される内部と実際はかなり違う。心地よい裏切られ感は村野藤吾の真骨頂

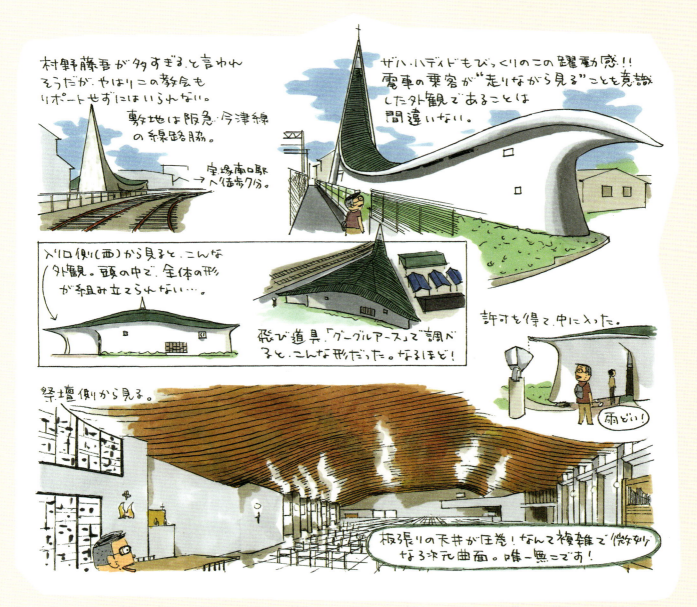

Japanese Modern Architecture 1965-75    No.07

- 昭和41年 -
## 1966
# 「キメラ」としての建築

菊竹清訓建築設計事務所

### 都城市民会館

所在地：宮崎県都城市八幡町3街区
構造：RC造・一部S造｜階数：地上2階｜延べ面積：3674m²（竣工時）
初出：2005年1月10日号

解体

宮崎県は、昔で言うなら日向の国だ。この地名は太陽が昇る東に向かって開けた場所であることから付いたという。そんな由来を思わず語りたくなる、朝日のようなシルエットの建物、それが都城市民会館だ。こんな形をした建築はほかにはない。海外を探すと、イタリアのスーパースタジオに似たプロジェクトがあるが、これよりずっと後に発表されたものである。

　建物は鉄筋コンクリートの基壇の上に、扇を開いたように門型の鉄骨トラスを並べて屋根を架けることによってできている。どうしてこんな構造を採ったのか。竣工当時の建築雑誌によれば、地盤が悪いので柱を減らしたかったからだという。扇の"かなめ"の部分で集中的に力を受けて地盤に伝えようというわけだ。

　この集中型の構造形式は、放射状の図像に置き換えられて、扉のデザインにも使われた。正面玄関の扉は既に替えられてなくなっていたが、会議室の方には残っていた（59ページのイラスト参照）。

## 見えない空気をデザイン

　集中型のシステムは、構造だけではない。設備もまたそうした方式が目指されている。というよりも、この建築はむしろ設備の方が主要なテーマだった。それは設計者の菊竹清訓が、雑誌掲載に際して「目に見えないものの秩序／空気・光・音の統一」という文章を寄せていることからもわかる。

　平面図を見ると、機械室は建物全体のちょうど真ん中にある。大ホールの空調は巨大なノズルで舞台側から吹く方式。これは丹下健三の代々木オリンピックプール（1964年）と同じで、設備設計を担当したのはともに井上宇市である。面白いのは、そうした主要設備だけではなく、会議室への空調ダクトが透明な素材（おそらくアクリル）でできていたりすることだ。見えない空気をいかにしてデザインするかといった追求の跡が、そんなところにもうかがえる。

## コンクリートと鉄の「キメラ」

　さて、この建築は今までいろいろなものに例えられてきた。カタツムリ、ヤマアラシ、水車などなど。たしかに、何かに例えたくなる形をしている。アンギラス？　それも悪くないけれど、怪獣に例えるならもっといい例がある。ウルトラセブンに出てきた「恐竜戦車」である。

　恐竜戦車は砲塔のない戦車の上に、4本足の恐竜が身体を伏せて載ったような格好をしている。戦車による突進と、しっぽによる攻撃が主な武器だ。ウルトラセブンは、宇宙人からロボットまで、様々

056　Japanese Modern Architecture 1965-75　　　　　　　　　　　　　　　　　　　　　　　　　　　　　　　　　　　No.07

**A** ホワイエ。コンクリート打ち放しの木目（ホンザネ）が美しい｜**B** 遠景。町の中では突出して目立つ存在｜**C** 廊下を横切る空調ダクトは透明！｜**D** ホールの側面にも放射状の形が表れている｜**E** コンクリートの端部は絶妙なカーブを描いて張り出す｜**F** 会議室のロビーにはオリジナルのイスが残る｜**G** 大空間を空調するための大型吹き出しノズル（見上げ）

な相手と戦ってきたが、生物と機械が合体した怪獣はこれだけ。ギリシア神話には、頭はライオン、胴体は山羊、尾は竜でできた「キメラ」という生物が登場するが、その現代版とも言える。

都城市民会館もまた鉄筋コンクリート造と鉄骨造のキメラである。変わらない部分と変わる部分を分けるというのが、菊竹流のメタボリズムだが、それがこの建築ではコンクリートの下部構造と鉄の屋根になって表れている。

同じ考え方で下部構造と上部構造を分けてつくった菊竹作品に、島根県立図書館(1968年)や萩市民館(1968年)があるが、それらは都城と比べると怪物性において明らかに劣る。

キメラ的なのは構造形式だけではない。ホンザネの美しさを見せたホワイエのコンクリート打ち放しや、有機的な曲線を描く躯体端部が繊細な美しさを感じさせるのに対し、その上に架かった鉄の屋根はあくまで直線的で力強さをストレートに表現している。まったく別の建築を強引にくっつけてしまったかのようだ。

そしてこの建築が備えている二重性は、それを成り立たせる素材自体の二重性も浮き上がらせる。果たしてこの屋根に使われている鉄という素材は、重いのか軽いのか。リベットをあらわにした黒々とした量塊感はあくまで重いが、幌のように広がる姿は軽やかさをも感じさせるのだ。

資料をあたると、菊竹事務所でこの作品を担当していた所員は内井昭蔵だったらしい。独立後の穏当な作風を考えると、この豪快な形の建築を相手にして、内井も相当悩んだのではないかと想像するが、建築家と担当スタッフの資質の違いも、そのままここでは表れてしまっているのかもしれない。

## キメラ性を生かした再生を

設計者が追求したのはあくまで合理性の追求だったのだろう。にもかかわらず、この建築は結果として大きな矛盾をはらむこととなった。しかしそれはこの建築のキズではない。怪物的なキメラ性、それこそがこの建築が放つ他に代えがたい魅力だからだ。

ちなみにこの建物は、現在でも稼働率が高い。催し物の予定表を見ると、空いている日が見当たらないほどだ。にもかかわらず、この建物はなくなるかどうかの瀬戸際に立たされている。新しい文化ホールが市内の別の場所で建設中だからだ[1]。

壊すか残すかの二者択一ではなく、下部構造を残しながらまったく違う形の屋根を架けて別の用途に変えるなど、キメラ性を生かした第三の再生の道も探られていいのでは、と思った。

[1] ── 音楽の演奏を主とした大ホールと、演劇の上演を主とした中ホールなどを備えた都城市総合文化ホールMJ(設計:NTTファシリティーズ)が2006年10月にグランドオープンした。都城市民会館は曲折の末、2019年に解体された

058　Japanese Modern Architecture 1965-75　　No.07

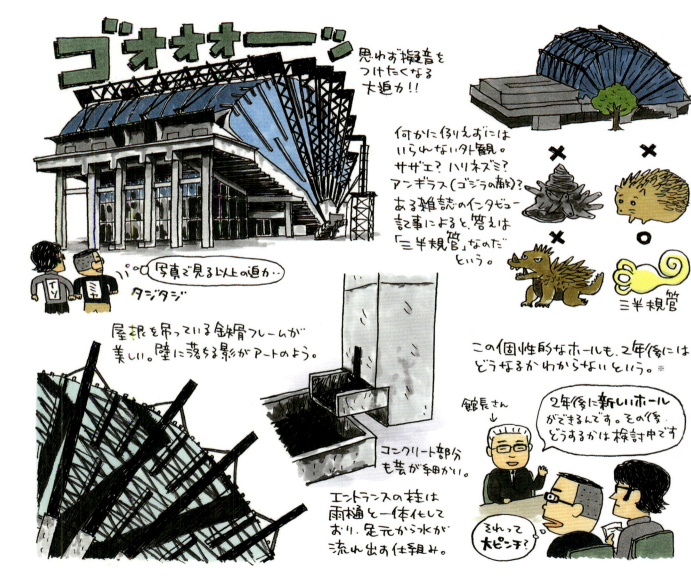

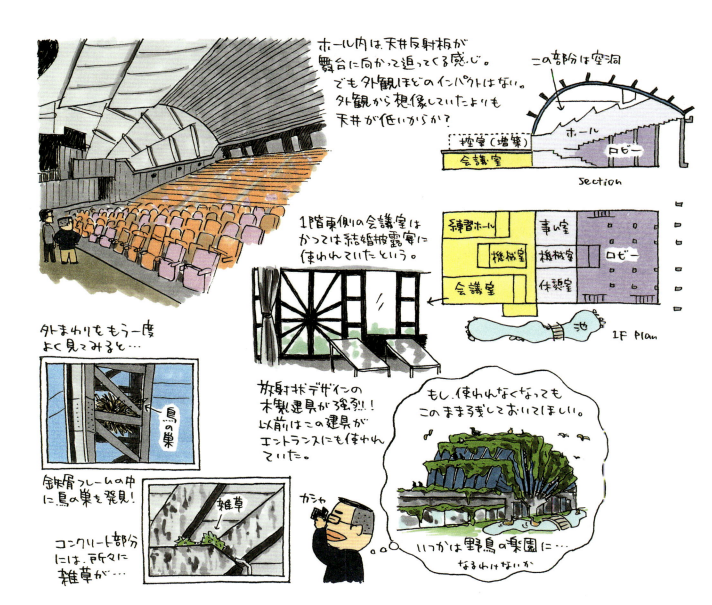

C60　Japanese Modern Architecture 1965-75　　　　　　　　　　No.08

• 昭和41年 •
## 1966

# 「対」へのこだわり

林雅子（林・山田・中原設計同人）

## 海のギャラリー

所在地：高知県土佐清水市竜串23-8
交通：土佐くろしお鉄道宿毛駅から高知西南交通バス土佐清水バスセンター行きで1時間、竜串下車徒歩2分
構造：RC折板構造｜階数：地上2階｜延べ面積：646m²（竣工時）
初出：2005年10月3日号

高知県

モダン建築巡礼の旅も、ついに巡礼の本場、四国へと上陸した。名作建築も八十八カ所回れば、煩悩がなくなったりするのだろうか。回れば回るほど煩悩がわいているような気もするが。

　四国最初の巡礼地は、土佐清水市の「海のギャラリー」である。画家の黒原和男が収集した貝を広く一般に展示する施設として、林雅子（1928〜2001）の設計により1966年に完成したものだ。世界の美しい貝がたくさん見られるとあって、観光名所としてにぎわったが、来館者は年々減少。そのうちに建物も老朽化し、施設は存続の危機に直面していた。設計者の没後、私生活でのパートナーだった林昌二をはじめとする関係者が、リニューアルに向けて動き出す。改修費用の工面という難関も乗り越えて、2005年4月改修が完了、めでたくリニューアル・オープンとなった次第である。

　高知空港に着くと、相坂直彦をはじめとする海のギャラリーを生かす会の面々が待っていた。彼らは高知で建築設計事務所を営む若者たちで、海のギャラリー改修に実動部隊としてかかわった立役者である。通常のモダン建築巡礼は編集者兼イラストレーターの宮沢との二人旅なのだが、今回は彼らに同行してもらうことにした。目的地までの車内で、再生活動のてん末について話を聞いておこうとの魂胆である。

話はたっぷりと聞けた。足摺岬の近くにある目的地まで、かかった時間は4時間近く。飛行機に乗っている時間も合わせると6時間である。ふと、「東京から一番行きにくいところにある名建築」というキャッチフレーズを思いつく。

## 二枚貝派と巻き貝派

　建物は土産物店の陰に隠れるようにあった。鉄筋コンクリートの折板で壁と屋根をつくった単純な構造。それによって生まれる内部の断面が、妻面にそのまま表れている。

　庇を長く突き出した屋根は、南国の日差しを浴びて白く輝く。それによって生まれる光と影の強烈なコントラスト。小さな建物だが、近づいて見ると堂々たる存在感だ。

　入り口は妻側にある。中に入ると内部は少し薄暗い雰囲気。天井を見上げると、ガラスケースの貝が光のなかに浮かび上がっている。まるで海底にいるようだ。階段を上がると、2階の展示室は青で塗り込められた空間に自然光が満ちている。浅瀬の海をグラスボートでのぞいた風景に例えられるだろうか。トップライトは建物の中心を貫いて走っており、折板の屋根は直接つながっていないのが分かる。スラブや妻側の壁も、よく見るとガラスブ

062　Japanese Modern Architecture 1965-75　No.08

**A** 外階段側（西側）妻面見上げ。屋根が分離しているのがわかる｜**B** 海岸に向かう遊歩道（東南側）から見た全景。RC折板の屋根が印象的。かつては、ギャラリーから海が見えたが、今は海岸が後退して見えない｜**C** 妻側の壁を室内側から見る。ストライプ状の穴はかつて空調の吹き出し口だった部分｜**D** 屋根改修は下地処理からやり直し、ウレタン塗膜防水、遮熱塗料仕上げを施した｜**E** 2階展示室｜**F** 1階北側の展示スペース｜**G** 1階から2階の展示ケースを見上げる｜**H** 展示室の階段。よく見ると2階床とつながっていない

ロックやガラスの開口が挟まっている。つまりこの内部空間は、対になった二つの構造によって生み出されているのだ。

この建物の格好は、展示内容から二枚貝にも例えられている。しかし貝の種類には巻き貝もある。なぜここでは二枚貝だったのか。

二枚貝と巻き貝の大きな違いは、対称面があるかどうかだ。たいていの動物は左右対称の形をしているが、数少ない例外の一つが巻き貝で、らせん形をしているため対称面がどこにもない。

建築家も対称形が好きか嫌いかによって二つのタイプに分かれるようである。例えば70年代に反射性住居と呼ばれる対称形平面の住宅を続けて手がけた原広司は二枚貝派の筆頭だし、スパイラル（1985年）という作品もある槇文彦は巻き貝派の代表だろう。

林雅子はというと、合掌型や門型の明快な架構形式の作品群を見ると、やはり二枚貝派である。それを上回る対への志向をもっているのが林昌二で、日建設計で担当したオフィスビルにおいて、コアが両サイドに分かれてあるツインコアの形式にこだわった。ちなみに「林昌二」はすべての漢字が左右対称という珍しい名前である。

建築家カップルの先駆けだった林夫妻だが、対であることへの強いこだわりがあったのではないか、とも考えられる。その証左として、いまや二人の共同作品になったこの建築を眺めてみるのも間違ってはいない気がする。

## 創造は永久に続く

さて海のギャラリーには3000種、5万個の貝殻が展示されている。それを見ながら思い出すのは、フランク・ロイド・ライトの言葉だ。彼はタリアセンの講義で、貝を住居に例え、そのデザインを絶賛したという。

「この海の下等動物の住居の中に、われわれに欠けていると思われるものそれ自体を実行している自然の住居を見ることができる。大自然に生命を与えられた美しい形の中での生活である。数百の小さな生物による数百のこの小さな住居の中に天賦の発明の才を見るが良い。彼らはそれぞれにうつくしく一貫した変化の中にそれぞれの住居を創ったのだ。そしてその変化には限りがない。ここにおいて創造は永久に続けられているのだ」（『ライトの生涯』オルギヴァンナ・ロイド・ライト著、遠藤楽訳、彰国社）。

林雅子の傑作建築を見ると同時に、多種多様な貝の造形が建築デザインの意味を改めて考えるきっかけをも与えてくれる。そんな体験ができるのだから、長い道中だが訪れる価値は十分にあると言っておこう。

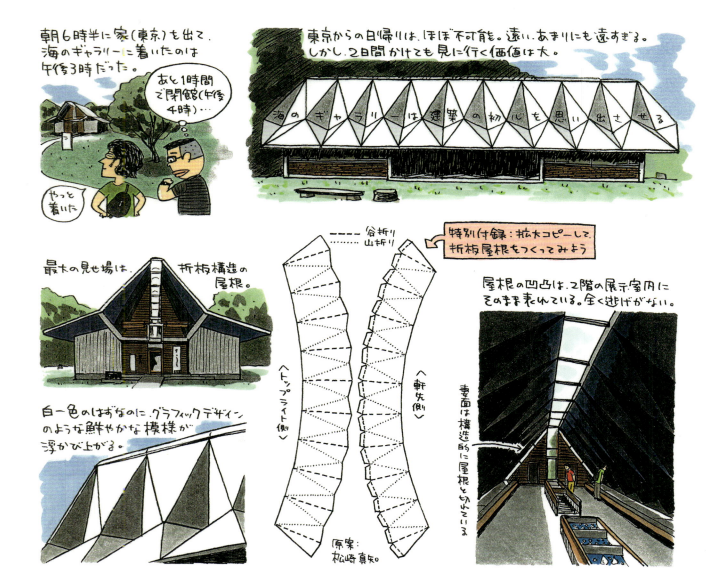

発展期 1965–1967 | 絶頂期 1968–1970 | 終焉期 1971–1975

065

インテリアにも、ごまかしや手抜きは一切ない。
入口を入って、まず目を奪われるのは、
空から降るような色とりどりの貝がら。

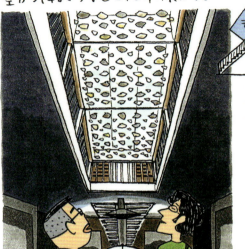

うおっ

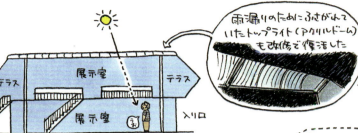

雨漏りのためにふさがれていたトップライト（アクリルドーム）も改修で復活した

※素材はポリカに変更。

トップライトから差し込んだ光が、2階のガラスケースを透過して、1階を照らす。これぞ展示と建築の一体化！

極めつきは、2階に向かうコンクリートの階段。よく見ると、2階床スラブとつながっていない。アンビリーバブル！

き、切れてる！

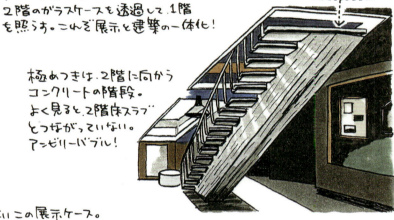

一見、何気ないこの展示ケース。
「あれ？上から吊っている照明の
電源はどこに…」。実は下から
光を当てて、反射光で照らしている。

← 光源はこの中

今回の巡礼は、改修に
尽力した高知の若手建築
家たちに案内してもらった。
彼らを突き動かしたもの
が何なのか！行ってみれば
わかります。きっと。

C66　*Japanese Modern Architecture 1965-75*　No.09

・昭和41年・
## 1966

# うしろの正面だあれ？

大谷幸夫

## 国立京都国際会館

所在地：京都市左京区宝ケ池｜交通：地下鉄烏丸線国際会館駅より徒歩5分
構造：SRC造・一部RC造｜階数：地下1階・地上6階｜延べ面積：2万7079m²（竣工時）
初出：2006年6月26日号

京都府

地下鉄の国際会館駅から延びる地下道を出ると、目の前にいきなり京都国際会館の威容が広がった。コンクリートの壁や梁が斜めになって幾重にも重なり合う姿は、モダニズムの神殿を思わせる迫力。モダン建築巡礼者としては、思わず手を合わせて拝みたくなる。

見学者用のプレートをもらって、興奮を抑えながら中へ。両側とも斜めの壁に挟まれた受付の通路を歩いていくと、それだけでSF映画の登場人物になった気分だ。その先に広がっていたのは、巨大な吹き抜け空間だった。

これがメインロビーで、がっしりとしたV字型の柱が並び、空間全体を支配している。ここには様々なレベルの床が張り出し、それらが階段で結ばれている。人が行き交う様子を見ていると、自分が都市に居るかのようでもある。

ここから主要なホールへと向かう。大会議場は、各国の代表団が4人一組で使える本格的な国際会議仕様だ。1997年の地球温暖化防止京都会議など、多くの国際会議や式典がここで催された。築後40年を経ているのに、古くさい感じがしないのは、台形の断面をした空間のユニークさゆえだろうか。傍聴席から通路に出ると、そこは壁が逆向きに倒れていて、台形をひっくり返した断面になっていた。

ロビーを挟んで反対側の「ルームA」に入ると、こちらも台形が空間にはっきりと現れている。次に向かったのは「ルームB」。ロビーから通路を歩いて行くのだが、動線は思いのほかわかりやすい。巨大な建物だが、明快な構成をとっているからだろう。そしてこちらのホールも、小さいながら台形だ。この建物は台形がどこまでも徹底している。

## 部分から全体へ、という手法

ロビーに戻って、今度は宝ケ池に面した庭園側に出てみる。建物はアネックスなどが増築されているが、台形のモチーフが踏襲されているので、古い図面と突き合わせてみない限り、どこが建て増しされたのかわからない。

カメラを構えると、全体をひとつのフレームに収めるのはとても無理。その努力はすぐに放棄したが、どの部分で切り取っても京都国際会館とわかる写真になるのである。これはすごいことだ。実はそこに、大谷がこの建築に込めたテーマが現れている。

それは、全体を考えてから部分を考えるのではなく、部分を考えた結果として全体がつくられていくというもの。つまりこの巨大な建物は、台形の会議室と、それをひっくり返した逆台形の執務室などがまず構想され、それを無数に増殖させていくこと

068　Japanese Modern Architecture 1965-75　　　　　　　　　　　　　　　　　　　　　　　　No.09

**A** 正面玄関まわり。正面玄関は竣工当初、北東側にあったが、増築によって北西側に付け替えられた｜**B** 池越しに見る。左側が小規模な会議室を集めた棟で、右側がロビーと大会議場の棟｜**C** 2000人収容の大会議場。1階の座席は4人一組で、政府間会議の代表団と随行員の席として使えるようになっている｜**D** 中規模の会議に使用する「ルームA」。上階には独立した入り口をもつ傍聴席がある｜**E** 小規模な会議に向く「ルームB」。ここにも同時通訳設備を備える｜**F** メインロビー。レベルの異なる複数の床で構成されている。スロープは後から増設されたもの｜**G** 通路は逆台形の断面をしている｜**H** 会議参加者の受付に使われる1階北西側の通路

によって出来上がっているのだ。

　オランダの建築家、レム・コールハースは1995年の著書『S,M,L,XL』に収録された「ビッグネス」という文章で、建物が巨大化していくと、部分と全体は全く関係なくなっていき、全体をコントロールしようとすることはもはや建築家には不可能である、と書いた。しかしこの京都国際会館では、巨大建築ながら、部分と全体が見事に統合されている。建築の理想が、1960年代半ばにはまだ辛うじて生きていたのだなあ、としみじみ思う。

## カゴメ紋による鬼門封じ

　さてここからは想像に頼った話である。部分から全体までひとつの形にこだわり抜いた京都国際会館だが、なぜそれが台形だったのか。表向きには稲掛けの形から採られていて、それが日本らしさを感じさせていると言われているが、これを台形ではなく、三角形の組み合わせととらえたらどうだろう。建物の横断面を見ると、上向きの三角形と下向きの三角形が重なり合いながら現れている。つまり、六芒星のバリエーションと見るのである。

　六芒星はイスラエルの国旗にも使われているが、日本ではカゴメ紋と呼ばれて、魔除けの印に使われてきた。魔除けの護符としては、陰陽師の安倍晴明が使った五芒星が有名だが、カゴメ紋にも邪悪なものを封じる力があるという。京都国際会館が建つ宝ケ池は、京都から東北、つまり鬼門の方角にあたる。つまり鬼門封じを、建築にカゴメ紋を忍ばせることによって行ったと考えられる。

　いや、まさか。京都生まれでもない大谷に、自分の建築で京都の町を守る義理はない。それなら何をカゴメ紋で封じ込めようとしたのだろう。それは大谷が秘めている装飾への意志だったとは言えないか。

　京都国際会館を実現した当時の大谷は、モダニズムを奉じる理論派の建築家として通っていた。しかし、実はもともと装飾への強い志向があって、丹下健三の下にいたモダニズム全盛の時代にはそれを封印していた。京都国際会館の設計時にも、それをぎりぎりのところで抑えていたのだ。

　「カゴメカゴメ、籠の中の鳥はいついつ出やる…」。後年の大谷は沖縄コンベンションセンター（1987年）や千葉市美術館（1994年）などの作品で、モダニズムから逸脱した装飾的な造形に積極的に手を染める。大谷が振り返った時、後ろの正面で見つけたのは、装飾への志向をあらわにした自分自身だったのでは、というのがこの推理のオチである。

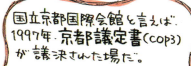

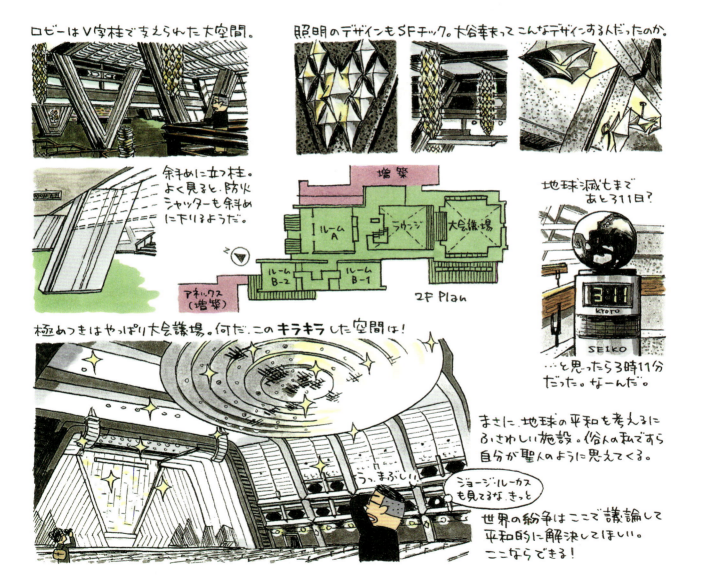

## 1966 ・昭和41年・

# 陸に上がった脊椎動物

吉村順三・奥村昭雄

## 愛知県立芸術大学

所在地：愛知県長久手市岩作三ケ峯1-114｜交通：東部丘陵線(リニモ)芸大通駅から徒歩約10分
構造：RC造・一部S造｜階数：地上3階(講義室棟)｜延べ面積：約1万9450m²(第6期時点)
初出：2006年9月25日号

愛知県

場所は名古屋市の郊外、愛知万博の会場となった愛・地球博記念公園のすぐ近くである。林の中のアプローチ道路を抜けて行くと、大学本部の建物の前に出る。

　まず入ったのが講義室棟。本部から近いところにあるが、これが長さ110ｍもある長大な建物。1階がピロティになっていて、2階が廊下。3階の講義室へはそこからさらに階段でアクセスする。この構成によって講義室は、通常の片廊下式教室のように片側だけ外部に面した窓があるのではなく、両側に窓が取られている。縦ルーバー越しに見える景色は、どちらの側もすばらしい。キャンパス内の建物に邪魔されることなく、周りの緑の山並みが目に飛び込んでくるのだ。愛知万博の会場につくられた観覧車の一部を除いて、人工の建造物はほぼ見えないといっていいくらい。まるで森の中の分教場といった雰囲気である。

　続いて、奏楽堂へと向かう。こちらはプレキャストコンクリートで折板の屋根を架けた構造に特徴がある。おそらく周りの山々への視界を遮らない低い屋根で大スパンを覆うという狙いから、この吉村順三にしては荒々しいダイナミックな空間構造が出てきたと思われる。

　ここからは音楽学部棟、図書館、美術学部棟、学生寮などを回る。各建物は、必要とされる機能に合わせて、それぞれの形に設計されている。ただし、ところどころ妙に天井が低いところがあったりして、そのあたりは吉村順三の独特の寸法感覚が現れているのかな、と意識したりもする。

## 逆転した軸線の計画

　ひととおり見終わって、大学本部の前に戻ってきたころは、くたくたになっていた。何しろ敷地面積は41ヘクタールもあって、起伏もはげしい。学生の数は大学院生を入れても1000人を超えない程度だから、敷地にはずいぶんと余裕がある。広すぎて、逆にキャンパスが茫漠としかねないくらいだ。

　これを解決したのが、長い長い講義室棟の存在だろう。妻面には日本画家の片岡球子による壁画が描かれていて、芸術系の大学であることを示している。この建物が北から南へと延びていき、その先、左側に音楽学部、右側に美術学部を対称性を崩した形で並べるという配置だ。尾根にあたる場所に講義室棟があることによって、敷地の中央に軸が通り、全体の位置把握はとてもしやすい。

　軸線を強調したキャンパス計画の手法は、それ自体はよく見られるものだ。たとえば東京大学の本郷キャンパスなら、正門から延びる明快な軸がある。これは両脇を建物に挟まれた幅広の街路で、

**A** 西側、美術学部棟から見た講義室棟。長さ110mを超える。両妻面には片岡球子の壁画が描かれている | **B** 講義室棟。1階はピロティ、2階は廊下、3階は講義室となっている | **C** 講義室内部。左右両側から光と風が入る | **D** 講義室の窓は縦ルーバーで覆われている | **E** 講義室棟の階段室。無双窓（開閉式のスリット）が設けられている | **F** 図書館内部。図書館には竣工時から空調があった。梁内部に空調チャンバーが隠されている | **G** 自然光が差し込むアトリエの内部 | **H** 奏楽堂の内観。PCa折板構造の屋根が表れている

その先には大学を象徴する安田講堂がそびえている。通常はこのように、建物は軸線の先にある焦点として機能するのだが、愛知芸大のキャンパスでは、講義室棟の建物こそが軸であり、軸線を受け止めるシンボリックな建物は存在しない。逆に軸である講義室棟自体が、大学を象徴する建物になっている。つまり、軸線の考え方が、逆転しているのだ。これによって、このキャンパスには一本の背骨が通った。

## 恒温動物の体温調節にも似た換気

そうやって見ていくと、この講義室棟自体が一種の脊椎(せきつい)動物のようにも感じられてくる。ピロティで持ち上げられた姿は、脚で身体を支えて歩き回る陸棲のほ乳類というべきか。

進化のハシゴをさかのぼると、シーラカンスのような魚だった陸棲の脊椎動物の祖先は、水中から地上に出ると、四肢で身体を持ち上げるようになった。その理由は自由に歩き回るためだが、もうひとつの理由は肺で呼吸をするようになったからとされている。空気中では動物の身体にかかる重力が水中よりもはるかに大きいため、身体を地面から離して支えないと、肺がつぶれてしまうのである。

自然換気の機能をいたるところに採り入れた講義室棟の建物も、いわば肺をもった建築である。3階の講義室も2階の廊下も、両側が外に通じているので、片側の窓から空気が入り反対側の窓から抜けていく。廊下にも換気窓があるし、階段の踊り場にもスリットが設けられている。取材で訪れたのは夏のものすごく暑い日だったが、スリットを開けたとたんに外の涼しい風がフッと入ってきて機能を果たしているのがわかった。吉村順三が奥村昭雄と手がけた建築作品には、しばしばこうしたエコロジカルな仕掛けが見てとれるが、愛知芸大もそうした恒温動物の体温調節にも似た建築的試みが見て取れる。

無脊椎動物から脊椎動物へ、水中から地上へ、変温動物から恒温動物へ、動物は幾度もの進化を繰り返してきた。愛知芸大の建物も、さまざまな建築的進化を果たしてこの姿になったのだ。

講義室棟のピロティが、丹下健三や菊竹清訓のピロティとは違う、居心地の良さを感じさせているとしたら、それはほ乳類のような進化した動物への親近感からくる癒やしの効果なのではあるまいか。そんなことを、ふと考えた。

吉村順三らの建築は、今、まさに求められているエコロジカルな建築デザインが先取りされているようなところもある。この建築を何とか、次の世代へと生き延びさせたいものだ。

発展期 1965–1967 | 絶頂期 1968–1970 | 終焉期 1971–1975　　077

なんと、この大学の教室には、今も**冷房がない**（2006年夏現在）。この温暖化時代に驚き。

各施設には、風を通すための工夫が随所に施されている。例えば講義室棟はこんな断面。→

教室と廊下を別のフロアにすることで、教室内を風が吹き抜けるようにしている。

石こう室（美術学部棟）はガラス張り。それでも冷房はない。

ポイント2　ECOLOGY

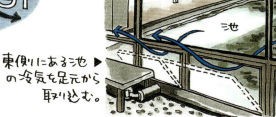

東側にある池の冷気を足元から取り込む。

オールのような形の縦ルーバーが西日をさえぎる。

そうした様々な工夫はあっても、真夏はやっぱり暑い！熱中症で倒れる学生もいるとかで、2007年度はついにエアコンを設置する予定だ。

アツイ／秋に来ればよかった

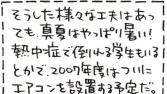

演奏室（音楽学部棟）←で練習に励む学生。
壁の温湿度計を見ると、気温33℃、湿度50%！→

学生たちよ、今までよく耐えた！！

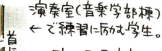
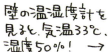

## 1966 ・昭和41年・

### 牛に引かれて……
#### 長野県信濃美術館

所在地：長野市箱清水1-4-4｜交通：JR長野駅からバスで善光寺北下車、徒歩3分
構造：RC造｜階数：地上3階｜延べ面積：1830m²（竣工時）
初出：2006年12月25日号

日建設計工務

長野県

解体

新幹線に乗って長野へ。今回、取り上げる信濃美術館は善光寺のすぐ近くにある。駅からは少し距離があるが、歩いて向かうことにした。駅を出てすぐの交差点を北に曲がると、あとは善光寺まで一本道。歩いているうちに、いつの間にか善光寺の参道に入り込んでいる。なんてわかりやすい都市構造だろう。そう思う。

善光寺までたどり着くと、本堂の脇を通って東隣の城山公園へ。すると、不思議な形の屋根をもった建物が現れた。これが信濃美術館だ。

設計者は日建設計工務(現・日建設計)の林昌二。林の作品というとポーラ五反田ビル(1971年)や新宿NSビル(1982年)といったオフィスビルがすぐに思い浮かぶが、こんな美術館も手掛けているのだった。竣工は1966年だから、代表作のパレスサイド・ビルディング(96ページ参照)と同じ年に完成したことになる。

外部階段を上がって2階から中へ入る。ロビーを抜けて、まずは右側の2つの大展示室へ。オープン時はひとつだったのだが、1970年に第二展示室が増築された。第一展示室へは階段を下りて、第二展示室へは階段を上がってたどり着く。この建物はあちこちに段差がある。スロープやリフトを設けてバリアフリー化しているが、無理矢理の感は否めない。この時代の建築は軒並みそうだが。

ロビーの正面奥にもうひとつ、小さな展示室がある。当初はここが喫茶室だったが、現在はロビーの左側に移っている。こちらはかつて郷土美術室だった部屋である。新しい喫茶室の奥は、東山魁夷館へとつながっている。谷口吉生の設計で、1990年に開館した建物だ。

ロビーから3階に上がると講堂で、ここにはシェル構造の曲面をもった屋根の形がそのまま天井に現れている。オープン時は、階段状の屋根のすき間から自然光が入ってくるようにもなっていたが、屋根の葺き替えでガラス面はふさがれていた。一時期、この部屋は全く使われていなかったという。現在は再び、講演やワークショップなどの催しに使われているそうだ。

---

## 善 光 寺 を 指 し 示 す 屋 根

建物の外に出て、裏側に回ってみた。こちらから見るとシェル屋根の形がよくわかる。屋根の向こうに善光寺の本堂が見えた。善光寺は約1400年も前からこの地にある。現在の本堂は江戸時代中期に建てられたもので、国宝に指定されている。我が国の木造建築としては、東大寺大仏殿、三十三間堂に次ぐ大きさだという。美術館のとがった屋根は、そちらを指し示している。善光寺を強く

**A** 中央の棟のファサード。90度回転した「牛」の字に見えませんか？ | **B** 手前に延びるのが第一展示室。半ば埋められ、側面は緑化されている | **C** 梁の端部に取り付けられた益子焼の装飾。よく見ると、人が手をつないでいる！ | **D** 裏側から見たシェル構造の屋根。背後に善光寺の屋根を望む | **E** 第一展示室の内部。取材時には「親子のアトリエ」という企画展示が行われていた | **F** ロビー。右奥に小さな展示室がある。左奥に進むと東山魁夷館につながっている | **G** 3階の講堂。シェル構造の屋根の形が天井に現れている

意識して設計したことがうかがえる。

　もう一度、正面に回って、改めて外観を眺めてみよう。展示室は半分が土に埋められ、緑に隠されている。代わりに目を引くのはシェル屋根が架かった中央の棟で、ファサードに現れる、縦線が2本になった十字形が非常にシンボリックだ。印象としては、美術館らしくない。宗教建築のようにも見える。

　この建物が掲載された雑誌で林昌二は、街に増えてきたフラットルーフの味気なさを嘆き、設計では屋根らしい屋根を架けることにこだわったと記している。そうして出来上がったのがこのユニークな屋根形というわけだ。

　でも屋根を架けたいだけだったら、切り妻でも寄せ棟でもよかったはず。なぜ、こんな形の屋根を架けたのだろう。そして、ファサードにくっきりと浮かび上がった二重線の十字架の意味は？ そんな謎が頭の中をかけ巡った。宮沢画伯はこのファサードを正面から見て木のシルエットではないか、と仮説を出しているが（83ページ参照）、二重線になっている意味がいまひとつ納得できない。もっといい説明はないものか。

## 浮かび上がる「牛」

　ひらめいたのは「牛に引かれて善光寺参り」ということわざを思い出したときだ。これは善光寺にまつわる伝説に由来している。昔、無信心なお婆さんが布を干していると、どこからか現れた牛がそれを角に引っかけて逃げ去った。それを取り返そうと、追いかけたお婆さんは、いつのまにか善光寺まで来てしまった。以来、信仰に目覚めたという。

　善光寺と牛の関係はこのことわざにとどまらない。善光寺の山門に掲げられた「善光寺」という額の「善」の字は、牛の顔を模したものとも言われている。文字の形に牛の顔を見いだすならば、建物の顔に文字を見いだしてもおかしくはない。

　そんなことを考えながら、あのファサードを右斜めから見直してみると、「牛」の字が90度回転した形で浮かび上がってくるではないか。十字架に見えた縦の二重線は、「牛」の字の横に伸びる二本の線だったのだ。そう考えると、梁の端部にある円形の飾りも、牛の鼻輪に見えてくる。

　とりあえずの結論。この建物は善光寺に向けて建物を配置するだけでなく、牛のモチーフを採り入れることによって、善光寺へのリスペクトをさらに表現している。ちょっと強引だが、そういうことにしておこう。

　ちなみに我々も取材の空き時間に、善光寺に立ち寄って参拝をした。牛に引かれてならぬ、モダン建築に引かれて善光寺参り、という次第である。

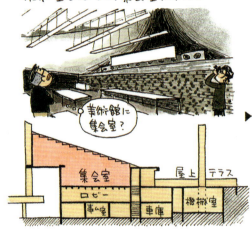
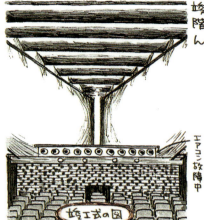
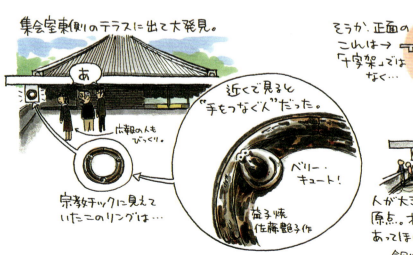

084　Japanese Modern Architecture 1965-75　　　　　　　　　　　　　　　　　　　　　　　　　　　　　　　　　No.12

・昭和41年・
**1966**

# 空間を呼び寄せる柱

丹下健三＋都市・建築設計研究所

## 山梨文化会館

所在地：山梨県甲府市北口2-6-10｜交通：JR甲府駅北口から徒歩2分
構造：SRC造｜階数：地下2階・地上8階｜延べ面積：1万8085㎡（竣工時）
初出：2007年2月26日号

山梨県

甲府の街に着くと、そこには「風林火山」と書かれたのぼりがいっぱい立っていた。言うまでもなく、ここ甲斐の国は、風林火山の旗印で有名な武田信玄のおひざ元。2007年放映のNHK大河ドラマ「風林火山」に乗っかって、観光振興で盛り上がっているのだった。

目指す先は、山梨文化会館である。それはJR甲府駅の北口を出ると、すぐ前に建っていた。外観を特徴付けているのは太い円柱。それが何本も建物をタテに貫いている。そして、柱の間に架け渡されたように四角い箱が取り付く。コンクリートをはつった外壁の仕上げとあいまって、その姿は未来的であると同時に古代の遺跡のようでもある。

山梨文化会館は山梨日日新聞社、山梨放送の2社を核とする総合情報メディアグループの本社屋だ。竣工当初は、印刷会社とその工場も入っていた。

設計者は丹下健三。丹下は電通やフジテレビなど、マスコミ企業のビルを数多く手がけたが、その代表作と言えるのがこれである。目指したのは、建物をコミュニケーションの場としてとらえ、人、もの、情報などの流れを実体化すること。それが「コミュニケーション・シャフト」と丹下が呼んだ円柱の形となって表れたのであった。

直径が約5mの円柱は、建物を支える構造であると同時に、内部にエレベーター、階段、トイレ、機械室などインフラ的な機能を収める。この円柱の間に、オフィスやスタジオなどのブロックがある。円柱について丹下は、建築としてだけでなくアーバンデザインとしての提案であるとも語っている。当時はまだ、このように建築と都市を一体のものとして構想することができたのだ。

## メタボリズム以上にメタボリズム

建物の管理者に案内してもらい、4階まで上がる。そこは人工芝が敷かれた広いオープンスペースとなっていた。建物のブロックとブロックの間に、こうした空隙（くうげき）があること、それがこの建物のもう一つの特徴だ。

空隙は将来、床面積を拡張するための余地として残されたもの。実際、このスペースを利用して、竣工してから8年目に大規模な増築が行われている。パッと見た印象はそんなに変わっていないのだが、竣工当時の写真と見比べてみると、確かに増築されたのがわかる。

時間の経過とともに変化することを想定した建築は、メタボリズムのことを思い起こさせる。メタボリズムは、1960年の世界デザイン会議を機に、菊竹清訓や黒川紀章らが主導した建築運動で、その名称は生物学用語の「新陳代謝」から採られ

**A** 4階の庭園から南東のブロックを見上げる｜**B** 東から見た全景。南側の5・6・8階、北側の6・7・8階が増築されている｜**C** 南面を見上げる。7・8階の出窓は1997年の改修で取り付けられた｜**D** 円柱シャフト内部のらせん階段。3つあるらせん階段は赤、青、黄と色分けされている｜**E** 4階の庭園。人工芝が敷かれている｜**F** 6階西側の喫茶室。74年に増築された個所で、奥に見える壁はもともと外壁だった｜**G** 西側から入ったところにある玄関ホールも、竣工後の改修によって生まれた部分

ている。メタボリズムでは生物をモデルとして、成長する建築や都市のイメージが盛んに追求された。丹下健三はメタボリズムの建築家よりも一つ上の世代で、そのメンバーではないが、山梨文化会館では、成長と変化が可能な建築を目指したという点で、明らかにメタボリズムと志向を共有している。

増築の結果、現在では空隙部が少なくなってしまった。竣工当時の方がカッコよかったなと思うが、設計者の意図通りに増築が行われたことの方がより重要だろう。何しろ、本家メタボリズム・グループの作品でも、成長と変化を実践した例はほとんどない。メタボリズム以上にメタボリズムらしい建築として貴重である。

その一方で、メタボリズムとの違いも指摘できる。たとえばメタボリズム建築の代表とも言える黒川紀章の中銀カプセルタワービル(238ページ参照)では、コアの周りを機能空間であるカプセルが埋め尽くして、コアは最終的に消えてしまう。それに対し、丹下のコアは機能空間が取り付いても最後まで露出し、はっきりとその存在が際だっている。柱となる構造に、あくまでも力点が置かれているのだ。

柱というテーマから、甲府という町で思い起こされるのは、武田信玄が厚く信仰したという諏訪大社(長野県)の御柱だ。山中から丸太を切り出して引いてくる勇壮な御柱祭のことは、耳にした人も多いはず。丸太は4つある諏訪大社のそれぞれに持ち込まれ、何を支えることなく独立した柱として境内に立てられる。御柱は各社4本で、合わせて16本。この数は、くしくも山梨文化会館の円柱と同じ数だ。

## 柱が持つシンボルの力

諏訪大社の柱はなぜ立てられるのか。神が宿る依代であるという説、柱で囲むことによってその中の神域を示しているという説、4本の柱が四天王を表しているという説……。いろいろな解釈があるが、建築史家の井上充夫は著書『日本建築の空間』(鹿島出版会)で、柱は「重力に反抗して何ものかを大地に打ち立てるという、人間の素朴な意志とエネルギーの大胆率直な表現である」とし、その例に諏訪大社の御柱を挙げている。日本建築の原形として、柱は特別な意味をもっていたのだ。

山梨文化会館の円柱にも、機能だけでは説明しきれない何かが込められている。それは、諏訪大社の御柱にも通じるシンボルの力だ。それによって柱は空間を呼び寄せ、増築を実現させたのである。日本建築の古層と響き合うものを、この建築から感じた。

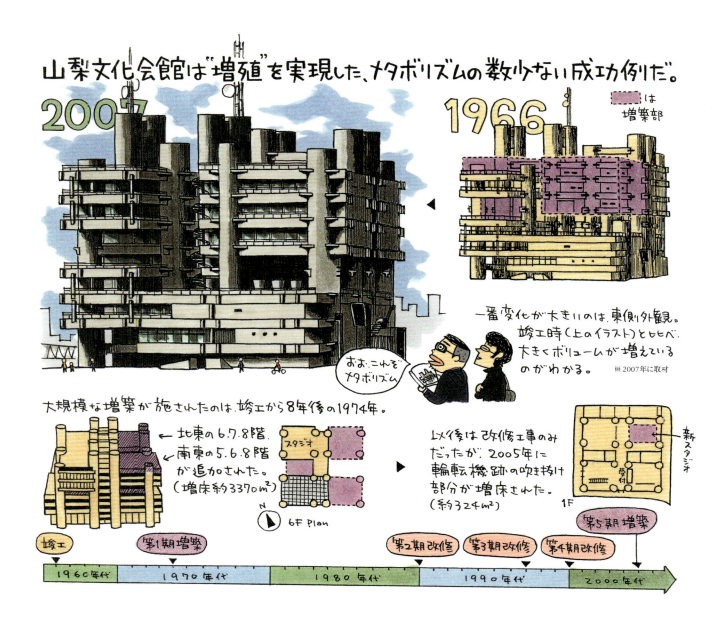

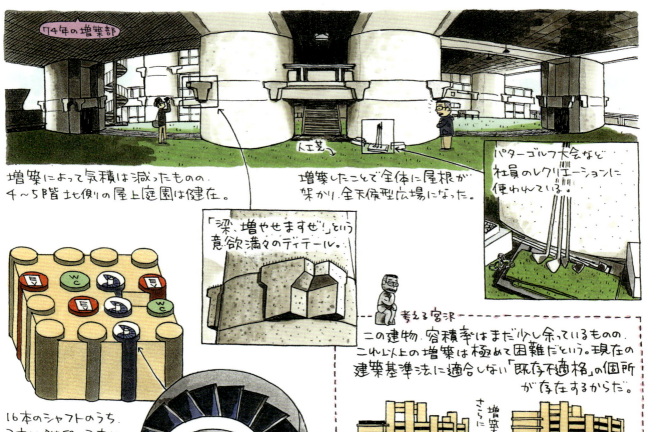

## 1966 ・昭和41年・

# 空中のクレーター

### 古川市民会館 [現・大崎市民会館]

所在地:宮城県大崎市古川北町5-5-1｜交通:JR古川駅から徒歩15分
構造:RC造｜階数:地上2階｜延べ面積:2600㎡(竣工時)
初出:2007年12月24日号

武基雄研究室

宮城県

東北新幹線の古川駅を降りて北に歩く。古川市民会館へは10分ほどで着いた。正面入り口の上には「市民会館」の文字がおかしなバランスで並んでいる。どうやら「古川」と付いていたのを外してそのままになっているらしい。全国的な流れに乗って、古川市も周辺の町村と合併し、大崎市へと名称を変更したのだ。

　建物でまず目に付くのは、三角形の自立する壁。これが4枚で大ホールの屋根を吊っている。風呂敷を広げて、四隅から引っ張っているような格好だ。屋根は真ん中が垂れて下がったカテナリー曲線からなる鉄筋コンクリートのシェルとなっている。ホールの壁とは構造的に縁が切られ、竣工時はその間にガラスの欄間が回り、そこから大ホール内部に自然光を採り入れる仕組みもあったようだ。現在はふさがれてしまったが、これが残っていれば、さらに吊り屋根が明快になっただろう。とはいえ、現在でもそのダイナミックな構造は十分に驚嘆に値する。

　屋根の工事は支保工も型枠も使わずに行われたという。その方法とは、ケーブルを掛け渡してそこに配筋した後、下から引っ張ってコンクリート打設後の荷重がかかった状態と同じにする。この状態でラス金網を敷いてその上に固練りのコンクリートを打設する。すごいことを考えたものである。

## ライバルは代々木競技場

　設計したのは武基雄。早稲田大学で長らく教鞭（きょうべん）を執り、その研究室からは竹山実、相田武文、藤井博巳など、多くの有名建築家が輩出した。菊竹清訓も在籍していたことがある。

　建築家としては故郷の長崎に長崎水族館（1959年／この建物は改築されて現在は長崎総合科学大学の建物として使われている）、長崎市公会堂（1962年）などの代表作を残すが、作品はそれほど多くなく、作風もこれといった強い個性がないためか、地味な扱いを受けがちだ。しかし、戦後すぐの仙台公会堂コンペで一等を獲得するなど、一時は丹下健三のライバルとも目されていた。

　丹下といえば、この建物の設計が行われる1年前に吊り構造の名作、国立代々木競技場が完成している。武はそれに敬意を表しながらも、全く別の吊り構造をつくろうとして、それを果たした。丹下を巡るライバル・ストーリーを彩るものとして、この建築をとらえることもできそうだ。

　現在は隣の敷地にも建物が建つが、かつては田んぼに囲まれ四方に開けていた。そのためか、この市民会館には裏がない。どちらから見ても美しくつくられている。

**A** メンテナンス用の外部バルコニーから見る。屋根と壁の間は欄間で切り離されている | **B** 逆シェルの吊り屋根を屋上から見る。中心に雨水を受けるマスと融雪用のヒーターがある | **C** 大ホールの内部。天井には吊り屋根の曲面がそのまま現れている | **D** 大ホール入り口の脇に独立して建つガラス張りの事務室 | **E** 三角形の壁柱にくり抜かれた穴から中ホール棟を見る | **F** 大ホールのホワイエ | **G** ホールの天井にある音響反射板。裏側に見える2本のパイプは屋根から雨水を落とす樋の一部

建物の平面は非常にわかりやすい。正方形をした大ホールが中央にあり、その周りに小さな部屋が独立して建つ。全面をガラス張りにした事務室、ハイサイドライトが飛び出した中ホール、それぞれが格好いい。すき間には路地のような屋外空間が続いていて、そこを歩くのも楽しい。

ホワイエを経て大ホールの中に入ると、屋根の形をそのままに表した曲面の天井が架かっていた。見上げると音響反射板の裏側に2本のパイプが走っている。これが実は雨樋で、凹型の屋根の底に集まる雨水を中央のマスで受け、建物の中を通して処理しているのだった。

## 宇宙に向いたパラボラの時代

「屋根に上がりますか」。建物を案内してくれた管理者から思わぬ提案。反射的に「ハイッ」と答えてしまう。舞台の脇にある頼りなさそうなハシゴを上っていくと、メンテナンス用の外部バルコニーに出た。下をのぞくと、怖じ気づいて上るのを嫌がった宮沢記者が小さく見える。そこから壁柱に渡り、再びハシゴで上る。すると屋上へ出た。

そこは巨大なクレーターのようだった。人工美の極致であると同時に、地形のようなスケールを備えている。中央にある雨水口以外は何もない。ただの曲面なのだが、なにやら荘厳な感じさえする。冷や汗をかいたが上ってよかった。

ふと連想したのは、プエルトリコにあるアレシボ天文台の電波望遠鏡だった。窪地に半ば埋め込まれるようにつくられた球面鏡は直径300mと世界最大。現地に行ったことはないのだが、映画「007ゴールデンアイ」や「コンタクト」のロケ地として使われているので、その雄大な景観は知ることができる。

アレシボ天文台が完成したのは1963年。60年代は電波天文学が大きく発展した時代で、ほかにも世界各地で大型のパラボラ型電波望遠鏡がこのころに建設された。日本では茨城宇宙通信実験所（現・高萩市衛星通信記念公園）が直径20mのパラボラ・アンテナを建造。日米間で初のテレビ衛星中継が行われ、ケネディ大統領暗殺の衝撃的なニュースを伝えている。パラボラ・アンテナは当時、科学の象徴であり、未来の象徴だった。

古川市民会館もそんな時代に建設された。その屋根は懸垂曲面で、電波望遠鏡の放物曲面とは厳密に言えば違うのだが、設計者はその形をふと意識してつくったとは考えられないだろうか。

そう見てくると、三角形の壁柱は18世紀にインドでつくられたジャンタル・マンタルの巨大な天体観測装置のようにも見えてくる。宇宙と対峙したスケールの大きな造形、それがこの建築の魅力だ。

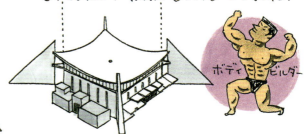

## 1966 ・昭和41年・

### 円筒のシンクロナイズ
**パレスサイド・ビルディング**

日建設計工務

所在地：東京都千代田区一ツ橋1-1-1｜交通：地下鉄東西線竹橋駅直結
構造：SRC造・RC造｜階数：地下6階・地上9階・塔屋3階｜延べ面積：11万9700m²
初出：2018年7月12日号

東京都

日本初の本格的な超高層建築が霞が関ビルディング（設計：三井不動産・山下寿郎設計事務所、1968年竣工）であることはよく知られる。高さ147mは、それまで最高だったホテル・ニューオータニの73mをはるかに超えての日本一だった。

　霞が関ビルディングの延べ面積は15万3959m²で、これも当時、ビルとして日本最大級だったが、では霞が関以前に規模が最大だったビルは何だろう？

　はっきりと書かれた資料は見つからないのだが、1958年に竣工した大手町ビル（設計：三菱地所）が11万1272m²で「東洋一のビル」と呼ばれており、1960年代にそれを超えるものが2件、東京で完成している。1つが昨年解体された日本ビルヂング（設計：三菱地所、竣工時16万5450m²）であり、もう1つが、今回取り上げるパレスサイドビル（11万9700m²）である。

　内部には様々な機能が複合している。2階から上は毎日新聞社ほかが入るオフィスフロアで、1階と地下1階は飲食店が並ぶショッピングアーケード、その下の地下階はかつて毎日新聞の印刷工場だった（現在は別の印刷会社がテナントとして入居）。そして屋上では、公園のようにオフィスワーカーがくつろいでいる。それ自体が都市であるかのごとき建築だ。

## ハイテックの先駆け

　建物は、敷地形状に合わせるように、2棟がずれながらくっついている。目を引くのは、ファサードのデザインだ。大きなガラス面の外側に、アルミキャスト製の水平ルーバーが張り出し、それに交差してパイプが付いている。ルーバーは日射遮蔽とメンテナンス足場のためだろうとすぐに推測できる。一方、縦に走るパイプは分かりにくい。遠目には方立てのようだが、近づくと途中で切れていて、その下には漏斗のようなものがある。何かといえば、これは雨水を落とす縦樋なのである。

　実は今回の撮影のために訪れた日、たまたま雨が降っていたので、実見することができた。落ちてきた雨水は縦樋からいったん解放されるが、すぐに下の雨受けへと吸い込まれていく。万が一、樋が詰まってしまっても、これなら問題の箇所がすぐに分かる。

　設備のシャフトや環境調整の様々な装置を外側にさらけ出して、それを視覚的にも生かす手法は、1980年代になってレンゾ・ピアノ、リチャード・ロジャース、ノーマン・フォスターといった建築家が盛んに用いた。「ハイテック」と呼ばれるデザインだが、パレスサイドビルは、それを先駆けたところがある。

**A** 皇居のお濠越しに見た外観｜**B** ガラス面の外側にアルミキャスト製の水平ルーバーと雨受け、縦樋が付いてファサードを形づくっている｜**C** 西正面玄関の鉄製傘型庇｜**D** コア部に機械を集約することにより、屋上はオフィスワーカーが憩える庭園として開放された｜**E** 円筒形コアの中に配された円形のエレベーターホール。ボタンは床から自立している｜**F** 地下商店街の2フロアを結ぶ「夢の階段」。細いステンレスの棒材を網状に組んで、アルミキャストの段板を支えている｜**G** テナントの1つ「メディアドゥホールディングス」のオフィス内観。大きな窓を通して皇居の緑が見える｜**H** 前後2方向に吹く空調吹出口は彫刻家の多田美波によるデザイン

## シンボリックな円筒コア

　もう1つ、この建築を特徴付けているのが、直方体の建物から飛び出している2本の円筒だ。その正体はエレベーター、階段、トイレを収めたコアで、この工夫により、広い貸し床面積を確保することができたという。

　設計を担当したのは、日建設計（当時は日建設計工務）の林昌二をチーフに据えるグループだった。林はこの後、ポーラ五反田ビル（1971年）や新宿住友ビル（1974年）、新宿NSビル（1982年）など、オフィスビルの名建築を数多く手掛けることになるが、パレスサイドビルを担当したときは、まだ35歳の若さだった。

　コアに円筒形を採用した理由を、林は「三愛の影響もあるかもしれません」と振り返っている（毎日ビルディング編「パレスサイドビル物語」2006年）。ここで言われる「三愛」とは、林らが設計を担当して1962年に竣工した三愛ドリームセンターのことだ。銀座4丁目という東京でも有数の人通りが多い交差点に立つこの建物では、都市景観を構成するアイストップであることがまず意識されており、その形として選ばれたのが円筒形なのだった。

　パレスサイドビルが立つのも、皇居の外側を巡る内堀通りに面した一等地だ。銀座の手法を踏襲して、シンボリックな円筒に景観のポイントを担わせたのだろう。

　同じ年、円筒を象徴的に用いた建築がもう1つ竣工している。それは山梨文化会館で、16本の円筒の間を床でつなぐという手法を採っている。丹下健三による設計だが、アイデアの元は東大の丹下研究室に所属していた磯崎新の新宿計画（1960年、実現せず）だろう。

　ちなみに林昌二と磯崎新は、1986年に行われた東京都庁舎コンペで、再びシンクロナイズしかけている。磯崎はこのとき、応募要項に抵触する中層1棟案を提出した。日建設計が出したのは超高層2棟案だったが、コンペチームを率いていた林は、実は1棟案をぎりぎりまで検討した、と明かしている（日経アーキテクチュア編「東京都新庁舎」1994年）。

　林昌二と磯崎新。前者は組織設計事務所のチーフであり、後者はアトリエ派を代表する建築家である。対極に位置する2人だが、求められている条件から、ロジカルかつラジカルに建築を導き出す手口は、実は似ているのかもしれない、などとパレスサイドビルを見ながら考えた。

発展期 1965–1967 | 絶頂期 1968–1970 | 終焉期 1971–1975

衝撃④ コアをずらすことで可能になった広大な屋上庭園。オフィスビルとは思えないゆったり感。

お一、皇居が！

屋上にある毎日神社。航空取材の安全を祈願する神社で「落ちない」と受験祈願者も訪れるという。

屋上に上ると、円筒コアの外装ディテールもよく見える。

工芸的！

衝撃⑤ コアの内部にはエレベーターとトイレが収まるが、プランが同心円ではない！

円の中心がずれている。

それにより、奥に進むほど通路の幅が狭くなり、入っていく人の姿が見えづらい。よく考えたなぁ…。

中心がずれているといえば、これも衝撃的。

衝撃⑥ 世界の名作キャノピーにも選ばれそうな、西側玄関のこの庇。→
地上から見ても、かっこいいけど…

上から見るともっとかっこいい！

あ、肝心のルーバーの話は？ごめんなさい、誌面が…。こ、これは手抜きではありません！このディテールと素材感は、現地で実物を見てほしいという、パレスサイド愛です。

・昭和41年・
## 1966

## そびえ立つブロンズ

### 百十四ビル

日建設計工務

所在地:高松市亀井町5-1 | 交通:JR高松駅から徒歩20分
構造:S造・SRC造 | 階数:地下2階・地上16階 | 延べ面積:2万1533m²
初出:2018年12月13日号

香川県

このビルは高松港から栗林公園へと延びる中央通りに面して立つ。百十四銀行の本店で、一部フロアにはテナントも入っている。地上16階建て、軒高54mは、竣工当時、西日本で最も高いビルだった。

　設計したのは、まだ日建設計工務と名乗っていた頃の日建設計である。後に社長や会長を務める薬袋公明が担当した。

　薬袋は阿波銀行本店（徳島市、1966年）、殖産相互銀行本店（山形市、1968年、現きらやか銀行桜町ビル）、三和銀行東京ビル（東京、1974年、現存しない）など、銀行建築を数多く手掛けた。なかでもこの建物は代表作とされる。

　敷地は内側に公道が十字形に通り、田の字形に分かれている。大通りに面した2つのブロックに本館と別館が立ち、奥に位置する2つのブロックには厚生会館と駐車場が置かれた。本館と別館は5階で結ばれ、本館と駐車場は地下で行き来できる。規模の大きな開発でありながら、既存の街路スケールを壊さなかった点が素晴らしい。

　設計には彫刻家の流政之も参画した。建物各所に彼の彫刻作品が置かれたほか、床壁の石張りのデザインを指導している。駐車場に自立しているツタの壁もそうだ。

　これらの見どころに加え、もう1つの特徴である、外装について詳しく見ていこう。

## 美しさを増してゆく壁

　本館の高層部は南北に大きな開口を取る一方で、東西面を閉鎖的とした。建物内に差し込む日射を抑えるために採られる常とう手段だが、それにより大通りを挟んで西側の公園から見ると、巨大な壁がそびえることになった。これを何で仕上げるかは、設計の重要なポイントだった。

　選ばれたのは丹銅板（ブロンズ）だ。ランダムに4種類の幅が並んでいるかのような銅板の帯で覆う。それにより豊かな質感をたたえた類のない高層オフィスビルのファサードが実現した。

　竣工時の雑誌記事で、薬袋は、このように書いている。

　「建築は竣工式のためにきれいに仕上げるのはもちろんないでしょう……。この壁にねらったことは、よごれを加えて美しさを増してゆく巨大な壁ということ」（「新建築」1967年2月号）。

　高層部の南北面は2011年に行われた改修工事によりガラスのダブルスキンに変わったが、銅板張りの箇所は当初のまま。設計者のもくろみ通りに、美しい緑青の色を見せている。

　それにしてもなぜ銅なのか。それにはこんなこと

**A** 低層部と高層部から成る｜**B** ブロンズ緑青仕上げの壁｜**C** 右は公道を挟んで北側の別館。低層部にはコンクリートの縦ルーバーが並ぶ｜**D** 1階のエレベーターホール｜**E** 5階のホール｜**F** 高層部の窓まわり。ダブルスキンの内側は当初のまま｜**G** 改修によって実現したダブルスキンの内側。断熱層として働くだけでなく、上部から空気を抜くことで省エネルギーの効果を高めている｜**H** 道路をまたいでブリッジでつながる南（本館）と北（別館）のブロック。右側手前は百十四銀行厚生会館｜**I** 駐車場に立つツタの茂った壁。彫刻家の流政之のデザインによるもの

も考えられる。

日建設計はもともと住友の建築設計部門だった。そして住友の発祥は、愛媛県の別子銅山である。隣の香川県で大きなプロジェクトを手掛けることになり、自分たちのルーツを思い返し、銅という素材を用いたのではないか。うがちすぎかもしれないが。

## 質感を持った「巨大建築」

想像ついでに、もう1つのあり得たかもしれない現代建築史について思いを巡らせてみる。

1970年代の半ば、日本の建築界で巨大建築論争というものが起こった。発端は明治大学教授で建築評論家だった神代雄一郎による評論「巨大建築に抗議する」である(「新建築」1974年9月号)。

彼は当時、東京の西新宿で相次いで建設されていた超高層ビルを、人間を圧倒する「いやな建築」だと非難した。これに対して、超高層ビルを設計する側の大手設計組織も黙ってはいない。例えば日建設計の林昌二は、「その社会が建築をつくる」という反論を書き(「新建築」1975年4月号)、自分たちの正当性を主張した。

結局のところこの論争は、興味深いテーマだったものの、双方の主張がかみ合わないまま終わってしまう。以降、建築界ではアトリエ派と大手設計組織の間に、美意識のうえでのはっきりとした溝が生じ、その分裂状態が現在も続いている。

論争について振り返ると、建築の大きさが問題とされていたように受け取られがちだが、よく読めばそれだけでないことが分かる。例えば神代は、同じ超高層ビルでも前川國男が設計した「東京海上ビルディング」(1974年、現・東京海上日動ビルディング)は、赤茶色のタイルで全体が覆われており、「いい建築」であると擁護していた。問題は大きさではなく、むしろ素材なのである。

だとすると神代は、論争を仕掛ける前に、まずこの百十四ビル・百十四銀行本店について思い出すべきだった。西新宿の超高層ビルに比べればはるかに規模は小さいが、それでも前述の通り、西日本一の高さを誇った「巨大建築」である。それが銅板という豊かな質感を持った外装で、大手設計組織によって既に建てられていたのだ。

そのことを前提にすれば、大手設計組織を無用にあおることなく、建設的な論争が展開できたのかもしれない。そして現在まで続くアトリエ派との断絶は起こっていなかったのではあるまいか。そんなふうにも思えるのである。

戦後の日建設計（1970年までは日建設計工務）をけん引した人物といえば、まず頭に浮かぶのは林昌二だ。だが、関西方面の人からは「いやいや、薬袋公明だろう」とつっ込みが入るかもしれない。

今回の巡礼地は、その薬袋の代表作、百十四ビルである。

**東の林** SHOJI HAYASHI 1928-2011
**西の薬袋** KIMIAKI MINAI 1926-2007

林が副社長の時代に、薬袋は社長だったことから、薬袋には"経営者"のイメージが強い。しかし、この百十四ビルを見れば、薬袋の建築家としてのとてつもない才能が分かる。

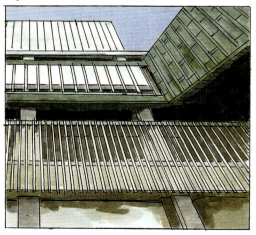

全体のデザインもディテールも、いろいろな要素を詰め込みながらも、ガチャガチャ感はない。ほど良い統一感も生んでいるのは緑色の銅板。多すぎず少なすぎず、いい塩梅。

薬袋は「新建築」誌にこんなことを書いている。「建築は竣工式のためにきれいに仕上げるのではもちろんないでしょう。この陸に狙ったことは、汚れを加えて美しさを増してゆく巨大な陸ということでした」。

そして、こんな"レシピ"を載せた。→

**緑青仕上げ 丹銅板（ブロンズ板）**

前処理：硝酸90%の濃度茶水温流漬約1分前後 硝酸にて丹銅板表面の脱脂と荒した目的とし後処理の緑青仕上げの付着をよくするため行う。

水洗：水道水または井戸水にて完全水洗し硝酸根を取除く

後処理：上記の通りブロンズ板面を処理して後、下記の仕様液に沈漬する。ただし液温は常温なものを使用する。

仕様液：水180ccに対して
塩化水銀 10.00g
硝酸銅 36.08g
硫酸亜鉛 36.08g

発展期 1965–1967 | 絶頂期 1968–1970 | 終焉期 1971–1975

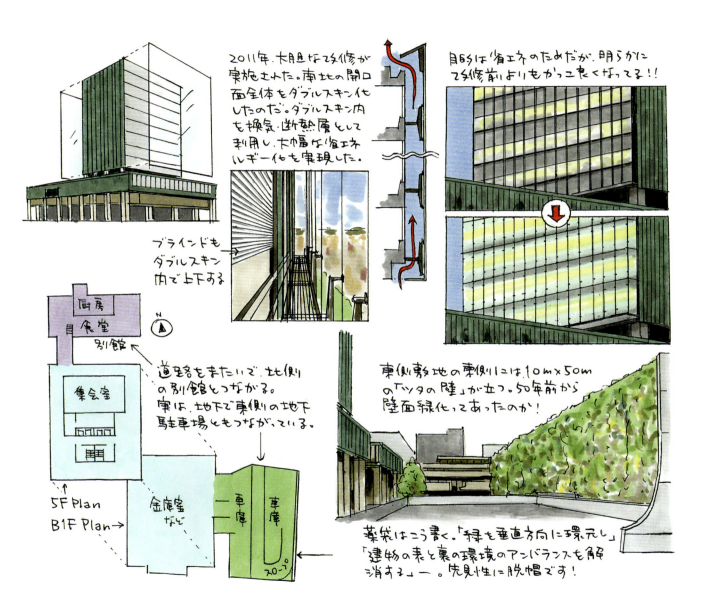

# 1966 ・昭和41年・ 寄り道

## 「ポーズ」としての拡張

### 大分県立大分図書館 [現・アートプラザ]

初出：本書のための描き下ろし
構造：RC造｜階数：地下1階・地上3階｜延べ面積：4,342m²
所在地：大分市荷揚町3–31｜交通：JR大分駅から徒歩10分

大分県

磯崎新アトリエ

現在は1階、2階が市民ギャラリーで、3階が「磯崎新建築展示室」。この3階の磯崎展示が量・濃度ともにすごい。気合いを入れて見に行くべし。

発展期 1965-1967 | 絶頂期 1968-1970 | 終焉期 1971-1975

2019年にプリツカー賞を受賞した磯崎新の代表作の1つ、旧大分県立大分図書館（現・アートプラザ）。

外観の至る所に現れる"四角いマカロニ"のような造形。コンセプトは「切断」だ。将来、増築した姿を切断して見せることで、拡張の意志を示しているという。なるほど…。

伸びる意志マンマン…

ただ、実際には増築されていないし、設計者が本当に増築を望んでいたのかも疑わしい。

だって、現状のプロポーションが、どこから見ても完璧すぎる！

でも、この部分で、設計者も意図しなかった増築が疑似体験できる。

あ、伸びてる！

隣の市営駐車場のミラーガラスに注目！

## 1967 •昭和42年•

# 明日にかける橋

### 佐渡グランドホテル

菊竹清訓建築設計事務所

所在地：新潟県佐渡市加茂歌代4918-1｜交通：佐渡汽船両津港から車で5分
構造：S造・一部RC造｜階数：地下1階・地上3階｜延べ面積：3874m²（竣工時）
初出：2007年11月26日号

新潟県

佐渡島。この島には現在、鉄道はない。しかしかつて、それを敷設する計画があった。地元住民の熱心な働きかけで、事業はスタートするものの、加茂湖を渡る長大な鉄橋を建設する途中で、その計画は頓挫。できあがっていた橋の一部は使われることもなくそのまま打ち捨てられていた。ところが、とあるホテル事業者がこれを転用することを思いついて改装。それがこの佐渡グランドホテルなのだ……というのはウソ。いや、佐渡で鉄道の計画があったことは本当だが、そこから先は全くの空想である。でもこの建物を見ると、そんな幻のストーリーを仮定してみたくなる。それほどまでにこの建築は「橋」なのだ。

## 湖畔に延びる長さ120ｍの建築

新潟港からのフェリーが着く両津港。そのすぐ近くにある佐渡島で最大の湖が加茂湖だ。佐渡グランドホテルはそのほとりにある。

外観の特徴はとにかく横に長いこと。図面から測るとその長さは約120ｍもある。建物は3階建てで客室は2階と3階に一直線に並んでいて、その下は一部がピロティ状に抜けている。

客室部は鉄骨造で、骨組みは鉄橋によくあるような、三角形を連続させたトラスになっている。外装には板が張られて、外からはトラスの形がわからないが、台形をした窓の並びから構造を類推できる。内部に入ると、トラスは吹き抜けの周りなどに現れるほか、客室の広縁側の開口部の形にも見てとれる。

これを支えるのは鉄筋コンクリートのがっしりとした5組の柱脚だ。スパンは25ｍにも及び、1階のロビーや浴場では、その建築的スケールを超えたコンクリートのマッスが出現している。残念ながら、浴場でこの柱脚が見られるのは女性用のみだが。

なぜ、こんな橋のような形になったのか。設計者の説明によれば、この場所は地盤が悪いので建物を建てるには長い杭を打たなければならず、その数をできるだけ減らすために柱を集約した結果だという。東光園（1964年）や出雲大社庁の舎（1963年）など、菊竹には巨大な梁に特徴を持った一連の作品がある。このホテルは、その梁自体を空間化し機能を持たせたものとも言える。

建物は水際のぎりぎりまで建っている。3階に突き出した東端の客室から外を眺めると、まるで湖の上に立っているかのようだ。菊竹は1950年代末から「海上都市」のイメージを常に追い続け、75年の沖縄海洋博のテーマ施設としてアクアポリスをつくるが、そうした水上建築の系譜にこのホテルを加えてもいいのかもしれない。

Japanese Modern Architecture 1965-75　　　　　　　　　　　　　　　　　　　　No.17

**A** 加茂湖越しに見た建物全景。東西に延びる建物は長さ約120mにも及ぶ｜**B** 南側外観見上げ。外壁はラワン板で覆われている。ガラス張りの中2階は後から増築したもの｜**C** 3階の階段ホール。鉄骨トラスの構造体が見える｜**D** ロビーの吹き抜けを見上げる｜**E** ロビーに現れたRC造の柱脚｜**F** 大浴場。柱脚が内部のデザインに生かされているのは残念ながら女性用のみ｜**G** 3階東端の客室から加茂湖を見る。水の上に突き出しているかのようだ｜**H** 廊下の途中にある展望コーナー。剣持勇がデザインしたラウンジチェアが置かれている｜**I** 3階客室。和室と広縁との境にトラスの形が反映されている

オープンして40年の間にホテルの建物はいろいろな改造を受けた。エレベーターの設置や2号館の増築などが目立つところだが、菊竹が関わったとされるのは中2階部の増築だ。これは竣工して3年後に実施されたもの。ピロティだった空隙を利用した増築は、菊竹の自邸スカイハウス（1958年）と同じやり方である。

増築部は、外装をガラス張りにして存在感を薄める工夫をしているものの、空中を水平に走る橋のような構造物という当初のイメージは弱められた感は否めない。しかし、メタボリズムが標榜していた成長と変化を実践したことの意義は、そのマイナス面を補って十分と言えるだろう。

## 橋と建築が結び付く未来都市

橋を連想させる建築はほかにもある。フランク・ロイド・ライトによるマリン郡庁舎（1966年）はアーチ橋を想起させるし、グンナー・バーカーツが設計したミネアポリス連邦準備銀行（1972年）は吊り橋の構造を採っている。ノーマン・フォスターが手がけた香港上海銀行（1986年）は斜張橋を縦に重ねたファサードだ。日本には、橋の博物館（設計：上田篤、1987年）や田辺エージェンシービル（設計：石井和紘、1984年）など、橋の形をそのまま引用した建物もある。しかしこれらと比べても、佐渡グランドホテルは一番、橋らしい。トラス構造を内側に隠しているにもかかわらずだ。橋を装った建築というよりも、建築を装った橋なのではないか、とも思える。

橋は土木構造物であり、建物とは別種のものと現在では考えられている。道路の一部である橋に、屋根の付いた建物をつくることは、原則として認められない。しかし歴史的に見ると、フィレンツェのポンテ・ベッキオなど、橋と建築を合体させた居住橋は世界各地で建造されてきた。橋と建築は以前はもっと近しい関係にあったのだ。

そうした居住橋の復活を、壮大なスケールでもくろんだプロジェクトが、1960年代にはいくつも提案された。丹下健三の「東京計画1960」は東京湾に架かる巨大な橋が都市になっているというものだったし、フランスの建築家、ヨナ・フリードマンは川をまたぐ橋の形をした巨大建築の提案を繰り返し発表している。そうした空想的な未来都市はついに実現することはなかったが、その可能性を小規模とはいえ、佐渡グランドホテルは感じ取らせてくれる。再び橋と建築が結び付く明日へ。この建築はそんな予感を漂わせている。

**発展期 1965–1967** | 絶頂期 1968–1970 | 終焉期 1971–1975

2～3階の客室は、ジグザグの鉄骨柱で構成されている。最近ハヤリの鳥カゴ構造が40年前に実現されていたことに驚く。

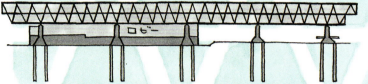

ジグザグパターンはロビーや廊下にも表れている。

客室内のデザインにも斜めの柱が生かされていて面白い。

3階の窓は逆台形

2階の窓は台形

東側の先端は、湖に向かって約10m張り出している。

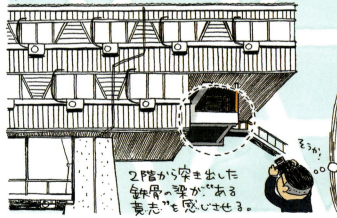

2階から突き出した鉄骨の梁が"意志"を感じさせる。

そうか！

菊竹の真の狙いは、客室を「橋」のように湖の上に延ばしていくことだったのでは？

その先をさらに延ばして両津港のターミナルと直結することも考えていたのでは？（その方向はピタリと一致している）

116　Japanese Modern Architecture 1965-75　　　　　　　　　　　　　　　　　　　No.18

## 1967 昭和42年

## 大きな傘の下で

### 寒河江市庁舎

黒川紀章建築・都市設計事務所

所在地：山形県寒河江市中央1-9-45 | 交通：JR寒河江駅から徒歩15分
構造：RC造・一部サスペンション構造 | 階数：地上5階 | 延べ面積：4736m² (竣工時)
初出：2008年1月28日号

山形県

山形新幹線を山形駅で降り、左沢線に乗り換える。その時点では、確かに空は晴れ渡っていた。しかし列車が進むにつれ天候は徐々に怪しくなっていき、寒河江駅に到着したときには雨が降り出す。建築取材の一番の難敵が雨。これまで不思議なことに「昭和モダン建築巡礼」の取材で、雨にたたられることは一度もなかったのだが、今回は運に恵まれなかったようだ。駅でしばらく雨宿りしたが雲が途切れる様子もないので、仕方なく近くのコンビニで傘を買って歩き出した。

　商店街の道をしばらく歩くと、建物のすき間から特徴的なシルエットの建物が見えてきた。見間違えることはない。あれが寒河江市庁舎だ。

　1階は薄く広がった基壇部になっていて、その上に浮かぶように2層の高層部がある。実は構造を支えているのは4本のコアで、高層部はそこから吊られている。このユニークな形状の建築を設計したのは黒川紀章。その時、黒川はまだ33歳だった。

## 足下にある議場

　建物へのアプローチはスロープになっている。これを上がっていくと、2階にある市民広場に着く。ここは高層部が上に架かる深い軒下空間で、建物をぐるりと巡っている。

　それに面して正面玄関が設けられており、ガラスの扉を開けて中へと入ると、トップライトから自然光が降り注ぐ吹き抜けになっていた。ここは市民ホールと名付けられた空間で、その周りを各種の行政手続きを行うためのカウンターが囲んでいる。そして頭上には岡本太郎の作による照明オブジェが、今もなお強烈な存在感を発してぶら下がっていた。家具は少しみすぼらしいが、このホールには、東北芸術工科大学の西澤研究室の手でデザインされた新しい家具が設置される予定という。

　この建物では、市民ホールがある2階を挟んで、3・4階が行政部門、1階が議会部門になっている。三権分立は民主主義の基本中の基本だが、市区町村の庁舎建築を見ると、庁舎と議場を別棟にしているところはなかなかお目にかかれない。寒河江市庁舎は一棟式ながらも、上下にこの2つを分離して、その独立性をはっきりと打ち出した。しかも行政部門の下に議場がある。1階に議会部門を配した理由を、建築家は"市民と議員との接触の場として、アプローチしやすい"などと説明しているが、このタイプは非常に珍しい。

　市民ホールの床を見下ろすと、家具に隠れるようにガラスブロックがはめられた部分があった。その下には議場がある。つまり、2階の市民ホール

**A** スロープから池を見下ろす。2階の軒下を巡る市民広場の一部を使って増築が行われている｜**B** スロープを上がって市民ホールのある2階にアプローチする｜**C** 2階のメインエントランス。軒が長く出ている｜**D** 市民ホールを見下ろす。床に見えるガラスブロック部分は1階議場のトップライト｜**E** 2階の市民ホールからトップライトを見上げる。岡本太郎作の光る彫刻が下がっている｜**F** 3階のカウンタースペース。執務空間には柱がない｜**G** 1階の議場。天井にはトップライトがある

と1階の議場は、ガラスを介してつながっているのだ。思い出されるのはノーマン・フォスターが設計したドイツの連邦議会議事堂(1999年)だ。あの建物では屋上まで一般の人が上がれるようになっていて、そこからトップライト越しに下の議場をのぞくことができるようになっている。開かれた議会を文字通り実践した議事堂だが、寒河江市庁舎は、それを30年も前に先取りしていたとも言える。

## 変わるところ／変わらないところ

1960年代に世界の建築界から注目されたメタボリズム。ご存じのとおり、黒川紀章はその旗頭の一人だった。現在では寒河江市庁舎がその文脈で語られることはほとんどないが、この建物でもメタボリズム的な構想はあったようだ。

黒川のスケッチには、1階に「時間の建築」、3・4階に「象徴の建築」の文字が書き込まれている。つまり基壇部が「成長・変化する空間」で、高層部が「変わらないもの」と規定されているのだ。この分け方は、少し意外にも思える。中銀カプセルタワービル(1972年)など、黒川による他のメタボリズム建築を参照するなら、構造コアの周りに吊られた3・4階のフロアこそ「成長・変化する空間」になりそうなものだ。

なぜ1階の議会フロアが「成長・変化する空間」で、3・4階の行政フロアがシンボリックな「変わらないもの」なのか。推測するなら、一つは周辺敷地の計画があったからだろう。建築雑誌に発表された図面を見ると、寒河江市庁舎の隣にはオーディトリアムが描かれており、庁舎2階の市民広場と同じレベルに屋上庭園が設けられている。こうした手法でペデストリアンデッキを連続的に拡張し、都市のセンター地区として発展させていくことを構想していたようだ。オーディトリアムは実現せず、しかも行政部門の増築が2階の軒下部分を利用して行われたため、当初のメタボリズム的なアイデアはわかりにくいものとなってしまったが。

もう一つの理由として、ここには黒川が思い描いたありうべき社会の姿が投影されていたのかもしれない。選挙によってどんな政治家が議員に選ばれようとも、有能な技術官僚が変わりなく行政を遂行し続けるというテクノクラシズム。後に都知事や参議院議員に立候補する黒川だが、若き日にはそんな志向もあったのではあるまいか。

いや、それはやはりうがった見方だろう。取材を終えるまで天気は悪いままだったが、その間、この建物は傘となって我々を雨風から守ってくれた。人に優しい庁舎建築を体現してくれたのである。

| **発展期** 1965–1967 | 絶頂期 1968–1970 | 終焉期 1971–1975 |

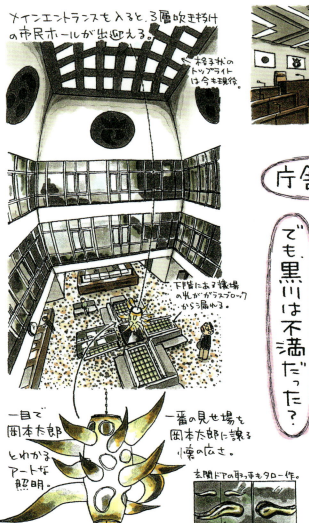

メインエントランスを入ると、3層吹き抜けの市民ホールが出迎える。

格子状のトップライトは今も現役。

下階にある議場の光がガラスブロックから漏れる。

一目で岡本太郎とわかるアートな照明。

一番の見せ場を岡本太郎に譲る懐の広さ。

玄関ドアの取っ手もタロー作。

◀1階の議場。議会が最下階にある役所は初めて見た。議会が市民を支え、行政が市民の傘になる、というメッセージか?

行政 / 議会

**庁舎建築の傑作!**

でも黒川は不満だった?

総じて端正な印象。40年間ほとんど変わっていないことが機能性の高さも物語る。"傑作"と言っていい。しかし黒川はその後、この建物に言及することは少なかった。

架構が菊竹清訓っぽいですね

丹下健三の影響も感じるな

なるほど陰影のある窓まわりは旧都庁舎をほうふつとさせる。

おそらく黒川自身も「これではメディアに注目されない」と思ったのだろう。その反省から自分らしさも過剰に表現するようになったのではないか?

どうする? オレ…
正攻法すぎる

戦略家・黒川紀章の誕生。

No.19

● 昭和42年 ●
1967

## 健全なる意匠と構造

日本大学小林美夫研究室

### 岩手県営体育館

所在地：盛岡市青山2-4-1｜交通：いわて銀河鉄道青山駅から徒歩5分
階数：地上2階｜延べ面積：6394m²
初出：2019年2月28日号

岩手県

JR盛岡駅からいわて銀河鉄道に乗り換える。一駅目の青山で下車し、歩いてすぐのところに、この体育館はある。

竣工は1967年。1970年に岩手県で開催された第25回国民体育大会では、ここで体操競技が行われた。開館して50年が過ぎた今も利用率はとても高く、平日は地域のスポーツ団体や学校の部活動が利用、週末はバスケットボール、ハンドボール、バドミントン、フットサルなどさまざまな競技の地元大会で月間予定表が埋まっている。

設計したのは日本大学小林美夫研究室だ。小林は大学で教鞭（きょうべん）を執りながら建築家としても活動し、日本大学理工学部習志野図書館（1971年）や東京薬科大学八王子キャンパス（1976年）などを設計。特に体育館の分野では、秋田県立体育館（1968年）、茨城県立笠松運動公園体育館（1974年）など、注目される建築をいくつも手掛けた。その代表作と言えるのがこの岩手県営体育館である。

## 圧縮と引張の組み合わせ

建物の特徴はアーチとケーブルネットによる構造のデザインだ。

アーチは上に架かる2本のメインアーチと、外周を回るリングアーチから成る。メインアーチはスパン約70m、高さ約21.6mで、間には採光窓が並んでいる。アーチの広がろうとする力は、地面下でタイビーム（開きを止める部材）で押さえている。

メインアーチとリングアーチの間に架かる屋根は、下に少し垂れた格好の吊りワイヤとそれに直交する押さえワイヤによるケーブルネットで面がつくられ、軽量コンクリートのプレキャストパネルで覆われている。

アーチの構造は圧縮力によって成り立ち、ケーブルネットの吊り構造は引張（ひっぱり）力によって成り立つ。「圧縮と引張」という2つの構造原理が明快に組み合わされたところが、この建築の妙だ。

構造設計を担当したのは、日本大学の斎藤謙次研究室。のちに日本建築学会長も務める構造家の斎藤公男が担当している。

1960年代は大空間建築の傑作がいくつも生まれ、そのなかで建築家と構造家の協働が大きくクローズアップされた時代だった。岩手県営体育館における日大チームは、こうした傾向を代表する成功例の1つだ。

加えて興味深いのは、メインアーチとリングアーチの内部が空洞になっていて、そこが空調ダクトを兼用していること。構造と設備の統合は、その後にノーマン・フォスターやレンゾ・ピアノといった建築家が取り組むテーマだが、早くもここでそれが先取り

A アーチとサスペンション(懸架装置)による構造を明快に表した外観。取材は雪が降った日の翌日で、屋根の一部には雪が残っていた | B 北側正面を見る。アーチの間の2階部分に玄関がある。アーチ上面のステンレス板は後から付けられたもの | C 玄関ホール | D 外側に張り出した観客席の下に選手控え室、会議室などの諸室が配されている。低層部は石張りの仕上げ | E アリーナの内部。バスケットボールコートなら2面を取れる広さ | F 観客席の外側を巡る通路はスロープになっている | G アリーナの南側に設けられているステージ | H アーチの間に設けられたハイサイドライト | I アリーナの空調吹き出し口

されているのである。

## 内側に傾いた2本のアーチ

　この体育館について、類似したデザインの建物を挙げながら、さらにその特徴を考えてみよう。

　まずは丹下健三が設計した国立代々木競技場第一体育館（1964年）。岩手県営体育館と同じく吊り構造を採り入れたが、吊り構造がそのまま表れているのは2つの塔に架け渡された中央のワイヤだけであり、垂れ下がった形のようにも見える両側の屋根は鉄骨の梁によるもの。美しい形だけれども、それは重力の作用ではなく、建築家の手によって強引に生み出されている。岩手にはそうした建築家の恣意性がうかがえず、構造的合理性がそのまま表現として現れている。

　構造の考え方で近いのは、エーロ・サーリネンが設計した米国イェール大学のインガルス・ホッケーリンク（1959年）だ。中央にアーチを架け、その両側にケーブルを垂らす格好で屋根をつくり上げている点で岩手県営体育館と共通している。ただし、インガルスはアーチが1本なのに対し、岩手はアーチが2本である。

　2本のアーチといえば、連想されるのは、ザハ・ハディドによる新国立競技場案だ。実は斎藤公男も、コンペ案を見たときに岩手県営体育館を思い出したという（「建築ジャーナル」2015年2月号）。もし出来上がっていたら、岩手の体育館もさらに注目を集めたことだろう。

　ザハによる新国立競技場案と岩手との違いは、2本のアーチの傾き方で、開閉式屋根の設置や高さの制限などの理由からか、ザハ案は外側に傾いていた。

　逆に岩手県営体育館では、内側に向かって傾く。下から眺めると、斜めに延びていくアーチの間隔はだんだんと狭まっていくので、パースペクティブの効果もあって、ぐいぐい上昇するような、ダイナミックな印象を生み出している。体育館という施設に、いかにもふさわしい。

　「健全なる精神は健全なる身体に宿る」といわれる。この言葉は、古代ローマ時代にユウェナリスが書いた詩を誤って解釈したものらしい。もともとは「健全なる精神が健全なる肉体に宿っているといいのになあ」という願望を述べたものだそうである。

　これを建築で言い換えるならば、「健全なる意匠は健全なる構造に宿るといいのになあ」ということだろうか。その願望に見事に応えた建築が、この岩手県営体育館だと言えるのではないか。

「一回性」(同じものを何度もつくらない) という宿命を負う建築において、「100点満点」の建築はたぶん存在しない。だが、この建築は宮沢がこれまで見たなかで最も「満点に近い設計」といえるかもしれない。

よー、すごいアプローチ

今回の巡礼地は、岩手県営体育館(1967年)。設計は日本大学で長く教べんを執った小林美夫(1928-2017年)だ。盛岡駅から一駅の青山駅近くにある。

なぜ満点に近いかというと、まずは構造・設備の合理性。分かりやすい概念図があったので、模写してみた。

**構造**　体育館の架構は、2枚の「吊り大屋根」と中央2本の「メインアーチ」、外周2本の「リングアーチ」で構成される。
小林の文章によれば、「アーチとサスペンション構造の組み合わせによる"圧縮と引張"の架構システム」であり、「この2つの応力によって成り立った自己釣合的な安定構造」である。

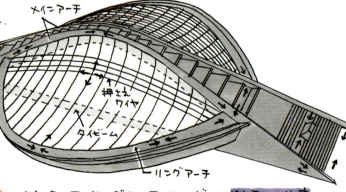

**設備**　メインアーチ、リングアーチは、いずれも断面が中空で、給気ダクトを兼ねている。冷房はないが、冬季はガス暖房による暖気をメインアーチ上部で回収、リングアーチの吹き出しに送る省エネ循環システム。

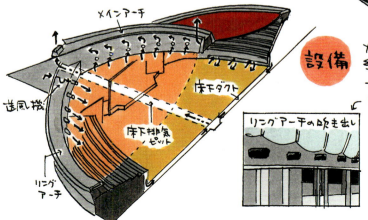

2本のメインアーチの間にはトップライトがあり、照明電力を削減。あらゆる部位に意味がある。

| 発展期 1965-1967 | 絶頂期 1968-1970 | 終焉期 1971-1975 |

室内に足を踏み入れると… 何てフォトジェニック！ 空間を構成するほとんどの要素が放物線！

おおっ

体育館としての利用率が高いことに加え、客席はウォーキングに活用されている。

外回り（客席上部）

内回り（客席中段）

ウォーキングコーススタート
内回り 186m

外壁がコンクリート打ち放しのままなのもすごい。積雪や雨に対してディテールがしっかりしていた証しだろう。

この建築がさほど知られていないのは、内外観の印象が **国立代々木競技場（1964年）** に似てるから？

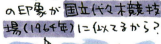

代々木の吊り屋根は鉄骨とワイヤの「セミリジッド」だ。（半固定）

確かに、美的なインパクトは、先に完成した代々木を超えていないかもしれない。代々木は美しさを優先して人為的につくった曲面なのだから、それは当然。しかし、度重なる改修によって維持されている **"スター・代々木"** に対し、ほとんど竣工時のまま50年以上現役の **"優等生・岩手"**。これからの時代、こっちも、もっと評価されるべきでは？

## 石垣のメモリー

### 若人の広場

•昭和42年•
1967

丹下健三＋都市・建築設計研究所
（改修設計＝丹下都市建築設計）

所在地：兵庫県南あわじ市阿万塩屋町2658-7｜交通：淡路島南ICから車で約20分
階数：地上2階
初出：2018年11月8日号

兵庫県

淡路島の南端、海を見下ろす尾根の先にこの施設はある。

もともとは、「戦没学徒記念若人の広場」として、1967年に完成した。太平洋戦争中、学業の道半ばにして軍需工場に動員され、無念にも命を落とすことになった14歳から22歳までの若者たちを追悼するために、財団法人動員学徒援護会が建設したもの。開設当初は多くの人が訪れ、隣接して宿泊施設が建てられたりもしたが、次第に入館者が減少し、94年には閉鎖された。

直後に阪神大震災が起こったこともあり、建物は廃墟のままに放置される。傷みも激しく、このまま壊れていくのかと心配されたが、南あわじ市が買い取り、再整備して2015年にリニューアルオープン。それが現在の「若人の広場公園」である。

管理棟と呼ばれている建物内では、本郷新による彫刻「わだつみのこえ」や、動員学徒の遺品、パネル展示などが設置されている。

外階段で屋上へ上がると展望台になっていて、瀬戸内海の絶景が得られる。そして真っすぐに延びる通路の先に立つのは、高さ25mの記念塔。HP（双曲放物面）シェルの構造で空へと向かっていく視線をそのまま固めたような、シンプルでありながらシンボリックな形象だ。その前では、「若人よ天と地をつなぐ灯たれ」との言葉が彫られた基壇の上に、永遠の灯が燃え続けている。

## 雑誌発表されなかった作品

設計したのは丹下健三だ。国立代々木競技場（1964年）、東京カテドラル（同）、山梨文化会館（1966年）など、名作を相次いで手掛けていた時期にあたり、それらに引けを取らない傑作だと思うのだが、この作品は雑誌に発表されていない。それどころか、作品リストにも載せていなかった。建築関係者にもその存在は伏せられていたのである。

丹下の設計として認知されるようになったのは、丹下健三と藤森照信による著書「丹下健三」（新建築社、2002年）が刊行された頃から。同書には、非公表となった理由も明かされている。担当した所員の神谷宏治によれば、竣工式典に右翼系の政治家が参加することを知った丹下が参加を拒否、その流れで発表も行わなかったのだという。

もちろん、一般に公開されていた施設なので、何も知らずに偶然、この建物を訪れた人もいただろう。もし自分がそんな体験をしていたら、その建築のすごさに、びっくり仰天したに違いない。そしてすぐさま、設計者は誰かと考える。果たして、丹下の設計だと見破れただろうか。

記念塔のHPシェルによる優美な曲面は東京カ

A 管理棟の外観。香川県産の庵治(あじ)石が使われた石積みの外壁。傷んでいたため、いったん取り外してから積み直している。改修設計は丹下都市建築設計が行った | B 内部に展示されている本郷新による彫刻作品「わだつみのこえ」 | C 記念塔を見上げる。HPシェルの造形 | D 管理棟の屋上は段状に連続して、展望台を兼ねた広場となっている | E 展望台へと至る屋外階段 | F 管理棟から参道のように延びて記念塔へと至る通路 | G 内部は石積みの壁に挟まれた空間の上にボールト天井が連続して架かる | H 屋外の石積みの壁は内部にも連続する形で現れる

テドラルを思い起こさせるし、そこへ至る軸線の強調は、大東亜建設記念造営計画（1942年）や広島ピースセンター（1952年）といった丹下の初期作品との共通性を感じさせる。

　一方、軸線の取り方は大きく異なる。かつての丹下は富士山や原爆ドームといった超越的なシンボルを敷地外に設定していたのに対し、ここでは敷地の中に自らシンボルを設計している。

## 石垣の壁を築いた理由

　さらに気になるのは、管理棟の全体を覆う石積みの壁だろう。1960年代までの丹下作品は打ち放しコンクリートの仕上げが多いので、野面積みの石の壁には違和感がある。

　前掲の書籍でも藤森照信は、「これだけ荒々しく無口な壁面は、丹下の作品歴のなかでほかにない」と記している。

　壁を石で覆ったのは、敷地が瀬戸内海国立公園のエリアにかかっていることも理由のひとつだろう。石で建物を隠すことにより、自然の景観を壊さないよう配慮したというわけだ。でもそれだけではないように思う。

　丹下の生い立ちを探ると、生まれは大阪府堺市だが、すぐに中国へと移り住む。そして小学校2年生から中学卒業までを愛媛県の今治市で過ごした。そして鮮明に覚えているのは、今治城の城跡公園で遊んだことだという。「そこには、お堀があり、お城の雰囲気が残っていて、近所の友だちとよく遊んでいました」

　今治城は瀬戸内海と接する位置に、その海水を引き込んで、藤堂高虎が築いたとされる城だ。現在、見られる天守や隅櫓は1980年代以降に建造されたもので、丹下が子ども時代を過ごした今治城は、内堀と石垣のみだった。それを毎日のように見て丹下は育った。「若人の広場」の設計を引き受けて敷地を訪れ、瀬戸内海を眺めるうち、今治で過ごした子ども時代を思い出し、遊び場だった今治城の石垣をここで再現したくなったのではないだろうか。

　出来上がった建物を見るだけで、丹下の設計と言い当てるのは難しかったかもしれない。しかし、丹下作品と知ってしまえば建築家、丹下健三のルーツにも迫れる興味深い建築として浮かび上がってくる。瀬戸内海を囲む高松、今治、広島、倉敷などの都市には、丹下の代表作が残っている。それらを結んで巡るツアーを、淡路島のこの施設から出発してみるのも悪くない。

丹下健三の数あるプロジェクトのなかで、この「戦没学徒記念・若人の広場」(1967年)は、それほどメジャーなものではないだろう。知っているという人は、かなりの丹下ツウだ。

というのもこの建築、建築専門誌に掲載されず、藤森照信著『丹下健三』(2002年)に収録されるまで、丹下建築と認識されていなかった。

それでも、実物を見れば、誰もが「丹下建築トップ10」に入れたくなるに違いない。まずは「丹下の魅力＝外観の造形性」というイメージを覆す、石垣風の控え目な外観。

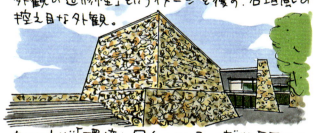

よくいえば「環境に同化している」のだが、丹下ファンは「え、こんなもん？」と思ってしまう。しかし、その期待感のなさが、内部に足を踏み入れたときの驚きを増幅する。

イラストの強みを生かして、メインエントランス周辺の空間を180°広角で描いてみた。外部から連続する花こう岩積みの壁に、コンクリート打ちっ放しのボールト状天井がリズミカルに連なる。一瞬にして心をわしづかみ！

| 発展期 1965–1967 | 絶頂期 1968–1970 | 終焉期 1971–1975 |

大小のヴォールトの組み合わせ、小幅板の打ち放し。自然光による明と暗ー。「丹下=外観」って誰が言った？

丹下らしくないといえば、この不整形な平面。まるで、ダニエル・リベスキンド…。

外部空間は、地上から自然な流れで屋上へよらせる動線。1967時点ではかなり先駆的な考え方だったのでは。

← ゴールはHPシェルの記念塔なのだが、正直、そこに至る前に十分、心が満たされてしまう。

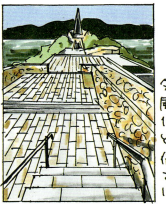

外観のない建築ー。隈研吾風にいえば「負ける建築」。1964年に国立代々木競技場と東京カテドラルで世界的評価を確立した丹下が、一瞬でもこんな建築を目指したことは、もっと知られるべきだろう。

## 2 絶頂期 1968-1970

1965年から始まった好況はこの時期まで途切れず、
後に「いざなぎ景気」と呼ばれるようになる。
そして国民総生産は、世界2位へと躍り出た。
人口集中が進み過密化する都市では建築が大型化、
高さ100mを超える本格的な超高層ビルも実現する。
1970年には、アジアで初めての万国博覧会を大阪で開催。
その会場計画やパビリオンの設計に建築家たちは動員された。
前衛建築家たちが思い描いた未来都市の光景が、そこには実現していた。
日本のモダン建築はここにピークを迎えた。

| 136 | 21 | 坂出人工土地 1968 |
| 142 | 22 | 萩市民館 1968 |
| 148 | 23 | 箕面観光ホテル 1968 ———— 寄り道 |
| 150 | 24 | 霞が関ビルディング 1968 |
| 156 | 25 | 金沢工業大学 1969 |
| 162 | 26 | 栃木県議会棟庁舎 1969 |
| 168 | 27 | 志摩観光ホテル本館 [ザ・クラシック] 1969 ———— 寄り道 |
| 170 | 28 | イサム・ノグチ庭園美術館 1969 ———— 寄り道 |
| 172 | 29 | 那覇市民会館 1970 |
| 178 | 30 | 佐賀県立博物館 1970 |
| 184 | 31 | 稲沢市庁舎 1970 |
| 190 | 32 | 岩窟ホール 1970 |
| 196 | 33 | 京都信用金庫 1970 |
| 204 | 34 | 北海道開拓記念館 1970 ———— 寄り道 |

[大阪万博レガシー]

| 218 | 35 | お祭り広場 1970 |
| | 36 | 太陽の塔 1970 |
| 224 | 37 | 鉄鋼館 [現・EXPO'70パビリオン] 1970 |
| | 38 | 大阪日本民芸館 1970 |
| | 39 | 日本万国博覧会本部ビル 1969 |
| | 40 | エキスポタワー 1970 |

No.21

・昭和43年・
# 1968
## 「人工」の上昇と下降
**坂出人工土地**

大高正人

所在地：香川県坂出市京町2丁目｜交通：JR坂出駅から徒歩3分
初出：2005年10月31日号

香川県

四国で2件目の訪問先は坂出人工土地である。地上6〜9mの高さに敷地のほぼ全体を覆う床面をつくり、その上を集合住宅、下を駐車場、商店街、市民ホールとして利用しているというアレだ。

　設計者の大高正人は、前川國男の下で東京文化会館（1961年）などの傑作を担当した後、独立。1960年代には千葉県文化会館（1967年）や栃木県議会庁舎（1969年）を手掛け、菊竹清訓や黒川紀章らとメタボリズム・グループを結成するなどの活動で建築界をリードした。しかし70年代以降は多摩ニュータウンや横浜みなとみらいなど、まちづくりの分野での仕事が増え、建築作品も群馬県立歴史博物館（1979年）など、くすんだ色の大屋根が目印となる地味な作風となっていく。70年代以降の大高しか知らない世代には、坂出人工土地の大胆な未来的提案は意外に映るかもしれない。

　坂出人工土地があるのは、JR予讃線の坂出駅から北に延びる目抜き通りに面したところ。交差点を挟んで商店街が続いているので、知らない人は気がつかないまま通り過ぎてしまいそうである。

　店舗が途切れると、ちょっとした広場のスペースがある。彫像があるので見てみたら、坂出人工土地の実現に建設課長時代からかかわった番正辰雄・元坂出市長だった。ここから市民ホールに入り、中を見せてもらう。大空間をつくるためには人工土地を支える柱がじゃまになるのだが、800席の中規模ホールをうまく収めている。この上に住宅が載っているのだからびっくりだ。ロック・コンサートをやると苦情が来そうである。

　ホールを出て、人工地盤面の下にある駐車場から商店街を回る。駐車場は天井高もたっぷりで使いやすそうだが、商店街はところどころにトップライトがあるものの、薄暗い感じは免れない。シャッターが閉まったままの店がいくつかあったのも気になったが、敷地外の商店街でもそうだったので、ここだけの問題ではなさそうだ。

　階段を使って人工地盤面の上へ出る。歩き回っていると、鉢植えに水をやっているお年寄りにジロリとにらまれた。未来都市の先駆けに来ているというよりも、下町の長屋に紛れ込んでしまったかのよう。坂出人工土地はもともと住宅密集地の再開発事業だったのだが、かつてと同じようなコミュニティが地上高くに再現されたということなのだろう。

## 注目された様々な「人工」

　坂出人工土地は日本で初めて実現した人工土地だ。花輪恒著『都市と人工地盤』（鹿島出版会）によると、日本で人工土地のアイデアが初めて明らかにされたのは、吉阪隆正が1953年の『国際建

138　Japanese Modern Architecture 1965-75　　　　　　　　　　　　　　　　　　　　　　　　　　　　　　　　　No.21

**A** 駅から続く大通りに面した商店街。第四期に完成した | **B** 市民ホールの上に段状に並ぶ住宅 | **C** 自動車も上がってくるところがペデストリアンデッキとは違う | **D** 人工地盤面に上がるスロープ。歩行者は階段で上がる | **E** 地上部の駐車場 | **F** 第一期、第二期の住宅群 | **G** 人工地盤面の下にある商店街。トップライトはあるが薄暗い | **H** 第三期に完成した市民ホールの内観

築』誌に発表した「人工の公営土地を提案する」という論文だという。その10年後、大高も加わっていた日本建築学会の人工土地部会が提言をまとめる。坂出人工土地はそのモデル事業として進められたもので、68年に第一期が完成している。

人工土地の研究が進められた1950年代後半から60年代にかけては、様々な分野で「人工」が注目された時代だった。世界初の人工衛星、スプートニク1号の打ち上げが1957年。クラレが人工皮革「クラリーノ」の製造を開始したのが1964年。1965年には人工芝を張った野球場、アストロドームが米国で完成している。「人工」は人類を明るい未来へと導く進歩の象徴だったのだ。

ところがその後、「人工」に別の面が備わってくる。例えば人工甘味料のチクロが発がん性を指摘されて1969年には使用禁止に。人工芝も選手の足腰への負担が大きいとして、メジャーリーグでは天然芝への回帰現象が起こった。「人工」は何か怪しく、ときには人間に危害を与えすらする。そんなふうに意味が変わっていったのである。

そんな状況を端的に表しているのが、スタンリー・キューブリックが監督したSF映画「2001年宇宙の旅」である。この中でHALと名付けられた人工知能は、宇宙船をコントロールして人類を初めて土星へと導くが、最後には発狂し、乗組員を襲う。

この映画が公開されたのは、坂出人工土地の第一期完成と同じ年。つまり坂出人工土地は、「人工」の受け容れられ方が屈折するちょうどそのときに誕生したのだ。

「人工」を巡ってのこうした情勢変化を受けてか、都市問題を解決するモデルだったはずの人工土地は、坂出以外では実現しなかった。似たような手法が採られていても、ペデストリアンデッキやスケルトンなどと呼び替えられていく。人工土地という言葉は過去の遺物となった。

## 「人 工」が 復 権 する？

しかし「人工」は復権の気配がある。国際サッカー連盟はこれまで認めてこなかった人工芝のサッカー場を認めるようになり、2003年に行われた17歳以下の選手による世界大会では、人工芝のスタジアムが使われた。人工甘味料チクロも発がん性がそれほど強くないことがわかり、使用を認めようという動きがあるようだ。「2001年宇宙の旅」の続編としてつくられた映画「2010年」では、再び木星を訪れた調査クルーをHALに自らを犠牲にして助ける。人工知能は実はいいヤツだったというオチなのである。

果たして、人工土地は復権するだろうか？

「人工土地」という言葉を聞くと、何やらSFっぽい、未来的な建築をイメージさせるが、実際の坂出人工土地は…↗

誤

# 昭和のにおいをプンプン漂わせた立体"路地裏"空間だった。

正

人工土地上で布団干し。

2F

住民が勝手に育てていると思われる野菜。

西側から見た外観。通りから見ると、どこにでもあるアーケード街の印象。

通りに面していない1階内側の商店街は"夜の街"の様相。トップライトはあるが、それでも昼間は暗くて、ちょっとコワイ。

2F
トップライト

1F

2F

1F

人工土地上には、ところどころに巨木が顔を出す。これらは1階の駐車場から生えている。

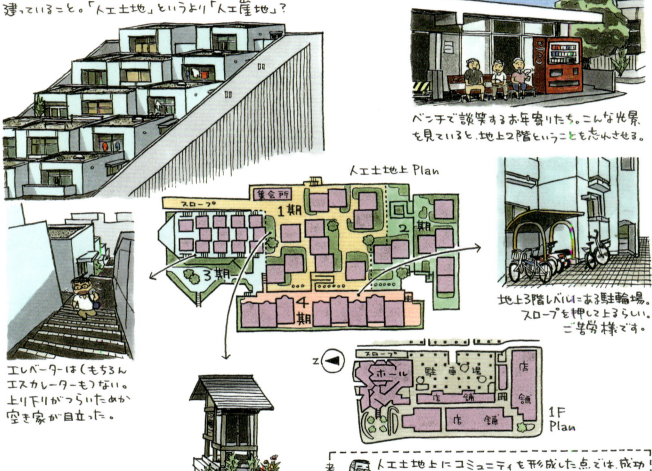

## 1968 ・昭和43年・

## 城下町に現れた「箱舟」

菊竹清訓建築設計事務所

### 萩市民館

所在地：山口県萩市大字江向495-4｜交通：JR東萩駅から徒歩24分
構造：RC造・S造｜階数：地下1階・地上2階｜延べ面積：3797m²
初出：2012年「菊竹清訓巡礼」

山口県

大小のホールに、公民館やレストランを併設した公共建築である。2つのホールは長手方向に直列配置され、その全体に蓋をかぶせたような白い屋根が架かる。外から見ると、まるで引き延ばされたアルマイトの弁当箱みたいな建物だ。

外観はあまりにも単純。知らないでこの建物の前を通ったら、工場か何かだと勘違いするのではないか。

萩といえば、吉田松陰が松下村塾をおこし、桂小五郎、高杉晋作、伊藤博文など、幕末から明治維新にかけての偉人を輩出した歴史の舞台として知られる。

萩市民館の敷地から歩いていける距離には、江戸時代から残る武家屋敷や商家が集まったエリアもある。城下町の面影を伝える町なのだ。菊竹はそこに、こんな異物感たっぷりの現代建築を放り込んでしまった。

菊竹は、真っ白なこの建物のイメージの源が、実は「黒船」であると説明する。違和感を逆手にとって、維新を推進した萩の歴史へと接続させる論法は、さすが、としか言いようがない。

この建物ができてから6年後、菊竹は隣の敷地に市庁舎を設計するが、こちらは斜めの庇を前に出したりして、伝統建築の街並みに少し配慮したそぶりを見せている。この変化は、萩市民館をつくったころの菊竹が、いかにとがっていたかを示す証左ともとれる。

## 空を内包した建築

外観もすごいが、内部にもっとすごい。

ガラスの入り口を入ると、大ホールと小ホールの間にあるロビーに出る。

ホールの壁は折れ曲がって向かい合い、複雑な平面形をつくり上げている。仕上げはホンザネの型枠によるコンクリート打ち放し。重々しい印象だ。

上を見上げると、屋根を支える立体トラスの細い鉄骨が広がる。こう書くと、思い浮かぶのは、同じサイズの線材と同じ形のジョイント部が並んだ均質なスペースフレームだろう。ところが、ここで使われている立体トラスは全く違う。

まず高さが上がったり下がったりする。また線材の長さもまちまちで、ところによっては放射状に延びていたりする。その姿は仮設のテント小屋のようでもある。

菊竹によるメタボリズムの理論は、将来において「変わるところ」と「変わらないところ」をあらかじめ分けてつくっておくというものだが、ここではそれを、「上部構造の屋根」と「下部構造の壁」の分離によって、明解に表している。つまり、屋根をテント小

**A** 東側からの見上げ。鉄筋コンクリートの下部構造の上に鉄の天蓋が載っている｜**B** 東隣の市庁舎から見た市民館の屋根｜**C** 小ホールの内観｜**D** 大ホールの空調吹き出し口｜**E** 北側の入り口。レストランを併設している｜**F** 2つのホールに挟まれたロビーの空間｜**G** 小ホールの壁から放射状に広がる立体トラス｜**H** 大ホールの内観。LEDの照明が星空のように散らばる。照明デザインは石井幹子が担当した｜**I** 小ホールに付属した2階の会議室。天井の一部が透明になって屋根の架構がのぞいている

屋のようにすることで「変わるところ」として表現したわけだ。

さて、ホールに入ってみよう。まずは小ホールから。小ホールは六角形の平面で、そこに耳のように会議室が付属する。会議室との一体利用も可能だ。現在はホールの上部に天井が架かっているが、これは後から付いたもので、当初は屋根を支える鉄骨がそのまま現れていた。

次に大ホールへ。プロセニアム形式で889席（竣工時は1100席）を収容するオーディトリアム。なんと、この中も屋根と鉄骨がむき出しである。小ホール、ロビー、大ホールと連続して、この不均質な立体トラスが架かっているのだ。厚くなったり薄くなったりしながら、上の方に架かっているという意味で、この屋根架構は雲のようでもある。

さらにドラマチックなのは照明だ。点光源（2011年に白熱電球からLEDへと替えられた）が星のように散らばり、空間に祝祭性をつくり上げている。全体の上に浮かぶ雲と星。「スカイハウス」（1958年）は空に浮かぶ住宅だったが、萩市民館では建物の中に空を内包しているのだ。

## 災厄の予感、防護としての天蓋

萩市民館の建物全体にかぶさる天蓋の意味を、改めて考えてみよう。

建築評論家の長谷川堯は、「建築の〈降臨〉のゆくえ」（初出『新建築』1969年7月号、鹿島出版会『建築の出自』所収）においてこの天蓋に触れ、戦争で焼け野原になった地に建てられたバラックを連想している。そうした仮設建築に「空間の共有感覚」が生まれることを認めながらも、戦災後に出現した外的に過酷な状況は既に失われており、それゆえにこれは「虚妄の技法として堕落する危険をはらんでいる」と長谷川は批判する。

しかし、外的に過酷な状況を菊竹が想定していたとしたならば、それはかつての焼け野原ではなく、これから訪れるものではなかったのか。都市を襲う巨大な災厄。そこから守るためのシェルターを菊竹はつくろうとしたのだ。この時代のSFには、荒廃した外部環境から防護するために都市全体を透明なドームで覆うという設定が使われたりしているが、そうした象徴的な意味が萩市民館の天蓋に込められているように思える。

この建築が装っているのは、船は船でも、未来へ人類の文明を残すための箱舟なのである。

数ある菊竹建築の中でも、最も外観を描くのが簡単な萩市民館(1968年)。

しかし、内部は菊竹建築の中でも最も描くのが難しい!

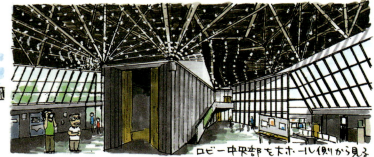
ロビー中央部を大ホール側から見る

さらに、大ホールはこんな感じ。誰もが天井を見上げずにいられない。

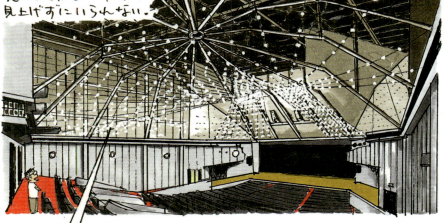

音響を整えるために、両サイドの上部にガラス板が張られている。通常の反射板ではなく、ガラスを使ったのは、もちろん照明の映り込み効果を狙ったためであろう。

照明の光源は2011年に、LEDに全交換された。長寿命となり、館の職員もひと安心。

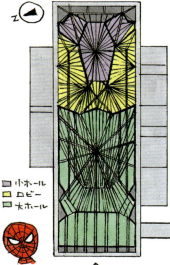
■小ホール
■ロビー
■大ホール

梁と照明のパターンはまるでクモの巣! 構造は松井源吾、照明は石井幹子が担当した。

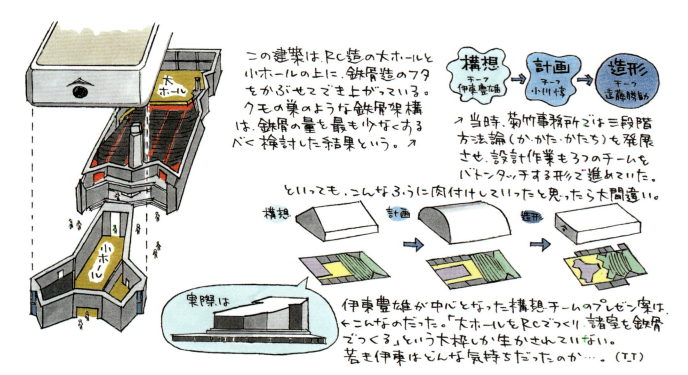

この建築は、RC造の大ホールと小ホールの上に、鉄骨造のフタをかぶせてでき上がっている。クモの巣のような鉄骨架構は、鉄骨の量を最も少なくするべく検討した結果という。→

→当時、菊竹事務所では三段階方法論（か・かた・かたち）を発展させ、設計作業も3つのチームをバトンタッチする形で進めていた。

といっても、こんなふうに肉付けしていったと思ったら大間違い。

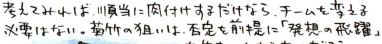

伊東豊雄が中心となった構想チームのプレゼン案は、←こんなのだった。「大ホールをRCでつくり、諸室を鉄骨でつくる」という大枠しか生かされていない。若き伊東はどんな気持ちだったのか…。(T_T)

考えてみれば、順当に肉付けするだけなら、チームを変える必要はない。菊竹の狙いは、否定を前提に「発想の飛躍」を生むことだったのだろう。

隣地に立つ萩市庁舎（1974年）を見ると、筆者のような凡人は、「こっちも白い陸にすれば統一感があったのに」と思ってしまうが、当時の菊竹事務所では、そんな安易な踏襲はありえなかったのかも。

ところで、市民館の鉄骨部の形（特に、コーナーの面取りの仕方）が何かに似てる気がと思っていたのだが、そうかアップル社の製品に似てる！と気付いた。←東面の丸い穴もこうしたら似合いそう。萩市役所の方、アップル社にネーミング・ライツを売ってはどうでしょうか。

No.23

・昭和43年・
**1968** 寄り道

## 箕面観光ホテル
## 崖地に立つレジャーランド

初出：2006年『昭和モダン建築巡礼 西日本編』
所在地：大阪府箕面市温泉町1-1｜交通：阪急箕面駅から徒歩3分

坂倉準三建築研究所

急峻な崖地に、清水寺の舞台のようにフレームを組んで立てたリゾートホテル。最上階の浴室は必見

大阪府

## 1968 ・昭和43年・

### 映し出された超高層

三井不動産、山下寿郎設計事務所

**霞が関ビルディング**

所在地：東京都千代田区霞が関3-2-5｜交通：地下鉄虎ノ門駅徒歩2分
構造：S造・SRC造・RC造｜階数：地下3階・地上36階｜延べ面積：16万5692m²
初出：2018年10月11日号

東京都

No.24

霞が関ビルディングは日本初の本格的超高層ビルである。軒高は147m。竣工した1968年の時点で、市街地建築物法で定めた高さ制限の31mを超えた建物として、ホテルニューオータニ（60m）、ホテルエンパイア（77m）が既に立っていたが、縦長プロポーションの大規模建築という意味で、その後、大都市に数多く実現していく超高層ビルを先導したのは明らかにこの建物だ。

　その日本初の本格的超高層ビルはどのように映像で表現されたのか、それを今回は追ってみよう。

　霞が関ビルにはその建設工事のプロセスを追った「超高層のあけぼの」（1969年公開）という映画がある。この時代の大手建設会社は、主要な工事でに必ずと言っていいほど、その様子を記録した短編記録映画を製作していた。特に熱心だったのが霞が関ビルを施工した鹿島で、1963年には映画製作の子会社として日本技術映画社（後のカジマビジョン、現在は企業統合によりKプロビジョンと名前を変えている）を設立してしまったほどである。

　霞が関ビルでももちろん建設記録映画はつくられた。それにとどまらず、建設会社、不動産会社、設計事務所などの人物を、池部良、木村功、佐久間良子、丹波哲郎、松本幸四郎ら、当時のスター俳優たちが演じた長編の劇場公開映画まで製作したのである。

　映画製作が決定されたのは、霞が関ビルが竣工する直前。高層の工事シーンをどうやって撮ったのだろうと不思議だったが、そのときに建設中だった、東京・浜松町の世界貿易センタービルディング（竣工1970年、高さ152m）の現場に役者を上らせて撮影したのだそうだ。

　映画製作の意図について、鹿島の会長だった鹿島守之助はこのように記している。「超高層ビルを建設したこの現代の英雄達に、多大の敬意と絶賛を贈られることを希望する」（「映画超高層のあけぼの」鹿島研究所出版会発刊、1969年）

　公開されると、映画は予想を上回るヒットとなった。その年の邦画興行ランキングで、なんと2位。様々な難問を解決しながら超高層ビルを実現する技術者たちが、映画で活躍するヒーローとして、広く一般の人々からも認められたということだろう。

## 怪獣から見上げられる建物

　霞が関ビルは、ほかにも多くの映像作品で扱われている。

　巨大変身ヒーローものの元祖「ウルトラマン」は、霞が関ビルが竣工する1年以上前の放映だが、その35話に早くも霞が関ビルとおぼしき超高層ビル（模型）が登場する。印象的なのは、宇宙から落ち

152　Japanese Modern Architecture 1965-75　　　　　　　　　　　　　　　　　　　　　　　　　　　　　　　　　　No.24

**A** カーテンウオールはステンレスの柱形カバーと、アルミのサッシ、スパンドレルを組み合わせたもの｜**B** 2階レベルの人工地盤｜**C** 1階の車寄せ｜**D** 1階の防災センターは大きなガラス張りに改装され「魅せる化」が果たされている｜**E** ロビーの階段｜**F** ロビーに置かれたベンチは、当初の受付カウンターの天板を再利用したもの｜**G** 基準階のオフィス。リニューアル工事により、設備は最新｜**H** 30階には三井不動産が運営するシェアオフィス「ワークスタイリング」がある

てきた怪獣シーボーズが、宇宙に帰ろうとしてビルの壁をはい上がっていくシーンだ。以前の怪獣ものでは、建物は怪獣にとって見下ろされる存在だった。ちなみに初代ゴジラの身長は50mである。ここで初めて怪獣が見上げる建物が現れたというわけだ。

特撮以外の作品で、よく知られているのは1968年から73年まで放映されたアクションドラマ「キイハンター」だろう。そのタイトルバックに霞が関ビルは使われている。丹波哲郎(また!)や野際陽子らから成る捜査チームが、霞が関ビルの37階を本拠地としているという設定だった。実際には36階までしかないのだが、これだけ階数が多ければ、1階増えたとしても、外観上は確かに分からない。

## 当たり前になった超高層

さらにもう1作品、興味深い使われ方をしている例を挙げておこう。それは1969年公開の映画「奇々怪々 俺は誰だ?!」である。谷啓が演じる主人公が、いつもの通りに出勤すると自分の席には別の人物が座っており、誰だと尋ねると自分の名前が返ってくる。そして、家に帰れば妻子からも別人扱いされ追い払われてしまうという、奇妙な味のサスペンスだ。その主人公の勤め先として出てくるのが霞が関ビルなのだ。

同じフロアが何十と積み重なっている超高層ビルは、大衆であることを強いられる現代人を描く舞台にもってこいだった。霞が関ビルは、高層化とともに地上レベルに広場を設けるなど、都市に人間性を回復する方策をもたらすものでもあったのだが、それはなかなか伝わらず、人間のアイデンティティーを押し潰す存在として受け取られたきらいがある。

現在の霞が関ビルにそうした印象を感じ取る向きはそういないだろう。竣工して50年がたって、周りには別の超高層ビルが何棟も立っている。建築に関心がある外国人でもその前を素通りしてしまいそうだ。しかし、超高層ビルが当たり前になっているという光景こそ、この建物がもたらしたブレークスルーの大きさを物語っているといえる。

後続の超高層ビルには、建て替えで解体されてしまうものも出てきた。そうしたなかで霞が関ビルは、大規模リニューアルを繰り返しながら、次の50年へと歩みを進めている。更新しながら使われ続ける超高層ビルという、高さとは別の新たな技術的象徴性を帯びて、霞が関ビルはこれからも立ち続ける。

2018年、開業50周年を迎えた霞が関ビル。このリポートを描くに当たり、開業翌年に公開された映画「超高層のあけぼの」(Iさんの私物DVD)を見た。キャスティングが豪華‼

- 八代目 松本幸四郎 (三井不動産社長役)
- 木村功 (構造設計者役)
- 佐久間良子 (構造設計者の妻)
- 伴淳三郎 (現場の雑用)
- 池部良 (現場所長)
- 丹波哲郎 (工事部長)

建設ドキュメント映画といえば、黒部ダムの実現過程を描いた「黒部の太陽」(1968年公開) が思い浮かぶ。あの映画は「あ、主役は石原裕次郎ね」が共通理解だと思うが、この「超高層のあけぼの」は主役がはっきりしない群像劇。それでも、1969年の邦画興行2位のヒットだった。
ほかにも、気構造を提案した元・大学教授(武藤清がモデル)役に中村伸郎、クレーンのオペレーター役に田村正和など

「主役が選びづらい」という点は、この建築の"本質"といえるかもしれない。
辛口、林昌二 (日建設計) は、竣工時の「新建築」にこんなことを書いている。

林昌二
1928-2011

> 霞が関ビルのもつ大きな意味のひとつは、建築家がいなくてこれだけの建築が可能であったという点にあるでしょう。(中略) 私たちの先輩がこの国に移植しようとした、そのような建築像の崩壊を告げした。したがってまた建築と建物を区別しようとしたような建築観の終わりをも宣言するかにみえるこのプロジェクトの完成を設計者たちとともに祝福したい気持ちです。

この賛辞、本心？ 嫌味？ 林さんらしい…。

前置きだけで半ページも使ってしまった。すみません！しばらく前に梅田スカイビルを描いたばかりなので、霞が関ビル、なんて描きやすいんでしょう！

霞が関ビルは当時の最新技術・最新の考え方の塊だ。例えば下記。"柔構造"はワンオブゼムにすぎない。

柔構造超高層

大型厚肉H形鋼

デッキプレート捨型枠

公用空地

ビル内病院・郵便局

このビルが完成した1968年は、林昌二が設計したパレスサイドビルが完成した2年後だ。よ、ご存じ手摺どい付きルーバー。

パレスサイドビルにくらべると、霞が関ビルの外装は実にあっさり。よく見ると、柱の足元はこんな手細細な形。でも、遠目には単なる細線にしか見えない。

内部はほとんどがリニューアルされていて、竣工時と同じデザインのところがほとんどない。うーん、これは困った…。

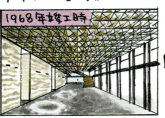
1968年竣工時

2000年リニューアル後

第1次リニューアル
1989〜1994
空気調・電源・給水システムの一新。OA化

第2次リニューアル
1999〜2000
エレベータホールや基準階共用部の改修

第3次リニューアル
2006〜2009
霞が関コモンゲートと一体的な広場に

でもむしろ、これだけ内部の印象を変えているのに、外観はほぼそのままのデザインであることに着目すべきかもしれない。"主役なき建築"のマインドを後世に伝えようという強い意志？林昌二の文章は"嫌味"などではなく、それほど愛される建物になることを見越しての最大の賛辞だったのかも。

No.25

● 昭和44年 ●
1969

# 内包された広場

## 金沢工業大学

大谷研究室［大谷幸夫］

石川県

所在地：石川県野々市市扇が丘7-1 ｜ 交通：JR金沢駅からバスで30分
構造：RC造 ｜ 階数：地下1階・地上4階（本館）｜ 延べ面積：8803㎡（本館）
初出：2019年4月25日号

金沢工業大学は、金沢市にあった北陸電波学校を前身として1965年に大学として開学。校舎は1960年代の初めに現在の野々市市へと移転していたが、その北側に位置するブロックに敷地を取得して本格的なキャンパスづくりに取り掛かる。その第1期工事として完成したのが、今回取り上げる本館（現1号館）と、現在は建築学部が入っている土木工学館だ。

　設計者は大谷幸夫。丹下健三の下で最初期からスタッフを務め、広島平和記念資料館などの代表作に関わる。1960年に独立すると、間もなく国立京都国際会館コンペで最優秀賞を受賞。これを竣工させ、次に手掛けた大きなプロジェクトがこの大学だった。大谷は第2期以降もキャンパス全体の整備に関わり、講義棟（1976年）、ライブラリーセンター（1982年）などを完成させている。

　本館は大小の教室、教員が使う研究室、学長などの役員室を収めた建物だ。

　その上部には階段教室の断面形が外に張り出すようにそのまま現れている。機能に合わせて考えた構成単位を組み合わせて全体をつくっていく、という設計の手法が、建築の外観からも分かる。

　加えて、仕上げは全体がコンクリート打ち放しの荒々しい質感で、1960年代に世界を席巻したブルータリズムと呼ばれるデザインの流れを代表する作品と言えるだろう。実際、ファイドン社から発行されたブルータリズム建築の作品集「Atlas of Brutalist Architecture」にも収録されている。

## 北国のアトリウム

　本館の中へ入ると、すぐに吹き抜けのラウンジに出る。斜めに架かる天井が見えるが、これは上に位置する階段教室の床裏がそのまま現れたもの。つまり階段教室それ自体を屋根架構のように扱って、その下に大空間を生み出したのである。単位の構成によって全体の組織をつくる方法が、ここにもはっきりと打ち出されている。床のレベルも多様で、階段もあちらこちらに抜けていく。複雑な吹き抜け空間だ。

　そこにハイサイドライトから自然光が差し込む。この光の入り方を、建物を案内してくれた金沢工業大学の水野一郎教授は、野々市にある重要文化財の町家、喜多家住宅を思い起こさせると指摘した。確かに雰囲気は共通するものがある。南方系のアトリウムとは明らかに違う、ほの暗さを持った北国のアトリウムだ。

　ラウンジは建物の中心に位置し、学生、教員、職員と、大学に関わるすべての人々がここを通り抜けて学内を移動することになる。この空間につ

158　Japanese Modern Architecture 1965-75　　　　　　　　　　　　　　　　　　　　　　　　　　　　　　　　No.25

**A** 南側全景。車寄せの上に役員室群が載っている｜**B** 北西から見る。異なる機能にそれぞれの形が与えられ、それが集まって建築が構成される。外壁の打ち放し面は全体に薄い赤味が付けられている｜**C** 南面を東側から見る。2階に研究室が並ぶ｜**D** 2階の学生ラウンジ｜**E** ラウンジの吹き抜けを見上げる｜**F** 4〜5階の階段教室。ハイサイドライトから自然光が入る｜**G** 2階の会議室

いて、設計者は「学生、教官、職員相互の日常的で、直接的で、インフォーマルな接触の機会が得られるよう、広場による全構成単位の結合をはかる」（「新建築」1969年10月号）ものと説明している。そしてこれを建物に内包したのは、「金沢は雪国であり、降雨日数も多い土地」だからという。

ラウンジを設けた理由は明らかになったが、設計者が込めたであろう思いについて、もう少し掘り下げてみたい。

## 大学闘争のさなかで

大谷は1964年から東京大学工学部都市工学科の助教授を務めていた。そして1968年、全国で大学闘争が起こる。東京大学でも同年6月には安田講堂の占拠、10月には全学ストに突入するという事態になる。東大闘争は医学部から始まったが、それに次いで激しく戦ったのが、工学部の都市工学科だったといわれる。

特に強く告発されたのは委託研究に関してだった。象牙の塔にこもり、国家や企業から回ってくる研究テーマを、院生たちに無償労働として押し付けながら行う教員たちは、結局のところ権力の手先になっている、という問題提起である。

大谷の所属講座で教授を務めていたのは、師に当たる丹下健三だった。丹下は学生運動には冷淡な態度をとり続けた。「私は、こういう状況では、いかなる声をあげても無駄だと思い、無視し、関わらないということでネガチブな抵抗を行うことに決めた」と、自叙伝『一本の鉛筆から』（日本図書センター）で記している。

しかし大谷は違っただろう。かつては設計事務所の民主化を訴えて活動した五期会の中心メンバーでもあったからだ。学生たちの言い分は深いところで共感できる、でもしかし……という心情だったのではあるまいか。

学生たちの根源的な問題提起を正面から受け止めて、大谷は大いに悩んだ。教員と学生たちが、問題を一緒になって考えられる建築空間は果たして可能なのか。そんな問いを、同時期に進行していた金沢工業大学をつくるプロセスでずっと持ち続けていたのだと思う。それはとてつもないストレスだったに違いない。その証拠に、大谷は建物の完成直後、胃潰瘍の手術を受けている。

ラウンジの錯綜した吹き抜けにたたずみ、1人の建築家が背負った苦悩の深さについて思いを巡らせた。

今回の巡礼地は、大谷幸夫の代表作の1つ、金沢工業大学本館(1969年)。大谷の建築のリポートは京都国際会館(1966年)以来だ。

SACHIO OTANI
1924-2013

大谷の建築は、外観が「トランスフォーマー」っぽい。

東京都児童会館(1964)

川崎市河原町高層公営住宅(1972)

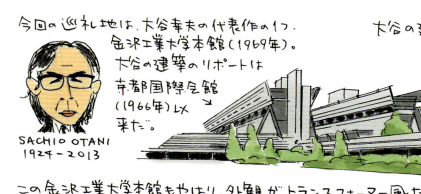

この金沢工業大学本館もやはり、外観がトランスフォーマー風だ。

無駄なことにページを使うなとお叱りを受けそうだが、真面目に言うと、これは「大きなシステム」で建築を解くのではなく、多様な機能を緩やかに統合しようとした結果であると思う。今っぽい考え方だ。

※トランスフォーマーとは？乗り物や動物の姿に変形(トランスフォーム)できるロボット。

発展期 1965–1967　　絶頂期 1968–1970　　終焉期 1971–1975　　　　　　　　　　　　　　　　161

そうした大谷の考えが凝縮されているのが、本館中央の吹き抜け。描きたくなるシーンが満載！

▲あらゆる方向に階段が…

▼こんなに階段描くの初めて

▲吹き抜け上部は階段教室

▼打ち放しの小梁が美しい！

この吹き抜け、単に「学生の交流」を促すことが目的ではなく、教師と学校経営陣、学生が日常的に顔を合わせることも意図したものだという。東京大学助教授時代に、学生運動の矢面に立たされた大谷の思いが詰め込まれた吹き抜けなのだ。階段はバリアーじゃない！

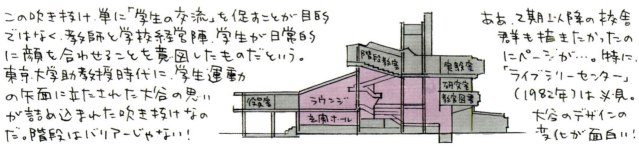

ああ、2期以降の校舎群半も描きたかったのにページが…。特に「ライブラリーセンター」(1982年) は必見。大谷のデザインの変化が面白い！

## 1969 昭和44年

## プラモデルの時代

大高建築設計事務所

### 栃木県議会棟庁舎

所在地：宇都宮市塙田1-1-20
構造：SRC造・RC造・PCaPC造｜階数：地上3階｜延べ面積：4412m²
初出：2007年3月26日号

解体

今回の取材は栃木県の宇都宮へ。大高正人が設計した栃木県議会棟庁舎を見るためである。

議会庁舎は県庁の正門を入ってすぐ脇にある。県庁は敷地全体が建て替え工事の真っ最中で、議会庁舎の奥では新しい議会庁舎の工事が進んでいた。2007年春には完成して引っ越す予定で、その後、古い議会庁舎は壊されてしまうという[1]。一方、佐藤功一が設計した本庁舎（1938年）は、曳き家によって場所を移しながらも保存されることとなった。

古い本庁舎が貴重なのは分かるが、その一方で、芸術選奨文部大臣賞も受賞した議会庁舎がなくなってしまうのは残念でならない。運命を分けた理由は何なのだろう。やはりネオルネサンス様式と比べて、モダニズム建築は価値が低いとみなされるのだろうか。それとも佐藤功一が栃木県生まれだったことが効いたのか。ああ、大高がもう少し南で生まれていたら……（大高は福島県の出身）。

## プレキャストコンクリートの面白さ

この建築では、3つの構造形式をミックスしている。中央にある議場が鉄筋コンクリート造で、それをコの字型に取り囲んでいる3つの棟は、鉄骨鉄筋コンクリート造の大きな柱・梁に、プレキャストプレストレストコンクリート造（PCaPC）を組み合わせたもの。3階は大梁の上に載り、2階は大梁から吊られ、1階はピロティとして開放されている。建物の外観には、プレキャストコンクリートの接合部がリズミカルに並ぶ。構造の面白さがそのまま表れたファサードだ。

プレキャストコンクリートとは、あらかじめ工場で生産した鉄筋コンクリート部材のこと。これを現場に持ち込んで組み上げていく。大高はこの建物にプレキャストコンクリートを使うことを、木造建築から発想したという。

「大工棟梁は、加工場で材木を一分違わぬ長さに切りそろえ、継ぎ手、仕口という美しく精妙なジョイントを加工して、工事現場に持ち込む（中略）。その美しさ、技術の高さを目標に、これを近代のプレキャストコンクリートで実施しようと考えた」（大高正人・川添登編『メタボリズムとメタボリストたち』美術出版社）。

1950年代後半に起こった伝統論争の後、日本建築の伝統美を現代建築とどう結びつけるかについて、それぞれの建築家が模索していた。そんな余韻がこの時期の大高にもあったのかもしれない。

日本における最初のプレキャストコンクリート建築は54年にできた浜松町駅ホームの上屋だという（社団法人プレストレストコンクリート技術協会編『歴史

[1]——この建物は2007年に解体された

164　Japanese Modern Architecture 1965-75　　　　　　　　　　　　　　　　　　　　　　　　　　　　　　　No.26

**A** 南側の道路から見上げる。門形をしたSRC造の架構と、それに組み合わせたプレキャストコンクリートの構造がよくわかる。3階は大梁から立ち上げ、2階は吊っている｜**B** 十字形断面をしたSRC造の柱(写真右)と、プレキャストコンクリート部材の接合部｜**C** 西側から見た外観。議場がある中央部はRC造｜**D** 議場の内部｜**E** 3階、常任委員会室前の廊下。議場棟とのすき間から自然光が入ってくる｜**F** 3階の廊下から玄関ホールの吹き抜けを見る。はつり仕上げの現場打ちコンクリートと、プレキャストコンクリートの部材が対比的に使われている｜**G** 玄関ホール。トップライトから自然光が差し込む

的にみたプレストレストコンクリート建築と技術』技報堂出版)。その後、60年代に入ると、三愛ドリームセンター(設計：日建設計工務)、出雲大社庁の舎(設計：菊竹清訓)といったおなじみの名建築がこの工法を使って建設されている。

「昭和モダン建築巡礼」でも、これまでたびたびプレキャストコンクリート建築を採り上げてきた。佐賀県立博物館(1970年)、北九州市立中央図書館(1974年)、津山文化センター(1965年、3件とも『西日本編』に掲載)などがそうである。これはこの構造方式に特別な思い入れがあってのことではない。この時代の面白そうな建築を選んでいくと、自然にプレキャストコンクリート建築が挙がってくるのである。

1960年代にプレキャストコンクリート建築が隆盛したことには訳がある。プレキャストコンクリートと密接に関連するプレストレストコンクリート(あらかじめ圧縮力をかけ、ひび割れを起きにくくしたコンクリート)の特許が1950年代末に切れ、その技術が自由に使えるようになったのだ。

## パーツを組み立てる文化

しかし、プレキャストコンクリートがこの時代に盛り上がった理由はそれだけではなさそうである。当時の状況を思い起こしてみると、たとえば住宅の分野ではプレファブメーカーが躍進している。世の中のいろいろな分野で、「プレ」的なものづくりが志向されていたのだ。

ちょうど同じころ、子どもたちの間でブームとなっていたのがプラモデルだ。プラモデルは1936年に英国で生まれ、日本ではマルサンという会社が1958年に出したものが初めてとされている。1960年代に入ると低価格品の登場やテレビCMの効果で人気を博すようになり、多数のメーカーが参入するようになった。「パンサータンク」の田宮模型、「サンダーバード」シリーズの今井科学など、静岡県勢の企業が有名だが、栃木県にある日本模型(ニチモ)という会社も「伊号潜水艦」というヒット作を出している。

多分に漏れず、1960年代前半に生まれた筆者も、プラモデル製作に夢中になったクチである。完成品の模型ではなく、キットを買って組み立てることに日本中の子どもが熱狂していた。

プラモデルとプレキャストコンクリート。素材は違うが、型からパーツを起こすという点では似ている。分割されたパーツを組み立てて完成させる、そんな文化が1960年代、子どものホビーから住宅や建築にまで広まっていった。

プレキャストコンクリート建築の傑作、栃木県議会棟庁舎は、そんな時代の証言者でもあったのだ。

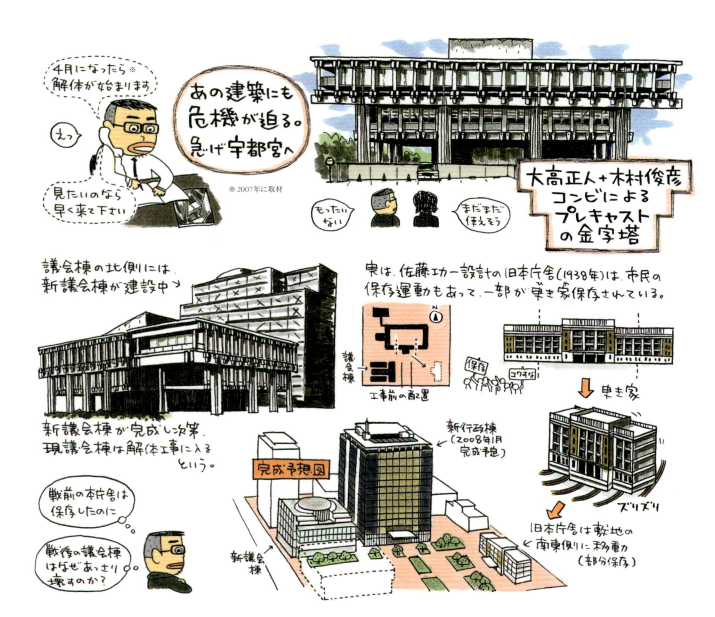

内部の見所は、エントランスの吹き抜け。　議場（3階中央）の中は意外と普通。

長年、雨漏りに悩まされてきたが、2階は特にひどいという。

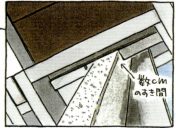

壁紙がボロボロ

この建物、3階の大梁から2階を吊っている。だから2階に雨が回るのだろうか。

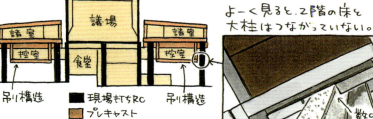

吊り構造　■現場打ちRC　吊り構造
　　　　　■プレキャスト

よーく見ると、2階の床と大柱はつながっていない。

数cmのあき間

イラストだから表現できる(?) 超縦長空間。

裏側のないデザイン。西側もこんなにカッコイイ！

壊すなら、部材を保存しておいて、どこかで復元してほしい。議会棟の必要な自治体、ありませんか？

168　Japanese Modern Architecture 1965-75　No.27

・昭和44年・
**1969**　寄り道

**志摩観光ホテル本館**［ザ・クラシック］

# 世界屈指の美しき塔屋

村野・森建築事務所

初出：本書のための描き下ろし
構造：RC造・一部SRC造｜階数：地下2階・地上6階｜延べ面積：1万1495m²
所在地：三重県志摩市阿児町神明731｜交通：近鉄賢島駅からシャトルバスで約2分

三重県

上巻（1945-64年）でリポートした山小屋風の旧館（1951年）も含めて、村野藤吾の引き出しの多さを存分に楽しめる

発展期 1965-1967 | 絶頂期 1968-1970 | 終焉期 1971-1975

有名な村野藤吾のモットー「村野の1％」。建築の99％はクライアントの要望で決まるが、建築家には1％の聖域がある、という意味だ。言い方を換えると、「1％さえあば村野らしくできる」という自信の表れ。それをよく表しているのが、この志摩観光ホテルの塔屋だ。ボリュームとしては全体の1％以下。でも、もしこの塔屋がなかったら、かなり普通。これでは記憶に残らない…。

志摩観光ホテル

ザ・クラブ(旧館、1951)
※「1945-64年編」で紹介。

ザ・クラシック(本館、1967)

宿泊客は、屋上により、この塔屋を間近で見ることができる。

北側の塔屋は、3連屋根とバルコニーが複雑さを生む。

南側の塔屋→
は、もう何が何だか説明不能。
和風デコン？

それらが重なると、
←こんな見え方に…。
世界の塔屋ベスト10
があったら絶対に
当確でしょう！

## 1969 昭和44年 寄り道

### イサム・ノグチ庭園美術館
### なにげない裏山も見どころ
イサム・ノグチ＋山本忠司

初出：2006年『昭和モダン建築巡礼 西日本編』
所在地：香川県高松市牟礼町牟礼3519｜交通：JR高松駅からタクシーで約25分。JR屋島駅からタクシーで約10分

香川県

イサム・ノグチが使用していた住居とアトリエを、没後、美術館として公開しているもの

写真：寺尾 豊

## 1970 ・昭和45年・

## トロピカルアジアの片隅で

現代建築設計事務所

### 那覇市民会館

所在地：那覇市寄宮1-2-1｜交通：ゆいレール安里駅から徒歩15分
構造：SRC造｜階数：地下1階・地上3階｜延べ面積：7010m²（竣工時）
初出：2006年8月28日号

沖縄県

休館

| 発展期 1965–1967 | 絶頂期 1968–1970 | 終焉期 1971–1975

　モダン建築巡礼の取材、今回は沖縄へ。採り上げるのは那覇市民会館である。
　予定より少し早めに着いたので、市民会館の中にある食堂で食事を取ることにした。注文したソーキそばが出来上がるの待っていると、ガラスの向こうに池があるのに気付いた。一方向を除いて建物に囲まれているため、池と建物が一体となった有り様である。これも室内に涼しさを取り込む工夫のひとつなのだろう。このジャングルのような状態を見て、我々は今、亜熱帯に来ているのだと、改めて思い知る。
　約束の時間が来たので管理者に会って話を聞く。完成したのは1970年。沖縄が日本に返還される2年前のことだ。1972年5月15日の沖縄復帰記念式典もここで行われた。
　竣工して35年になるが、ホールの使い勝手は特に問題ないという。悩みは外壁のはく落や鳥のフン害。ネットを張るなど対策を施しているが、決定打にはならないそうだ。

## 赤瓦を再解釈した外観

　改めて外から建物を見て回る。外観を特徴付けているのは建物をぐるりと囲む屋根のような庇の存在だ。沖縄の伝統的な住宅には、雨端と呼ばれる深い軒が設けられている。この庇は、それを採り入れたものだ。その庇のところどころに穴が開けられ、出入り口や窓となっている。その様子から、ヘルメットをかぶっているのにそこから目玉がのぞいている「パーマン」(by 藤子・F・不二雄)を連想してしまった。
　設計者は沖縄の設計事務所7社による指名コンペで選ばれた現代建築設計事務所。中心となって担当したのは金城俊光と金城信吉の2人とされている。金城信吉は独立後、沖縄海洋博の沖縄館や一連の住宅などを手掛けて、沖縄を代表する建築家として活躍した人物だ。
　庇の外側は赤いレンガタイルを積んでいる。これは沖縄でよく見られる民家の赤瓦に由来している。現代建築と瓦の組み合わせはなかなかに難しいテーマだ。屋根形を組み合わせた現代建築は少なくなく、この建物のコンペ審査員だった大江宏も香川文化会館などでやっているし、菊竹清訓や黒川紀章も試みている。しかし、それらのほとんどは銅板葺きだったりコンクリート打ち放しだったりで、瓦を載せてはいない。伝統の採り入れがテーマだとしても、瓦を使うとその強い記号性が前面に出過ぎてしまうからだろう。下手をすると帝冠様式の再現になってしまうのである。
　それを恐れてか、この建物の設計者も瓦そのも

**A** 前面道路から見た全景。大きな庇が建物を取り巻いている | **B** 庇の外部仕上げ。レンガタイルを小口を見せるように積んだ | **C** 庇の下には石積みの塀が立つ | **D** ルーバーからの影が落ちるプロムナード。円形の穴から下の池がのぞける | **E** 大ホールのホワイエから池を見る。池は半屋外的な扱いになっている | **F** 大ホール内部。ホールの使い勝手には今も大きな問題はないという | **G** 大ホールホワイエから玄関ロビーを見る。石積みの壁が「ヒンプン」のように立っている | **H** 2階の中ホール内部

のを使うことは避けている。しかもコンクリート打ち放しという選択枝も採らず、赤いレンガタイルの小口を見せるやり方を開発した。それは当時のモダニズムのボキャブラリーにはない大胆な表現だった。現在は赤黒く変色し、遠目には赤瓦よりさらに古い、茅葺きの民家の屋根のようにも見える。

正面に延びる大階段を上がると、ルーバーに上部を覆われた「プロムナード」と名付けられた空間へ。ここからは大ホールの2階席と中ホールにアクセスできる。沖縄では1階をピロティにして住居部を2階以上に持ち上げた高床式の住宅をよく見かけるが、そうした住宅のつくり方を思い起こさせる構成だ。実は奥に美術館をつくる構想があり、そこまでこのプロムナードを連続させることが想定されていたが、美術館が実現することはなかった。

1階に下りて中へ入ると、玄関ロビーでは石積みの壁が正面をふさいでいた。これは沖縄の古い民家の前に立っている「ヒンプン」を建物内に採り入れたものだろう。ここにも地域の伝統と現代建築の統合が見られる。

こうしたテーマから名護市庁舎のことを思い浮かべる人も多いはずだ。確かにあれは名建築だが、名護市庁舎を始まりに置いてしまうと、沖縄の伝統と現代建築の融合が、Team ZOO／象設計集団というヤマトンチュ（本土の人）によって開始されたことになってしまう。

しかしそうではない。名護市庁舎の10年も前に、地元の建築家によってそれは達成されていた。それがこの那覇市民会館なのだ。

## アジアのなかで考える

沖縄建築史の重要な指標であることを認めたうえで、さらに別の視点からこの建築を眺めてみたい。

たとえばスリランカ出身のジェフリー・バワという建築家がいる。一般的な知名度はそれほど高くないが、素朴な赤瓦の屋根やベランダをゆったり取った空間構成は、アジアン・リゾートのルーツとして脚光を浴び始めている。

彼に代表される東南アジアのトロピカル建築の系譜に、那覇市民会館もあるように思える。昨今、何かとサステナブル建築のことが話題になるが、西欧の気候の下で発達してきたサステナブル建築とはまったく別の、蒸し暑い気候のなかで考えられたもうひとつのサステナブル建築があることを、この建物は確かに教えてくれる。

日本建築史とも沖縄建築史とも違う、さらに大きなもうひとつの歴史のなかで、評価されるべき建築だと感じた。

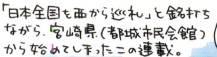

「日本全国を西から巡礼」と銘打ちながら、宮崎県（都城市民会館）から始めてしまったこの連載。

ここを飛ばしたことをずっと悔やんでいた。だが、西日本編の締めくくりに、ようやく実現。

ついに来た！沖縄

※沖縄の空気を伝えるため、今回はカラーでお伝えします。

沖縄のモダン建築といえば、金城信吉。

金城信吉といえば「那覇市民会館」。

## 金城信吉 (1934〜84)

沖縄・南風原町生まれ。62年におやの主宰する現代建築設計事務所に入所。73年、門設計研究所設立。

外観を特徴付ける朱色の大屋根。フライタワー（打ち放し）以外の部分をすっぽりと覆う。

建物が完成したのは本土復帰前の1970年。

大屋根をよけるように曲がって育ったパームツリーが35年の歳月を物語る。（こんなに大きくなるとは思わなかったんだろーなー）

屋根の朱色は赤瓦風タイル。小口だけを外に見せる、今っぽい仕上げ。（隈研吾もびっくり？）

瓦のすき間に生えている雑草もいい感じ。（藤森照信もびっくり？）

発展期 1965−1967 | 絶頂期 1968−1970 | 終焉期 1971−1975

正面の大階段（中ホール使用時のみ開放）を上ると、ルーバーに覆われたプロムナードに出る。

1F Plan

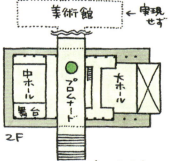
2F

コンペ時には、市民会館の地割りに美術館の構想があり、2階のプロムナードで2棟を結ぶことを考えていたようだ。このちょっと大げさな演出は、美術館に人を向かわせるための仕掛けだったのだろう。

強い日射しで、空間全体が縞模様に。
← コンクリートルーバー

プロムナードの一画にヤシの木が顔を出す。
▼
1階に下りると建物内に池が…

うぉッ

―― 考える宮沢 ――

築後36年がたち、大屋根の周囲には傷みが目立つ。

海風の影響か…

大規模な改修も行わない限り、長くは持たないだろう。もし、この建物が大屋根のない普通の箱型だったら、もっと長持ちしたかもしれない…。そう考えると複雑だ。

糸満市庁舎(2002)
← ソーラーパネル

PCの格子 →

国立劇場おきなわ(2003)

県外の建築家による最近の建築も、日よけ（雨よけ）がテーマになっている。見た目は面白いけれど、ちょっと過剰な気も…。そもそも建築家はなぜ沖縄だと庇をつけるのか？東京だって大阪だって相当熱いぞ。もっと庇を！

No.30

• 昭和45年 •
# 1970

## 不可侵の十字架

第一工房+内田祥哉

### 佐賀県立博物館

所在地：佐賀市城内1-15-23｜交通：JR佐賀駅より佐賀市営バスで博物館前下車
構造：RC造、PCa造｜階数：地上3階｜延べ面積：4638m²（竣工時）
初出：2005年5月2日号

佐賀県

佐賀県の建築は結構、充実しているのである。上巻で紹介した大隈記念館に続いて、佐賀県立博物館を取り上げよう。設計は第一工房の高橋靗一と東京大学で教鞭を執っていた内田祥哉。二人は逓信省の営繕部で腕を磨いた同志で、佐賀では佐賀県立図書館(1963年)、佐賀県立青年の家(68年)に続くコラボレーションとなる。

建物があるのは佐賀城趾。公園として整備されたゾーンの一画に、博物館がある。隣には後から美術館(83年)も建設されて、裏側の通路でつながれている。美術館の設計は安井建築設計事務所だが、外観のデザインは博物館との連続性が意識されている。

博物館の外観は、微妙に対称形を崩した雁行するブロックがピロティで持ち上げられた格好。来館者は建物の中心部にあるロビーに直接、アプローチする。特徴的なのは、ここから東西南北それぞれの方向に鉄砲階段が上がっていること。階段で4分割されたボリュームのうち、3つが展示室、残りの1つが収蔵庫や事務室に充てられている。

観覧の動線はかつては自由だったが、現在は受付脇のパネルに展示室を回る順序が示されている。それによると、まずは2階の自然史の部屋を通り、そこから3階に上がって原始時代から古代、中世、近世、近代の展示を巡り、そして最後に民俗資料を見るようになっている。「3階まで一気に上がろうという人はなかなかいませんよね」と案内してくれた副館長。確かにそのとおりかもしれない。バリアフリー対策のため、展示室に上がるエレベーターも後から付けられている。

## ＰＣａとＲＣのコンビネーション

十字形に交わる階段室はRC(鉄筋コンクリート)造でつくられており、構造の骨格となっている。この建物の水平力をすべてここで負担しているわけだ。似たような構造の建築はあまり思い浮かばないが、あえて言えば、直交する階段で支えられた建物という意味で、MVRDVが設計したまつだい雪国農耕文化村センター農舞台(2003年)がそうかもしれない。

RC造の階段室から張り出した展示室は、一辺が2mの十字形のプレキャスト・コンクリート(PCa)の梁を連結する方法でつくられている。木村俊彦によるこの構造方式は、プレグリッドシステムと呼ばれ、大高正人が設計した千葉県立中央図書館(68年)でも採用されていたもの。自由に平面形を広げられ、ランダムに柱を配置できるのがミソで、ピロティに立つと、その効果がわかる。

高橋といえば、大阪芸術大学の塚本記念館(81

180　Japanese Modern Architecture 1965-75　　　　　　　　　　　　　　　　　　　　　　　　　　　　　　　　No.30

**A** 四方に張り出した階段の端部｜**B** 北側から見た全景。向かって右側に県立美術館があり、通路でつながっている｜**C** 階段を見下ろす。手すりは鋳製コーブ｜**D** 1階のロビー。装飾古墳をモチーフにした壁画が飾られている（水谷エミ作）｜**E** 3階展示室の天井。格子が美しい｜**F** 3階、十字平面のサービスエリア内部｜**G** 階段を上がりきったところにある展示コーナー。ハイサイドライトから光が差す

年)を代表として、コンクリート打ち放しの芸術的な美しさにこだわった作品がまず思い浮かぶ。一方の内田は、一貫して工法を追求してきた建築家として知られる。内田は建物を柱、梁、床などのエレメントに分割し、それを組み立てていくという手法によって、武蔵大学(83年〜)や有田焼参考館(83年)といった個性的な作品をつくってきた。思い切って単純化すれば、"RC高橋"と"PCa内田"のおいしいところをミックスしたのがこの建築だとも言えるだろう。

## 十字架のシンボリズム

ところでこの博物館、見学中に自分がどこにいるか一瞬、わからなくなる。十字形に軸線が交差する建物は、平面図を見ると明快だが、内部を歩く人は方向性を見失いやすいのだ。それは直交する線路上の乗り換え駅を思い出せばいい。東京なら例えば渋谷駅や秋葉原駅。迷わず乗り換えられるようになるには何年もかかったものだ。

それでもこの十字形の形式が魅力的なのは、構造的な合理性だけではない。例えばそれを、シンボリズムにたどることもできる。

宗教学者のミルチャ・エリアーデによれば、キリスト教のシンボルである十字架のもとは宇宙木にあるという。「世界をその枝に抱きかかえている木で、この木はまさに十字架である。事実、キリスト教徒にとり、十字架は世界の支えなのである」(『豊饒と再生』せりか書房)。

このシンボリズムによって博物館は逆に、万物を収めた小さな世界として規定される。さらに十字架は「天と地と地下の通路である」とも。階段を中に入れ込んだ十字架の構造は、この博物館にぴったりなのである。

十字架のパターンはPCaのプレグリッドシステムでも繰り返されている。さらには展示室内部の天井システムも十字形のグリッド。要するに、どこまでも十字形の繰り返しで構成されている建築なのだ。十字形はもともとは構法・工法の追求で採用された形態である。それが宇宙のシンボリズムと合致する。そこがこの建築の大いなる魅力だ。

なお、3階には十字形平面の部屋が中央にある。しかし一般の来場者は入れない。ここにこの建物の最大の謎がある。建物の中心を占める不可侵の十字架なんて、ベルリンのユダヤ博物館を設計したダニエル・リベスキンドあたりが聞いたら大喜びしそうなアイデアだ。

我々は特別に入らせてもらった。そこで目にしたのは、使わなくなった展示ケースや空調ダクト。なんてことはない、ただの予備室なのであった。

まず度肝を抜かれるのは、10mは飛び出しているであろう3階部分の出っ張り。

主要なボリュームを2階、3階に持ち上げた外観は「どうだい？建築ってこんなこともできるんだぜ」とその力を誇示しているようにも見える。

どうだい？こんなこともできるんだぜ

うひょー

地元の人は見慣れているので、見上げようともしない。

外観からも想像がつくように、館内の動線は複雑。中央に十字形の階段スペースがあり、それをよけるように展示を見て回る。

まるでスターウォーズに出てくるスノー・ウォーカーのよう。

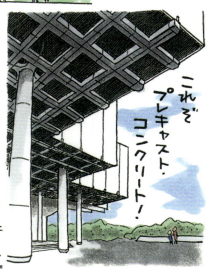

これでプレキャスト・コンクリート！

軒裏に表れたPCaの格子梁が美しい。→PCaを見せたいがために1階をピロティにしたのではないかと思えるほど。

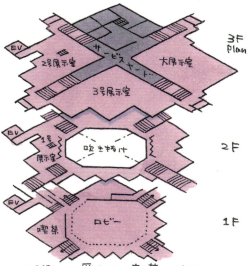

1階には受付と喫茶しかない。

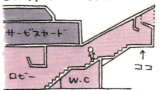

No.31

・昭和45年・
# 1970

## 頭上のマトリックス

設計事務所ゲンプラン

**稲沢市庁舎**

所在地:愛知県稲沢市稲府町1｜交通:JR稲沢駅から名鉄バスで稲沢市役所下車、徒歩5分
構造:SRC造｜階数:地下1階・地上4階｜延べ面積:8104m²(竣工時)
初出:2006年11月27日号

愛知県

今回、取り上げるのは愛知県の稲沢市庁舎である。この建物、実は新幹線からも見える。名古屋から岐阜羽島に向かう途中、右側の窓で目をこらしていると、少し距離は離れているが、建物のシルエットがはっきりとわかる。以前から気になっていたが、現地まで出向いたことはなかった。この連載の取材で、初めて訪れることになったわけである。

名鉄の国府宮（こうのみや）駅からタクシーで向かうと、着いたのは北側の車寄せだった。目の前に現れた稲沢市庁舎は高い木に囲まれている。そのためか、こちら側からは外観がよくわからない。西側へ回りこむと、ようやくこの建物の全体像が見えてくる。

柱に支えられた大きな水平の屋根があり、その下にさまざまなサイズの諸室がすき間をとって配置されている。建物がひとつの大きなボリュームとして見えるのではなく、分割された部屋の単位が、そのまま外観に表れた格好だ。

水平、垂直を強調した外観のなかで、唯一、曲面を見せているのが、少し先細りの円筒形をしたプリンのような部分である。外部仕上げもここだけがタイル張りになっている。

このようにさまざまなボリュームがリズミカルに並んだ外観は、建築巡礼者をうっとりさせる美しさだ。

ふと連想したのは、大阪万博のお祭り広場。あちらはボール形ジョイントで鋼製パイプをつないだスペースフレームだったが、さまざまな空間装置の上をまるごと覆う巨大な屋根という点では共通する。屋根から飛び出た「プリン」も、お祭り広場における太陽の塔と同じ効果を生み出していると考えられる。ちなみに稲沢市庁舎が竣工したのは1970年。大阪万博があったのとちょうど同じ年だ。万博の香りを感じてしまうのも、そんな時代の勢いのせいかもしれない。

建物を設計したのは、設計事務所ゲンプラン。京都大学の増田友也の下で建築を学んだ満野（みつの）久が代表を務める設計事務所で、ほかに伊勢神宮司庁舎（1973年）、京都ドイツ文化センター（1983年）などの作品がある。

## 建物全体を覆う格子梁の天井

北側の入り口を入っていくと、すぐに大きなホールに出た。そこにはさまざまな手続きを受け付けるカウンターが設けられ、その背後に、彫刻的な造形が施された大きな書庫が立っている。上に目をやると、格子梁の天井があり、トップライトからはほどよく自然光が入っていた。書類棚などが増えていて少し窮屈になりつつあるが、庁舎の中心を占めるにふさわしい明るく快適な空間だ。

そこから先は、市の職員に案内してもらった。2

A 西側から見た全景｜B 南側のファサード｜C 建物の中心を占める市民ホール。彫刻が施された壁の内部は書庫になっている｜D 3階、議場内部｜E 1階の食堂。円形平面の真ん中に柱が立つ｜F 屋上に出ると、格子梁の全体像がよくわかる。ガラス部分はトップライト。一般の人は出られない

階は吹き抜けの市民ホールを囲んで廊下が巡り、その外側に事務室が配されている。事務室の天井も格子梁だ。3階は主に議会のゾーンで、廊下を歩いていてもところどころで外部に視線が抜け、大きな建物の中にいることを感じさせない。

建物内をぐるりと回って、最後に特別に出させてもらったのが、大屋根の上だった。そこから見るとグリッド状の屋根構造がさらにはっきりとわかる。建物のまわりを見渡すと遠くまで平野が広がっていた。稲沢市は古代から条里制の地割があったところだという。グリッドを建築に採り入れたのは、そんな歴史的な背景からかもしれない。

グリッドを設定し、そこから建築を組み立てる手法は、たとえばミース・ファン・デル・ローエも得意としていた。バルセロナ・パビリオン（1929年）ではグリッド上に壁を配して全体を構成し、イリノイ工科大学ではグリッド上にクラウンホール（1956年）など、さまざまな校舎を並べてキャンパスを計画していった。ミースの遺作となったのがベルリンの新国立ギャラリー（1968年）で、そこではグリッドが巨大な天井面に用いられている。このやり方を応用したのが、稲沢市庁舎だとも言えるだろう。

ところでグリッドは、マトリックスでもある。マトリックスはもともと子宮や基盤を意味する言葉だが、数学においてはタテヨコの行列、つまりグリッドの状態を指す。

そして、映画『マトリックス』（1999年）においてマトリックスとは、コンピューターが生成した仮想現実のことであった。そこで戦う登場人物たちは驚異的なスピードで移動したり、空中を飛んだりと、物理法則を無視して活動することも可能だ。マトリックスでは何でも起こり得る。

## 屋根を突き破ったシンボル

稲沢市庁舎の場合も、頭上のマトリックスが規定する空間に、建築を自由に展開させている。平面はもちろん、断面も思い通りだ。2階、屋上テラスのさらに上、空中に浮かんでいるような部屋もある。その様子はまるで仮想現実の世界だ。

映画『マトリックス』では、キアヌ・リーブス演じる主人公ネオが、マトリックスを支配するコンピューター・システムと戦う。そんな主人公と重なるのが、大屋根を突き抜けている「プリン」の部分だ。ここは建物のマトリックスを打ち破って屹立している。そして、その中身はというと実は議場なのである。官僚のシステムに対して議会制民主主義が勝利する、そんな物語を、この建築はシンボリックに表現しているようにも見える。

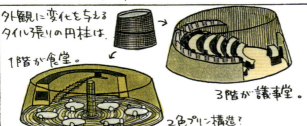

## 1970 ・昭和45年・
# スパゲティ・ジャンクションで

池原義郎

**岩窟ホール**

所在地：群馬県吾妻郡嬬恋村鎌原1053｜交通：JR軽井沢駅からバスで約40分
構造：RC造｜階数：地上3階｜延べ面積：1704㎡
初出：2007年1月22日号

群馬県

鬼押出し園は浅間山の大噴火で流れ出した溶岩が固まってできた景勝地だ。不思議な形をした岩がたくさん集まっており、世界三大奇勝のひとつとも言われている。ちなみにあとの二つは何かと言うと、イタリアのベスビオス火山、米国のロッキー山脈、福井の東尋坊、徳島の土柱、鹿児島の桜島など諸説ある。世界三大と言っておきながら、日本からいくつも名前が出てくるところは少し怪しいが、珍しい景色が楽しめる場所であることは間違いない。この観光スポットに、お目当ての岩窟ホールはある。

　設計したのは池原義郎。池原は今井兼次に師事した後、自らの建築活動を開始し、早稲田大学の教授を務めながら、数々の建築作品を実現していった。所沢聖地霊園（1973年）、浅蔵五十吉美術館（93年）といった芸術性の高い代表作のほか、大磯ロングビーチ（74年）や西武ライオンズ球場（79年、西武ドーム）といった大衆的な施設の設計も手がけている。デビュー作は住宅（67年）だが、それに次ぐ2作目がこの岩窟ホール（70年）であった。

　現地へは軽井沢の駅から車で向かった。群馬県嬬恋村方面へと抜ける山道をしばらくドライブすると、途中から鬼押ハイウェーという有料道路に入る。高原の絶景を楽しみながら走っているうちに、まもなく目的地に着いた。

　しかし、建物は姿を現さない。目に留まるのは道路の上を横切るブリッジと、そこに上る斜路や階段のみであった。

## 経路だけの建築

　斜路を上がっていくと、2階のレベルにはレストランや土産物を売る店があった。いわゆるロードサイドのサービスエリアの機能である。さらに上がると、そこは屋上階になっており、道路の反対側にある鬼押出し園へと渡るブリッジとつながっている。そこへ行くための入場券売り場やゲートも設けられていた。

　岩窟ホールという名前から想像される大空間はどこにもない。それなのになぜ「ホール」かというと、前にあった建物の名前を踏襲したかららしい。「岩窟」という語からもゴツゴツとした岩のような建物がイメージされるが、実際にはそれとは正反対で、地面の上に薄く広がったような形をとっている。外部にあるトイレも、地上レベルから階段を下りて入っていく半地下式だ。

　建物の各階へは、橋、斜路、階段など、何本もの経路がさまざまな方向から延びている。それが絡まり合って、また別の方向へと抜けていく。

　ほとんど経路だけの建築といってもいい。その途中の一部が区画されて、さまざまな機能が割り

**A** 建物と地上を結ぶ経路を、流れるような手すりが縁取る｜**B** 2階の外部デッキへと至るらせん階段｜**C** 自動車道路をまたぐブリッジを細い柱群が支える｜**D** 土産物店の内部。もともとはレストランだった。窓側から突き出たテーブルは当初のまま｜**E** 土産物店の窓際。この鉛筆立てのようなものが、なんと空調機のグリル｜**F** 屋上に出る階段。軽快なキャノピーがかかる｜**G** FRPでつくられたバス停のベンチ｜**H** 外部にあるトイレへは地面に掘られた穴を下りていく

振られているにすぎない。敷地の外から道路がそのまま延長してきて、くしゃくしゃっと絡まり合ったらこの建築になった、そんな感じである。高速道路の複雑な立体交差をスパゲティ・ジャンクションと呼んだりするが、それがそのまま建築化したようなものとも言える。

これは浅間山を背景にした鬼押出しの景勝地に計画された建物として、景観をできるだけ損なわないようにすることを心がけた結果だろう。

1990年代の日本で、ランドスケープのなかに埋め込んでしまうような建築がにわかに目立つようになった。例えば隈研吾の亀老山展望台や、栗生明の植村直己冒険館といった作品である。そうした建築に先行していたのがこの岩窟ホールだったと言える。

## 自由奔放な造形も魅力

建物は全体がスロープで滑らかにつながっている。2階を歩いているといつの間にか3階にたどり着いているといった具合だ。平らな床が積み重なってできているという、従来のフロアの概念を打ち破る建物構成となっている。思い起こすのは、1990年代以降の先端的な建築のあれこれだ。例えばオランダ出身の建築家、レム・コールハースは、実現したロッテルダムのクンストハル（1992年）や、計画で終わったジュシュー図書館（1996年）などで、傾いた一枚の床をらせん状につなげた建物を構想した。またfoaが設計コンペで勝ち取った横浜港大さん橋国際客船ターミナル（2002年）では、階段ではなく緩やかなスロープで階の間を移動するようになっていた。こうしたアイデアを、岩窟ホールは20年先、30年先に実現していたのだ。

建築とは一般に、立っているものである。でも、この建築はほとんど立っていない。建築で大事なのは空間だと言われる。でも、この建築にはほとんど空間と言えるものはない。この建築は、建築としての要件を満たしていないようにも思える。建築ではない建築、反建築である。

しかし、表現を押し殺すことばかりが目指されているわけではない。滑らかな曲線を描いてつながる手すりはそれ自体が芸術だし、空調のグリルはまるで工芸品のようである。バス停のベンチも、花びらのような形がつくられている。こうした建築本体以外の部分では自由奔放な造形が追求されており、表現主義的な側面も持っているのだ。

反建築でありながらも、建築でしか味わえない豊かな体験を訪れる者に与えてくれる。そんな矛盾を内包しているところが、この建築を時代を超えて見る者に訴えかけるものにしているのだろう。

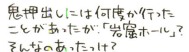

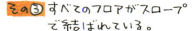

発展期 1965–1967 | 絶頂期 1968–1970 | 終焉期 1971–1975　　　　　　　　　195

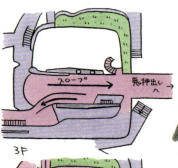
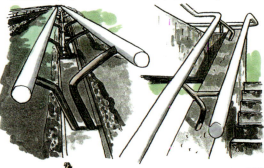

196　Japanese Modern Architecture 1965-75　　　　　　　　　　　　　　　　　　　　　　　　　　No.33

### •昭和45年• 1970

## コミュニティのための「傘」

菊竹清訓建築設計事務所

### 京都信用金庫

所在地：京都市内など（詳細は201ページ参照）
初出：2012年「菊竹清訓巡礼」

京都府

菊竹の作品を一度にたくさん見たければ、どの街に出かければよいでしょう。松江？久留米？残念ながら不正解。とにかく数を見たいのであれば、向かうべきは間違いなく京都である。

　菊竹は京都を中心に店舗展開する京都信用金庫の各支店を、1970年から20年あまりにわたって、50以上も設計した。それらの中には既に解体されてしまったものもあるが、大部分は残っている。

　我々は今回の取材において、1日で20件を巡ることができた（写真を掲載した店舗は、別の日に訪れたものも含む）。京都信用金庫の店舗は、数を見るうち次第に遠くからでもわかるようになる。

　理由の一つは、サインがよくできているからだろう。サインの掲げ方は店舗ごとに異なるが、一番多いのは、「3つのC（customer, company, community）」をモチーフにしたロゴマークと支店名だけのパターンだ。西陣支店ならロゴマークと「西陣」の2文字のみ。会社名がなくても、パーキングタワーに青い極太明朝体の文字があれば、京都信用金庫と認識できるようになる。

　建物の形にも特徴がある。いくつかに分類できるが、代表的なのがアンブレラ・ストラクチャーの形式だ。

　アンブレラは4枚のHPシェルを円柱の周りに展開させた構造で、材料は柱も屋根も鋼製。少ない柱で大きな床面を覆えるというメリットのほか、周囲の住宅地にもなじむスケールでありながら、独特のシルエットでアイデンティティーを示せるという効果もある。機能性と象徴性を併せ持った架構のシステムである。

　アンブレラの組み合わせ方も様々で、初期の田の字形に4体並べたタイプ（城陽、九条、修学院など）から、1体だけのタイプ（円町、北山、吉祥院、北野など）、2体のタイプ（くずはなど）が派生している。

　数は少ないがもう一つの形式としてあるのが、プレキャスト・プレストレスト・コンクリートによる門型の架構。これには枚方（現存せず）や日辺がある。

　また1980年代以降は、アルミ製パネルを用いたシステム建築に変わっていった。これには西京極、物集女、東山などが該当する。

　いずれの形式も解体組み立ての容易な建築工法ということで選ばれたが、それを生かしての移築、改築の実施は2、3の店舗にとどまっている。

## 公共建築としての金融店舗

　京都信用金庫が標榜するのは「コミュニティ・バンク」である。地域に貢献する新しい金融機関のあり方に名前を付けたものだ。これを実践するために、店舗の設計でも様々な仕掛けを盛り込

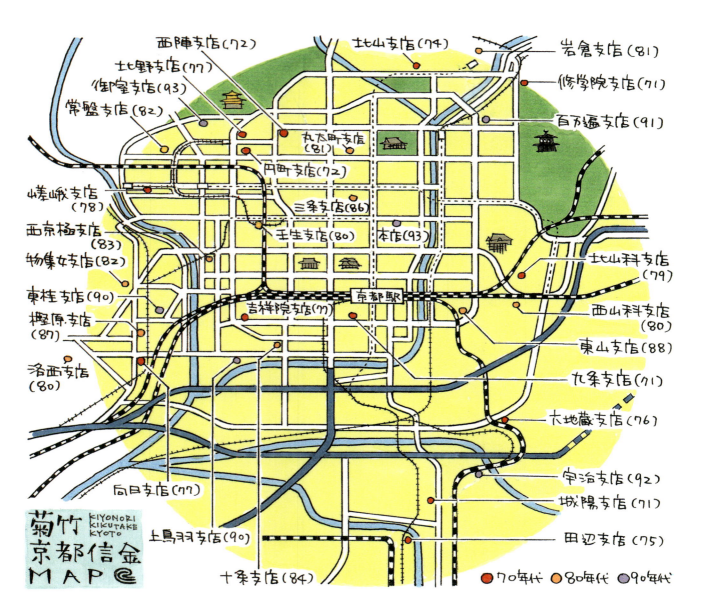

んでいる。

　例えば建物周りの屋外空間は、緑を植え、ベンチを配するなどして、コミュニティ・プラザとして開放した。従来は駐車場や自転車置き場に占領されていたスペースを、ポケットパークに替えたのである。そこでは子どもたちが遊び、お年寄りがひなたぼっこをしている。店舗の前にバス停があれば、その待合スペースとしての機能も提供する。

　内部にはコミュニティ・ホールと呼ばれる部屋が設けられた。これは美術工芸作品の展示や集会の場として、周辺の住民に利用される。店舗によっては、児童書のコーナーを設置して本を貸し出したり、食堂を地域活動のためのサロンや料理教室に使ってもらうことも行っている。

　これはもうほとんど公民館と変わらない。コミュニティ・バンクの理念を金融店舗として実現させる際、たどり着いたのが、こうした公共建築としての店舗だったのだ。

## 〈か・かた・かたち〉論を実践

　菊竹には有名な〈か・かた・かたち〉の方法論がある。設計の段階を3つに分けてとらえるというもので、それぞれが〈構想・技術・形態〉に対応するという。わかったようでわからない面がある理論なのだが、一連の京都信用金庫の設計を通して考えると、これは非常に理解しやすい。

　〈か〉とはコミュニティ・バンクという新しい銀行のあり方であり、〈かた〉とはアンブレラ・ストラクチャーのシステムである。そして〈かたち〉は、それぞれの地域の特性に合わせた一つひとつの支店の設計となる。

　そこでもう一つ疑問が湧く。なぜアンブレラ（傘）がコミュニティへと結び付くのか。この疑問には、京都信用金庫の道具設計に関わったGKインダストリアル・デザイン研究所の西沢健が回答を記している（『新建築』1972年12月号）。

　西沢いわく、「傘」という字をよく見ると、"かさ"の下に人が4人も書かれている。「それはまさにコミュニティ形成のための道具である」。

　なるほどそういうことか。ハタと膝を打ったのであった。

Japanese Modern Architecture 1965-75  No.33

発展期 1965-1967 | 絶頂期 1968-1970 | 終焉期 1971-1975

1981 岩倉支店

1981 丸太町支店

1982 常盤支店

1982 物集女(もずめ)支店

1983 西京極支店

1984 十条支店

1986 三条支店

1987 樫原支店

1988 東山支店

1990 東桂支店

1990 上鳥羽支店

1991 百万遍支店

1992 宇治支店

1993 御室(おむろ)支店

1993 本店

| 1971 | 城陽支店 | 京都府城陽市平川室木91-4 |
|---|---|---|
| | 九条支店 | 京都市南区(建て替え) |
| | 修学院支店 | 京都市左京区修学院大林町2-1 |
| 1972 | 西陣支店 | 京都市上京区千本通五辻下ル上善寺町108 |
| | 円町支店 | 京都市中京区西ノ京南大炊御門町32-1 |
| 1974 | 北山支店 | 京都市北区上賀茂岩ケ垣内町105 |
| 1975 | 田辺支店 | 京都府京田辺市(移転) |
| 1976 | 六地蔵支店 | 京都市伏見区桃山町西尾41-6 |
| 1977 | 北野支店 | 京都市北区北野上白梅町64 |
| | 吉祥院支店 | 京都市南区吉祥院九条町25 |
| | 向日(現・桂川)支店 | 京都府向日市(建て替え) |
| 1978 | 嵯峨支店 | 京都市右京区嵯峨朝日町30-2 |
| 1979 | 北山科支店 | 京都市山科区厨子奥若林町67 |
| 1980 | 西山科支店 | 京都市山科区川田土仏23-2 |
| | 壬生支店 | 京都市中京区(建て替え) |
| | 洛西支店 | 京都市西京区大枝北福西町3-2-2 |
| 1981 | 丸太町支店 | 京都市上京区油小路道丸太町上ル米屋町301-1 |
| | 岩倉支店 | 京都市左京区岩倉西五田町27 |
| 1982 | 常盤支店 | 京都市右京区太秦開日町4-1 |
| | 物集女(もずめ)支店 | 京都市西京区山田中吉見町12-2 |
| 1983 | 西京極支店 | 京都市右京区(移転) |
| 1984 | 十条支店 | 京都市南区上鳥羽高畠町65 |
| 1986 | 三条支店 | 京都市中京区三条通釜座西入ル釜座町11 |
| 1987 | 樫原支店 | 京都市西京区樫原口戸1-48 |
| 1988 | 東山支店 | 京都市東山区泉涌寺雀ケ森町3-4 |
| 1990 | 東桂支店 | 京都市西京区川島東代町31-1 |
| | 上鳥羽支店 | 京都市南区吉祥院観音堂南町4-3 |
| 1991 | 百万遍支店 | 京都市左京区田中里ノ内町43 |
| 1992 | 宇治支店 | 京都府宇治市宇治壱番10-6 |
| 1993 | 御室(おむろ)支店 | 京都市右京区宇多野馬場町10-2 |
| | 本店 | 京都市下京区四条通柳馬場東入立売東町7 |

※建て替え・移転についてはニュースリリースを基に加筆した。現地を見に行く人は自身で事前に確認してほしい

202　Japanese Modern Architecture 1965-75　　　　　　　　　　　　　　　　　　　　　　　　　　　No.33

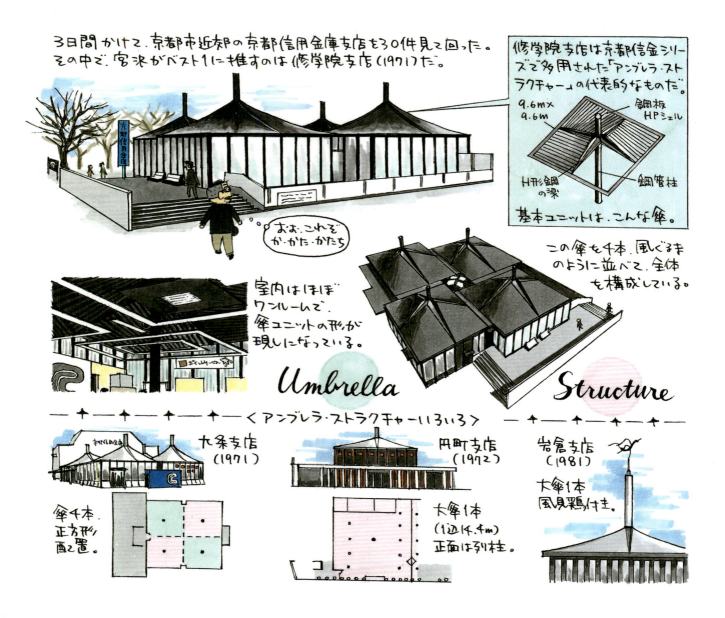

発展期 1965-1967　絶頂期 1968-1970　終焉期 1971-1975　　　　　　　　203

京都信金シリーズのもう一つのテーマは、地域のための「コミュニティプラザ」を設けること。代表的なのが西陣支店 (1972)。一見どこにでもありそうな信用金庫の建物だが、屋外にある階段を上ると…

そこには、広々とした屋上広場が…。緩やかな階段状の広場は面積550m²。

当時はレンガタイル敷き

竣工時の写真を見ると、子どもが走り回っていたり、和傘を立てたりして、楽しそう。でも今回訪れた時には誰もいなかった。今はどんなふうに使われてるのかなぁ…。

**Community Plaza**

広場の奥は、西陣織などの展示会を想定した展示室。地域のためにそこまで…。いい時代だ。

展示室／会ギ室／営業室／金庫

——〈コミュニティプラザいろいろ〉——

西陣支店ほど大げさではないが、小さなコミュニティプラザはほかの支店にもあった。むしろそうした小さな仕掛けの方が魅力的に見えた。

◀大地蔵支店 (1976)

修学院支店▶ (1971)

Japanese Modern Architecture 1965-75　　No.34

・昭和45年・
1970
寄り道

## 北海道開拓記念館 [現・北海道博物館]

### 絵になる雪の中のレンガ

佐藤武夫設計事務所

初出：2006年「昭和モダン建築巡礼 東日本編」
構造：RC造・SRC造 階数：地下2階・地上2階・塔屋1階 延べ面積：1万2945m²
所在地：札幌市厚別区厚別町小野幌53-2 交通：JR新札幌駅からJR北海道バスで北海道博物館下車、徒歩1分

北海道

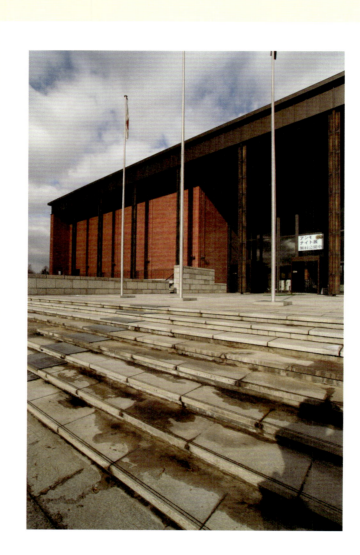

佐藤武夫の最晩年の作。雪の中に立つレンガの建物は絵になる。そのことを設計者は旭川市庁舎（1958年）の頃から知っていた

発展期 1965–1967 | 絶頂期 1968–1970 | 終焉期 1971–1975　　　205

現代建築とレンガは相性がイマイチだ。特に赤茶色のレンガは存在感がありすぎて、すべてを"懐かしモード"に変えてしまう。親しみやすいが、コントロールの難しい材料だ。

北海道開拓記念館は、佐藤武夫(1899-1972)の最晩年の作。内外の仕上げに赤レンガを用いている。

東西面はすべてレンガ。

病と闘いつつ設計に取り組んだ佐藤の心中はきっと…

「北海道開拓の象徴といえば赤レンガ…」
「でも、単なるノスタルジーにはしたくない」
「どうする?」

## 記念性か、現代性か
守るか、攻めるか

佐藤が出した答えの一つが、南北の底を支えるアルミキャストの列柱。高さ約20m。断面は十字形。赤レンガをねじふせる存在感。

「こんなに柱太要?」「でも、カッコイイ」

吹き抜けの高さを強調する、超細長のシャンデリア。舞い落ちる雪のイメージか?

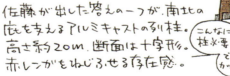

記念ホールの壁も面白い。木レンガの上にびっしりと張られた装飾は…

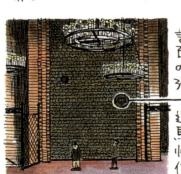

全道から集めた1569個のてい鉄。

近づいて見ると、馬のてい鉄だった。懐しいのに今っぽい! 佐藤は最後まで挑戦心を忘れなかった。

特別対談 | Dialogue

橋爪紳也氏［建築史家、大阪府立大学教授］× 磯達雄氏［建築ライター］

# 転機の丹下、挫折で磨かれた磯崎
大阪万博を輝かせた日本の建築家＋傑作パビリオン［後編］

EXPO'70 パビリオン（旧・鉄鋼館）にて（写真：生田 将人）

1970年大阪万博に詳しい橋爪紳也氏と磯達雄氏の対談。エキスポタワーやお祭り広場など「基幹施設」について語った後、いよいよMVA（最優秀建築家）を選ぶ。　（進行・似顔絵・パビリオンのイラスト：宮沢 洋）

## 07 | 菊竹清訓 ── エキスポタワー
### "ミスター万博"の資質が開花

── 菊竹清訓は、大阪万博ではどんな存在だったのですか。この万博でかなり名を上げたのでしょうか。

**橋爪（以下、橋）** | 菊竹先生は1960年代から活躍されていたので、一般にも知られていたと思います。大阪万博でも、太陽の塔と対峙する位置に、恒久施設として想定されたエキスポタワーを設計しているわけですが、場所は会場の一番外れにあった。

　エキスポタワーは、当初400mタワー案とかもあったんだけど、127mになったし。

── エキスポタワーは意外に目立たない存在だったのですか。

**磯** | いやいや、建築としてはやっぱり、メタボリズムの思想をカプセルで世界に示したので、役割は果たしたと思います。当時のアーキグラム（1960年代から70年代初頭にかけて活動した英国の前衛建築家集団）に元ネタがあるとも言われているけど。

**橋** | そう、アーキグラムの「動く建築」のイメージだね。

**磯** | 海外の動く建築系をやっていた人は、みんなうらやましかったと思いますよ、大阪万博を見て。自分たちがやろうとしたことを本当にやられちゃったと感じたと思う。

── そもそもですが、大阪万博の各パビリオンの設計者は誰が決めたのですか。

大阪万博を輝かせた10人
**07 菊竹清訓**
Kiyonori Kikutake

1928（昭和3）年－2011（平成23）年

**未来都市のイメージを発表**
早稲田大学を卒業後、竹中工務店、村野・森建築事務所を経て建築家となる。大高正人、槇文彦、黒川紀章らとともにメタボリズム・グループに加わり、海上都市や塔状都市など未来的な都市のイメージをいくつも発表した。実作としては、自邸のスカイハウス（1958年）でキッチンや子ども部屋を取り外し可能なムーブネットとして設計、メタボリズムと共鳴する取り換え論を実践した。そのほかの代表作にホテル東光園（1964年）、表市民館（1968年）、江戸東京博物館（1993年）など。また海上都市の研究の流れで1975年沖縄海洋博覧会のアクアポリスを実現させている。事務所からは内井昭蔵、伊東豊雄、長谷川逸子、仙田満ら多くの著名建築家が生まれた。

エキスポタワー。設計:菊竹清訓。会場の無線通信を中継するアンテナを設けるとともに、途中に設けられたカプセルは展望室として使われた

都城市民会館(1966年)。設計:菊竹清訓。54ページ参照

**橋**｜各パビリオンは、出展者、つまり各企業や各国が自らデザインし、検討し、設計者も選んだ。対して「基幹施設」と呼ばれる主催者側が関与して整備した建物群は、シンボルゾーンの「プロデューサー」となった丹下健三先生を中心に、選ばれた12人の協力建築家が分担した。

―― これまで話してきた大谷幸夫や黒川紀章は、丹下健三が指名したわけではないということですね。それでも、丹下健三やメタボリズムに近い建築家が多く起用されているのはなぜなのでしょうか。

**橋**｜最終の配置案が決まった後に、基幹施設の設計者が選定されたのが1967年の初め。開幕の3年前ですよ。大屋根、エキスポタワー、メインゲート、お祭り広場の装置、万博ホール、美術館、サブ広場、装置道路、迎賓館、サブゲートなど基幹施設の設計が、丹下プロデューサーの下で協力建築家によって進められる。設計が始まるのが博覧会開幕の2年半前。各パビリオンの工事着工は1年ぐらい前という、大急ぎのスケジュールであれだけの建物群をつくったわけです。

だから、もともと活動していた、すでにアイデアがあるメタボリズムのグループの人たちがそこで登用されたということだと思います。

―― 菊竹清訓は大阪万博以降、国内のほとんどの万博に関わって、"ミスター万博"的な存在になっ

橋爪紳也氏。プロフィルは7ページ参照

ていきます。菊竹のどんな資質が万博にはまったのだと思いますか。

磯｜菊竹さんは都城市民会館(1966年、54ページ参照)に象徴されるように、技術への信頼と、それを形にするデザイン力があったから、万博のような場に合っていたのでしょうね。1975年の沖縄海洋博では日本政府出展のメイン施設としてアクアポリス(1975年、292ページ参照)を設計するし、1985年のつくば科学万博ではBブロックの会場計画と外国展示館を設計するし、2005年の愛・地球博では総合プロデューサーとしてグローバル・ループを設計しました。

橋｜エキスポタワー、アクアポリス、グローバル・ループなどは、いずれも単体の建築ではなく、都市を

## 「基幹施設」のキーパーソンたち

### 基幹施設配置設計担当

丹下健三 ―――― プロデューサー

協力建築家(12人):
福田朝生 ―――― お祭り広場の大屋根、デッキを設計。
　　　　　　　　担当の詳細は不明
彦谷邦一 ―――― 迎賓館を設計
大高正人 ―――― メインゲートを設計
菊竹清訓 ―――― EXPOタワーを設計
神谷宏治 ―――― お祭り広場の大屋根、デッキを設計。
　　　　　　　　担当の詳細は不明
磯崎新 ――――― お祭り広場諸装置を設計
指宿真智雄 ――― 万博ホールを設計
上田篤 ――――― お祭り広場の観覧席を設計
川崎清 ――――― 美術館を設計
加藤邦男 ―――― サブゲートを設計
曽根幸一 ―――― サブ広場および装置道路を設計
好川博 ――――― 担当の詳細は不明

(「座談会:EXPO'70のデザイン・システムとプロセス」
『工芸ニュース』Vol.38、No.3、1970を参考に作成)

構築するシステムの提案ですね。エキスポタワーは空中都市、アクアポリスは海上都市のプロトタイプ。愛・地球博では、複雑に高低差のある会場を、巨

大な空中デッキであるグローバル・ループでフラットにつないだ。建築家というよりは、シンボルとなる空間のプロデュースを担っていた。

## 08 | 西山夘三 —— 会場計画
### 日本型「広場」の実現に寄与

——先ほど、プロデューサーの丹下健三が中心となって基幹施設の設計者を決めたという話がありましたが、大阪万博の会場構成は、もともと京都大学の西山夘三が中心になって進めていたんですよね。

橋｜そうです。大阪万博は、日本が国として誘致活動を始める前に、大阪で「日本で博覧会を開催しよう」という動きがあった。会場計画の委員会がつくられたのは1965年12月。最初の委員会のメンバーには、建築家では、竹腰健造や、坂倉準三、東畑謙三などが入っていた。その委員会に、チーフプランナーとして、西山夘三と丹下健三の両先生が加わっていた。

この委員会と並行して、京大の研究室が基礎調査をしていた。それをベースに第1次案、第2次案がまとめられ、会場計画の最終案が決まる。会場計画ができて、基幹施設を設計する段階で「プロデューサー」という概念が導入された。そこで12人

**大阪万博を輝かせた10人**
**08**
**西山夘三**
Uzo Nishiyama

1911(明治44)年－1994(平成6)年

**戦後の庶民住宅の基礎をつくる**
戦後の建築計画研究の第一人者。京都大学大学院に在籍していた頃から庶民住宅の住まい方を調査し、それに基づいた「食寝分離論」を発表する。これは小住宅においても食事の空間と就寝の空間を別に設けるべきとする主張で、これは後の公団住宅や公営住宅の標準設計に大きな影響を与えた。また京都大学の建築学科で長く教壇に立ち、千里ニュータウンなどの開発計画に携わる一方で、京都の景観保存運動にも深く関わった。1964年には丹下健三の「東京計画1960」の向こうを張ってか、未来の京都の都市像を提示した「京都計画」を発表。また、数少ない建築作品として徳島県郷土文化会館(1971年)がある。

の建築家が参加することになる。建築プロジェクトにおけるプロデューサーシステムというのは、日本では大阪万博が初めてだったのではないでしょうか。

——西山夘三は途中で手を引いたのでしょうか。

橋｜会場の基本構想を調査していたのは京大で、それをベースに第1次案はできた。ある段階で、会場の中央に広場をつくれと指示されたのが西山先生だと聞いています。

> 西山夘三さんの「日本的な広場を」
> という核心的なアイデアは残った——橋爪氏
>
> ヨーロッパ的な広場とは違う広場を
> つくろうとしたんですね——磯氏

EXPO'70パビリオン内に展示されている会場計画模型を前に盛り上がる橋爪氏(左)と磯氏(右)

　最終案の会場計画は丹下、西山連名で提出されていますが、実際にはその前の段階で西山先生は外れておられたようです。西山先生は、国家事業に参加することに対して、なんらかの葛藤があったのかもしれない。
　第2案は大胆ですよ。会場の外縁など境界を曖昧にして、緑も多い(笑)。
磯｜西山夘三は途中で抜けたけれど、川崎清とか上田篤とか、関西系の建築家は基幹施設の設計者として残ったということですね。
橋｜西山さんの「日本的な広場を」という核心的なアイデアが残ったことは重要であると思います。ちなみに、「お祭り広場」という命名は上田篤先生。小豆島のある神社の祭礼のための空間を参考に提案された。私は先生の教え子として、それだけはきちんと語り継がないといけない。

磯｜ヨーロッパ的な広場とは違う広場をつくるんだという意識ですかね。

橋｜そうですね。基幹施設の設計者を丹下プロデューサーと、若手の協力建築家に委ねる判断が重要であったと思います。

磯｜メンバーの中に坂倉準三や村野藤吾も入っていますね。

──なるほど。なぜ大阪万博に村野藤吾が関わっていないのかが不思議だったのですが、もっと偉いポジションだったわけですね。

橋｜まあ、そうですね。彼らのように、実際に設計はしていないけれど、役割を果たした建築家たちがいたということです。

---

## 09　磯崎新────デメとデク
### 背景と化すも"その先"を示す

---

──大阪万博を見てない世代には、磯崎新が何をやったのかが、いまひとつ分かりづらいのですが……。

橋｜磯崎先生が、演出を含めて、お祭り広場全体の設計を担当することになった。初期構想が結局、実現せず、岡本太郎さんがテーマ館プロデューサーとなって、お祭り広場の在り方にも影響を及ぼした。テーマ館の地下の展示と空中展示をつなぐエスカレーターが想定されていたが、これを覆うものとして「太陽の塔」がつくられることになった。

──当初は太陽の塔がない状態で役割を与えられていたんですね。

橋｜お祭り広場の大屋根が最大のシンボルのはずだったのに、岡本太郎にシンボリックなものを取られた。

●大阪万博を輝かせた10人●
09
磯崎新
Arata Isozaki

1931（昭和6）年─

新しい概念で建築を捉える

東京大学の丹下健三研究室出身。建築作品のみならず、プロセス・プランニング、手法論、見えない都市……などといった新しい概念を繰り出しながら展開される解説の文章によって、多くの若手建築家たちを引きつけた。また、早くから世界の著名建築家と交流を持ち、グローバルに活動。審査員を務めた設計コンペでは、その後のデザイン潮流に影響を与える重要な作品を数多く選び出している。建築家への影響力の大きさにおいて、日本で随一の存在。生まれ故郷の大分市にあるアートプラザは、初期の代表作である大分県立大分図書館を改修したもの。その中には磯崎作品の図面や模型を常設展示する磯崎新建築展示室が設けられている。

──磯崎さんはお祭り広場で何をやろうとしていたんですか。

磯｜建築ではない、装置だけが動いているみたいなものですね。

橋｜「インビジブルモニュメント」と言ってました。

──インビジブルなのにモニュメントなんですか。

橋｜磯崎さんは1967年5月に報告書をまとめている。それによると、エッフェル塔やロンドン万博のクリスタルパレスに対して、違うモニュメントが必要だと強調した。お祭り広場は、来るべき情報化社会の象徴であり、空間そのものがインビジブルモニュメントだと考えた。10万人規模を収める観客席と可動式の屋根を設け、火や水にまつわる伝統的な世界中の祭事、現代的なハプニングを喚起するイベントをここで展開する、と書いています。

また、コンピューターを媒介に人とロボットが融合する「サイバネティックエンバイラメント」をここにつくり、映写室、監視室、投光機、方向ノズルを装備した高さ30mの万能ロボットを3台稼働させて、「人間とロボットが時空間の中で一体化する演出」を提案していました。

──高さ30mのロボット3機……。ガンダムですね。

橋｜初期案はね。それが14mの「デメ」と「デク」という2体に縮小された。

──14mでも結構大きいですよ。

磯｜いや、実際には完全に背景に化しているというか。

橋｜そう。太陽の塔の後ろに何かメカがある、くらいのスケール感。それに、デメとデクは会期中を通じて、数回しか稼働していない。開幕式は子どもら

「もともと磯崎さんは象徴的な建築をつくる気は全然なかった」と磯氏

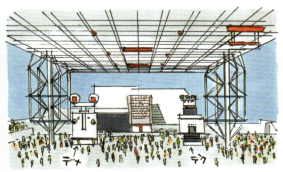

デメとデク。デザインは磯崎新氏。頭部に操縦室があり、胴体には作業用のアームやスピーカー、照明装置などを備えていた

を乗せて動いていたけれど、その後はあまり動かさなかった。

磯｜もともと磯崎さんは象徴的な建築をつくる気は全然なかった。「反建築」みたいなことをやろうとした人だから。でも、実際に万博に取り組むなかで、自分のやっていることは矛盾しているということに気が付いて、もう建築はやらんとか言うようになっちゃうんですよ。

――それでも、振り返ってみると、磯崎さんは万博で大きな失敗もせずに、その後に向けてのいいポジションを築いたように思えますが。

磯｜それは結果論で、本人は万博について、嫌な思い出みたいな語り方しかしていないですよ。

橋｜岡本太郎さんとの確執があったと思うんだけど。あまりご本人は語らない。なので、私もあまり言えない（笑）。

―――――――――――――――――――――

## 10 ｜ 丹下健三 ―― お祭り広場
### 未来の都市を示す一方、限界も

―――――――――――――――――――――

――では、そろそろ丹下健三とお祭り広場についてお願いします。丹下さんは、想定外の太陽の塔ができたとはいえ、やるべきことはやったという感じだったのでしょうか。

磯｜そうなんじゃないですかね。丹下さんらしいデザインにはなっていると思いますよね。会場の真ん中をズンと貫く軸という。

橋｜そうですね。未来の都市はこうあるべきだという基幹施設。会場設計ではなく基幹施設群のプロデューサーなので、お祭り広場の設計者というよりもプロデューサーとしての役割を評価すべきでしょうね。

1913（大正2）年－2005（平成17）年

―――――――――――――――――――――

国家的イベントで主要施設を設計

東京大学から前川國男の事務所を経て東大に戻り、助教授、教授と歴任しながら設計活動を行った。代表作は敷地外の原爆ドームに向けた軸線を設定して配置計画の要とした広島平和記念公園や、日本の伝統と鉄筋コンクリート架構の美学を統合した香川県庁舎など。1964年の東京オリンピックや1970年の大阪万博といった国家的イベントでは、会場計画や主要施設の設計を担い、日本を代表する建築家の地位に就いた。その設計は海外からも高く評価され、1970年代以降は、世界各地でプロジェクトを進めるようになる。プリツカー賞を初めて受賞した日本人でもある。

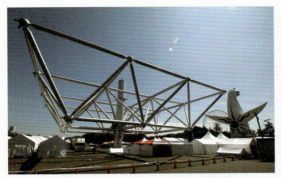

一部が残るお祭り広場のスペースフレーム。設計：丹下健三ほか。幅108m、長さ約300mの鉄骨屋根が6本の柱で支えられていた（写真：日経アーキテクチュア）

磯｜都市をつくれるという信念が、丹下さんの一番大きく担ったところなのでは。

橋｜ただその都市像の限界も示すことになった。未来都市をつくったはずなのに、ただただ多くの混雑を招いた。休むベンチも数が限られているなかで、何時間も待たなければいけない。大渋滞、大混雑であったことが批判の対象にもなった。

磯｜本当に、満員電車の中にいるような、会場はそのくらいの大混雑だった。

橋｜当初、半年間で3000万人が入場する前提で設計した未来都市なのに、直前に5000万人に予定入場者数を上方修正した。さらに実際は、6000万人をはるかに超えることになる。当初想定の2倍以上の人を受け入れた。結果として、大混雑するのは当たり前だった。

ただ、それは建築とか装置で解決できるものではない。「人類の進歩と調和」と言いながら、一方の「調和」の視点がどこかにいってしまった。進歩的な未来を示すという丹下先生のマスタープランへの肯定的な評価もあったが、一方で批判もあった。万博後の評価には、「動く歩道」などを指して、人間をもののようにベルトコンベアーに乗せて効率良く運ぶ仕組みだと辛辣なものもあった。

―――――――――――――――――――――

ＭＶＡ（最優秀建築家）を選ぶ

―――――――――――――――――――――

――これまで10人の建築家について語っていただきました。万博後の建築界に与えた影響の大きさも考慮したうえで、10人の中からMVA（Most Valuable Architect、最優秀建築家）を選んでいただけますか。磯さんから。

磯｜磯崎さんかな。丹下健三の下、メイン施設のお祭り広場を未来的なイベント空間として構想し、その装置群を設計した人で、つまりは万博側の中心人物であるにもかかわらず、一方では、万博が始まってからの虚脱状態を語ってそれを批判し、反万博の代表者にもなっているという両面を持っています。そんな建築家は磯崎さんしかいない。

――橋爪さんは。

橋｜やはり黒川紀章先生でしょう。万博を契機とし

## 大阪万博の最優秀建築家
## Most Valuable Architect

**黒川紀章**——橋爪紳也 選
**磯崎新**——磯達雄 選

て建築家が単なる設計者ではなく、華やかな仕事であることを社会に訴求した。

——ひとことで言うと、大阪万博はその後の建築にどんな影響を与えたのでしょうか。

橋｜戦後のモダニズムを考えるうえで、総決算であり、同時に転換期だったのでは。

磯｜ここでモダニズム的なものを突き詰めて、やり尽くしちゃったから、もうこれ以上先はないなとみんなもう分かったというのが、大阪万博の価値かもしれない。

橋｜機能的で合理的な未来都市に対して、太陽の塔の原始の人の力みたいな造形が持つ力が勝ってしまった。

磯｜アンチテーゼだけが浮かび上がってしまった。

橋｜むしろそこに本質があるんだということに多くの人が気が付いたんですね。なので、その後のメタボリズムの展開において、合理的なソリューションや機能主義だけでは立ち行かなくなる。

磯｜70年代には、メタボリズムは、もうないも同然になってしまった。中銀カプセルタワーができるのも70年代初めだけど、あれができた時点でもう終わっちゃっていたんですね。

橋｜戦後復興期から続く「建築の工業化」という考え方、そもそも最小限住宅とかの発想も、いかに合理的で機能的な空間をつくるのかというところから来ている。メタボリズムはその最終形だった。

——なるほど。

橋｜大量生産と大量消費を前提とする工業化社会の華やかな成果が大阪万博だけど、そのときにはもうすでにそういう発想が終わりつつあった。情報化社会の到来に誰もが気付いていた。先に話したように、巨大映像などの情報装置と建築が融合して、空間が構成されている状況を我々は見てしまった。

磯｜建築から形が決まるのではなくて、情報から決まる建築もあるのだと思うようになった。

——当時の子どもは、直感的にそれが分かったということですかね。

橋｜そう。磯崎さんの「インビジブルモニュメント」が実現していたら、間違いなく最先端のはずだったんですよ。ちょっと早過ぎたんだね。

大阪万博は戦後モダニズムの
総決算であり、転換点だった──橋爪氏

これ以上先はないと
みんなが分かってしまった──磯氏

## 1970 昭和45年 大阪万博レガシー

### 閉ざされた未来

お祭り広場・太陽の塔

丹下健三・神谷宏治・福田朝生・上田篤・磯崎新・黒川紀章（お祭り広場）、岡本太郎・吉川健（太陽の塔）

所在地：大阪府吹田市千里万博公園 1-1（万博記念公園） ｜ 交通：大阪モノレール万博記念公園駅から徒歩10分
構造：S造（お祭り広場）、RC造・SRC造・S造（太陽の塔）
初出：2019年11月28日号

大阪府

写真：日経アーキテクチュア

1970年、自分は埼玉県に住んでいる小学校1年生だった。親に連れられ大阪万博に出かけた。子供向けの雑誌に載っていた特集記事を繰り返し読み、頭の中は万博の情報でいっぱいだった。

　なので、会場でどのパビリオンを見たかはよく覚えている。というよりも、見たくて見られなかったパビリオンの方が印象に強い。何しろ大混雑で、入場待ちの行列が長かったのだ。住友童話館も三菱未来館も入れなかった。

　そうした中で、お祭り広場と太陽の塔のことは、実はあまり記憶にない。太陽の塔を背景に撮った写真が残っているので、すぐ前まで行ったのは確かだが、中へは入らなかったし、そもそもあまり強い関心を持っていなかった気がする。6歳の子供にとって、お祭り広場はあまりにも大きく、また太陽の塔はあまりにも奇妙だった、そういうことだろうか。

## 夢のような建築を実現

　お祭り広場と太陽の塔について、あらためて捉え直してみよう。

　お祭り広場は、開閉会式のほか様々な催しを日替わりで行うイベント空間で、幅108m、長さ292mの巨大な鉄骨屋根を6本の柱で支えている。設計は丹下健三をリーダーにしたチームがあたった。

　この建築には、先行する3人の建築家のアイデアが参照されたことがうかがえる。

　1つ目はコンラッド・ワックスマンによるスペースフレームだ。これは球形のジョイントで棒材を立体的に三角形でつないでいく構造で、格納車の構造システム(1953年)などが提案されている。一種類のジョイントでいくらでも大きな構造体をつくれることが特徴だ。ワックスマンは1955年に来日し、大学院生や設計事務所の若手所員を集めて、3週間のゼミナールを行った。これには東大の坪井研究室にいた川口衞や丹下研究室にいた磯崎新も参加。この2人は後にお祭り広場の設計に関わる。

　2つ目はヨナ・フリードマンの空中都市だ。パリ空中都市(1959年)などで提唱された構想は、地上高くに持ち上げたジャングルジムのような構造体に、箱型の建築ユニットを取り付けていくというもの。これと同様にお祭り広場では、大屋根のスペースフレーム内部に黒川紀章が設計したカプセルが組み込まれた。

　3つ目はセドリック・プライスによるファン・パレス(1964年)。これは映画、演劇、展示など様々な催しに応じて、大空間に吊るされた構成要素を自在に組み替えていくことができる建築の提案だった。お祭り広場では、前述の磯崎新が可動式の舞台・客席や、ロボット型の演出装置を設計。イベントごとに異

220　Japanese Modern Architecture 1965-75　　　　　　　　　　　　　　　　　　　　　　　No.35, 36

**A** 大阪万博の会場跡地は万博記念公園になっている。左手前の球体はイサム・ノグチによる環境彫刻｜**B** お祭り広場大屋根のスペースフレームは3×3スパン分だけ残る｜**C** 太陽の塔は大阪万博のシンボルとして今も大人気｜**D** 太陽の塔の全景｜**E** 太陽の塔の内部に展示されている「生命の樹」｜**F** 万博開催時にはエスカレーターが設けられていたが、現在は階段に替わっている｜**G** 太陽の塔の腕の内部。かつてはエスカレーターが通り、大屋根の展示へと抜けるようになっていた（このページの写真：日経アーキテクチュア）

なる環境を出現させる催事空間をつくり上げた。
　こうした夢のような未来的建築のアイデアを統合して実現したのがお祭り広場だったのだ。しかしその大屋根は1977年に解体され、現在は骨組みの一部を残すのみになっている。

## 生命の樹をたどった先に

　一方の太陽の塔は大阪万博のテーマ館として設けられたもので、高さ70mの塔がお祭り広場の大屋根を突き破るように立っていた。プロデューサーを務めた岡本太郎によるデザインをもとに、丹下研究室出身の吉川健らが建築として設計し、実現させたものである。
　太陽の塔は万博会場の跡地に今も立ち続けている。万博後は内部へ入れなかったが、リニューアル工事が行われて、2018年からは予約制で内部公開も開始。50年越しにようやく、展示を見ることになった。
　展示の呼び物は高さ約41mにもおよぶ「生命の樹」。アメーバから両生類、爬虫類、哺乳類などを経て人類へと至る生物進化の階梯を無数の模型で表現している。赤い光に浮かび上がるそれは、人間の感覚に強く訴えるものだ。
　鑑賞者は塔の胴内を下から上へと進んでいき、腕の高さへと至る。大阪万博ではエスカレーターでこの腕の中を通り抜け、お祭り広場の大屋根内を巡るという動線だった。そこでは先に触れたカプセル型の展示空間に、未来の都市や住居のモデルが展示されていた。
　お祭り広場の大屋根がなくなって、その動線は使われていない。未来への道は閉ざされてしまった。残念である。
　いや待てよ、子どもの頃に夢見た未来都市を、大人になってから目の前に出されても、かえって失望させられるだけなのかもしれない。
　腕の先の未来を切り離すことによって、太陽の塔は永遠の命を得た。今も多くの人が訪れ、愛されている様子から、そんなことも考える。

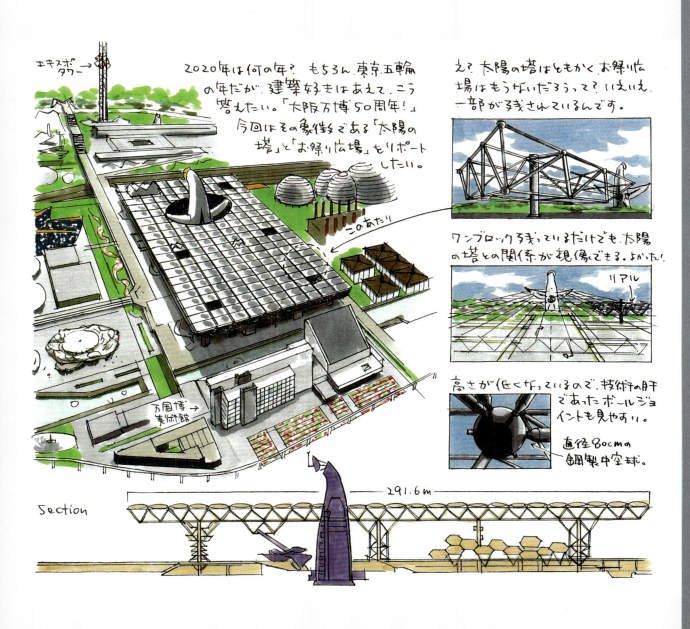

航空写真を見て、金属屋根かと思っていたのだが、地上写真をよく見ると空が透けてる！実際は薄膜のポリスチレンフィルムの二重膜構造。すごい！

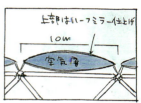
上部はハーフミラー仕上げ
10m
空気層

技術的には、太陽の塔もすごい！単なる彫刻と思われがちな太陽の塔だが、実は空中展示と地下展示をつなぐ「予従動線」という重要な機能を持つ「建築」だった。

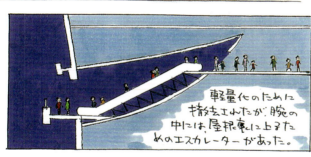

軽量化のために撤去されたが、腕の中には、屋根裏に上るためのエスカレーターがあった。

塔の中は、らせんをぐるぐる回りながら展示を見る。

動線イメージ
地下

何よりすごいと思うのは、この塔が「仮設の工作物」として建てられながら、50年残っていること。2018年に行った耐震補強では、内側のコンクリートに20cmの増し打ちを実施したが、"免震化"のような根本治療をせずに済んだのは、そもそも構造的バランスが優れていたゆえであろう。不安定そうで安定。岡本太郎。おそるべし!!

太陽の塔は2020年で50歳。築50年といえば文化財の資格が得られる年数。お祭り広場とともに、重要文化財に指定してほしい！

KENZO
TARO

## 1970 昭和45年 — 大阪万博レガシー

# 「未来の遺構」を巡る

## 大阪万博レガシー

所在地 大阪府吹田市千里万博公園1-1｜交通：大阪モノレール万博記念公園駅から徒歩10〜20分
初出：本書のための描き下ろし

大阪府

**万博鉄鋼館（現・EXPO'70パビリオン）／前川國男**

**大阪日本民芸館／大林組**

**日本万国博覧会本部ビル（1969年竣工）／根津耕一郎**

**エキスポタワー／菊竹清訓**

大阪万博の輝きを伝えるのは「太陽の塔」だけではない。建築好きはこれらを見逃すな！（写真：日経アーキテクチュア）

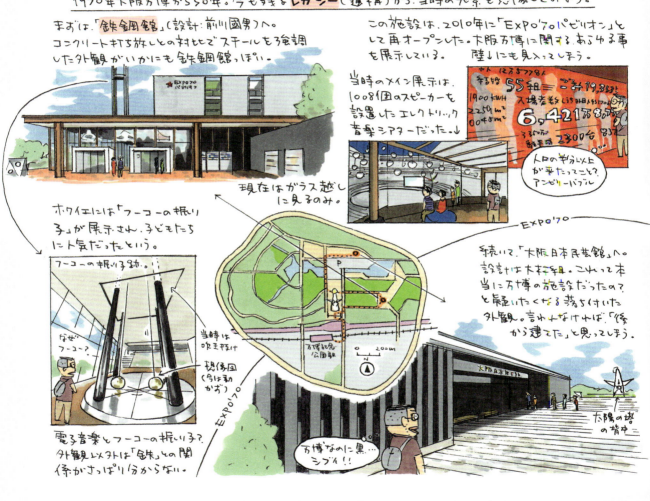

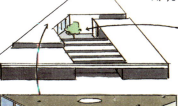

展示されている民芸品も、「未来感」とは対極。加えて、中庭とゆったりした「休憩通路」が心を落ち着かせる。

EXPO'70

この施設、行列に疲れたお父さんたちのデトックスの場だったのでは。

Find the Pavillion!

民芸館の西側にある、サッカーボールのようなこの彫刻も万博レガシーだ。彫刻家・イサム・ノグチによるもので、万博時には「水上彫刻」だった。

本当にイサム・ノグチなの？

昔の写真を見ると、なるほど、と納得。

EXPO'70

ところで、万博記念公園内を歩いていると、雑草にまみれるようにしてこんな表示板があることに気付く。

ん？

そう、これは、どこに何のパビリオンがあったのかを示す記念碑だ。その数、80超。

そういうことか。

オランダ館跡。

記念碑には、スクラッチプレートが埋め込まれており、総合案内所などでもらえる「スクラッチブック」にプレートの模様を転写してまわるという無料アトラクションも用意されている。

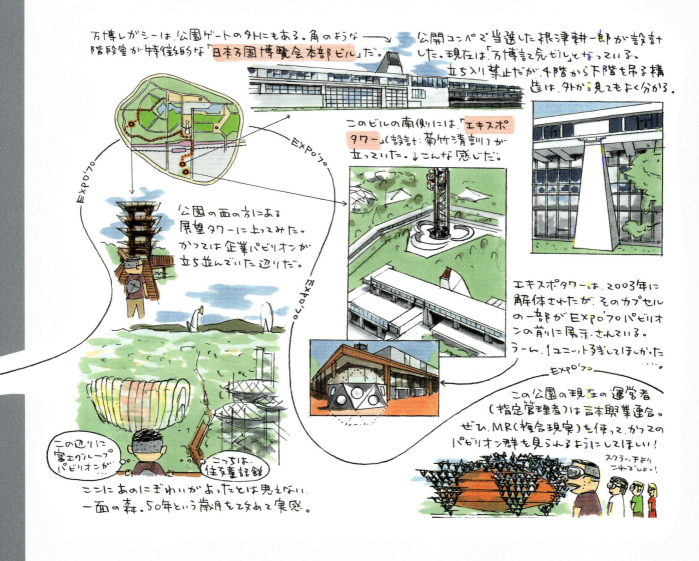

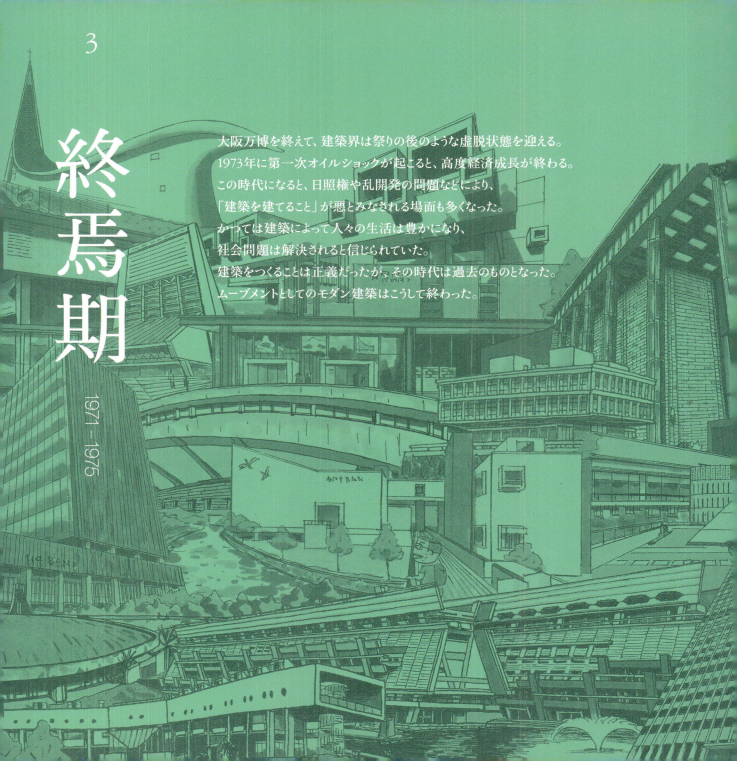

# 3 終焉期

1971-1975

大阪万博を終えて、建築界は祭りの後のような虚脱状態を迎える。
1973年に第一次オイルショックが起こると、高度経済成長が終わる。
この時代になると、日照権や乱開発の問題などにより、
「建築を建てること」が悪とみなされる場面も多くなった。
かつては建築によって人々の生活は豊かになり、
社会問題は解決されると信じられていた。
建築をつくることは正義だったが、その時代は過去のものとなった。
ムーブメントとしてのモダン建築はこうして終わった。

昭和モダン建築巡礼 完全版 1965-75

2019年12月2日 初版第一刷発行

著者=磯達雄[文]、宮沢洋[イラスト]

編者=日経アーキテクチュア
発行者=望月洋介
発行=日経BP
発売=日経BPマーケティング
〒105-8308 東京都港区虎ノ門4-3-12

装丁・デザイン=刈谷悠三+平川響子/neucitora
印刷・製本=図書印刷株式会社
©Tatsuo Iso, Nikkei Business Publications, Inc. 2019  Printed in Japan
ISBN978-4-296-10362-1

[ご注意]
本書の無断複写・複製[コピー等]は、著作権法上の例外を除き、禁じられています。
購入者以外の第三者による電子データ化及び電子書籍化は、私的使用を含め一切認められておりません。
本書籍に関するお問い合わせ、ご連絡は下記にて承ります。
https://nkbp.jp/booksQA

[著者プロフィル]

磯達雄 | いそ・たつお

1963年埼玉県生まれ。88年名古屋大学工学部建築学科卒業。
88–99年「日経アーキテクチュア」編集部勤務。
2000年に独立。02年から編集事務所・フリックスタジオを共同主宰。
桑沢デザイン研究所非常勤講師、武蔵野美術大学非常勤講師。
著書に『634の魂』、共著に『高山建築学校伝説』
『デジタル画像で見る日本の建築30年の歩み』
『現代建築家99』『ぼくらが夢見た未来都市』など。
フリックスタジオのホームページはhttp://www.flickstudio.jp/

宮沢洋 | みやざわ・ひろし

1967年東京生まれ、千葉県育ち。
90年早稲田大学政治経済学部政治学科卒業、日経BP社入社。
文系なのになぜか「日経アーキテクチュア」編集部に配属。
2016年4月–19年11月まで同誌編集長。
2005年1月–08年3月『昭和モダン建築巡礼』、
08年9月–11年7月『建築巡礼ポストモダン編』、
11年8月–13年12月『建築巡礼古建築編』、
14年1月–16年7月『建築巡礼プレモダン編』、
16年9月–19年12月「建築巡礼昭和モダン編」を連載。
日経アーキテクチュアの購読申し込みはtech.nikkeibp.co.jp/media/NA/

［日経アーキテクチュア掲載号］

024　津山文化センター｜2005年9月5日号
030　大阪府総合青少年野外活動センター｜2006年3月27日号
036　桂カトリック教会｜2006年5月22日号
042　大学セミナーハウス｜2006年4月24日号
048　大学セミナーハウス本館｜
　　　書籍「昭和モダン建築巡礼 東日本編」（2008年）
050　新発田カトリック教会｜
　　　書籍「昭和モダン建築巡礼 東日本編」（2008年）
052　カトリック宝塚教会｜書き下ろし
054　都城市民会館｜2005年1月10日号
060　海のギャラリー｜2005年10月3日号
066　国立京都国際会館｜2006年6月26日号
072　愛知県立芸術大学｜2006年9月25日号
078　長野県信濃美術館｜2006年12月25日号
084　山梨文化会館｜2007年2月26日号
090　古川市民会館［現・大崎市民会館］｜2007年12月24日号
096　パレスサイド・ビルディング｜2018年7月12日号
102　百十四ビル｜2018年12月13日号
108　大分県立大分図書館［現・アートプラザ］｜書き下ろし
110　佐渡グランドホテル｜2007年11月26日号
116　寒河江市庁舎｜2008年1月28日号
122　岩手県営体育館｜2019年2月28日号
128　若人の広場｜2018年11月8日号
136　坂出人工土地｜2005年10月31日号
142　萩市民館｜書籍「菊竹清訓巡礼」（2012年）
148　箕面観光ホテル｜書籍「昭和モダン建築巡礼 西日本編」（2006年）
150　霞が関ビルディング｜2018年10月11日号
156　金沢工業大学｜2019年4月25日号
162　栃木県議会棟庁舎｜2007年3月26日号
168　志摩観光ホテル本館｜書き下ろし
170　イサム・ノグチ庭園美術館｜
　　　書籍「昭和モダン建築巡礼 西日本編」（2006年）
172　那覇市民会館｜2006年8月28日号

178　佐賀県立博物館｜2005年5月2日号
184　稲沢市庁舎｜2006年11月27日号
190　岩窟ホール｜2007年1月22日号
196　京都信用金庫｜書籍「菊竹清訓巡礼」（2012年）
204　北海道開拓記念館｜
　　　書籍「昭和モダン建築巡礼 東日本編」（2008年）
218　お祭り広場・太陽の塔｜2019年11月28日号
224　鉄鋼館、大阪日本民芸館、日本万国博覧会本部ビル、
　　　エキスポタワー｜書き下ろし
230　豊岡市民会館｜書き下ろし
232　大同生命江坂ビル｜2019年6月13日号
238　中銀カプセルタワービル｜書き下ろし
244　希望が丘青年の城｜2006年7月24日号
250　栃木県立美術館｜書籍「昭和モダン建築巡礼 東日本編」（2008年）
252　瀬戸内海歴史民俗資料館｜2005年11月28日号
258　中野サンプラザ｜2019年10月26日号
264　リーガロイヤルホテル［ロイヤルホテル］｜2019年7月11日号
270　迎賓館和風別館｜2019年8月22日号
276　北九州市立中央図書館｜2005年5月30日号
282　最高裁判所｜
　　　書籍「昭和モダン建築巡礼 東日本編」（2008年）
284　宮崎県総合青少年センター・青島少年自然の家｜
　　　書籍「昭和モダン建築巡礼 西日本編」（2006年）
286　黒石ほるぷ子ども館｜2012年3月10日号
292　アクアポリス｜2000年12月25日号
298　小山敬三美術館｜書籍「昭和モダン建築巡礼 東日本編」（2008年）

日経アーキテクチュア再録分の文章と、各章の扉ページの前文は磯達雄による。
「寄り道」の写真キャプションと見出しは宮沢洋が担当。
建物の写真（特記以外）は、日経アーキテクチュア再録分については磯達雄、
「寄り道」と対談中の写真は宮沢洋の撮影。

ジエといったモダニズムの巨匠と呼ばれる建築家たちが、相次いで亡くなる時期でもあった。建築のデザインが、世界レベルで大きな節目を迎えたときに、日本の建築は大きな存在感を示したのだ。

　日本建築に黄金時代があるとするならば、まさにこの大阪万博を挟んだ10年間だったと言えるのではないか。その評価はますます高くなっていくことだろう。

--------------------------------------------------------------------------------

2019年11月
磯達雄[建築ライター]

― あとがき ―
# 日本建築の黄金時代

　50カ所以上を巡る旅にお付き合いいただいた。紹介した建物はすべて、1965年から1975年まで、わずか10年の間に竣工したものである。古建築からポストモダン建築までたどり尽くした「建築巡礼」のシリーズの中でも、これほどの密度で建築を紹介した時代はない。

　この時期の建築を多く取り上げることになった理由の1つは、筆者の子ども時代と重なっていたからかもしれない。生まれたのは1963年。幼なくて、建築のことなんてもちろん何も知らなかったけれども、それなりに時代の空気は感じ取っていた。建てられたバックグラウンドが分かれば、一層その建築への関心が高まるものだ。自らのルーツを探る旅でもあった、と言える。

　しかし、この時代の建築を多く取り上げた理由はそれだけではない。実際に、この時代、日本の建築が充実していたのだ。

　東京五輪で国立代々木競技場を設計した丹下健三がさらなる建築的挑戦を進める一方、それを追い越す勢いで、メタボリズム・グループの菊竹清訓、大高正人、黒川紀章や、丹下の弟子に当たる大谷幸夫や磯崎新らが意欲的な作品を繰り出す。この辺りの建築家にインタビューした、オランダ出身の建築家、レム・コールハースらによる著書『プロジェクト・ジャパン メタボリズムは語る…』（訳書：平凡社、2012年）が出ていることは、彼らの活動が世界的なレベルで突出していたことの証左だ。

　そして強調しておきたいのは、この時代に濃い活動をしていたのは丹下やメタボリズム関係の建築家たちに限らないことである。ル・コルビュジエの下で本場のモダニズムを身に付けた前川國男、坂倉準三、吉阪隆正はそれぞれに規模の大きな作品に取り組むし、戦前から名を上げていたアントニン・レーモンドや村野藤吾らも旺盛に設計を続ける。日建設計や竹中工務店といった設計組織も、質の高い建築を実現させていく。

　この頃はまた、ヴァルター・グロピウス、ミース・ファン・デル・ローエ、ル・コルビュ

## 建築における自由とは？

寄り道 ・昭和50年・ 1975

### 小山敬三美術館

村野・森建築事務所

所在地：長野県小諸市丁221 ｜ 交通：JR小諸駅より東西自由通路から徒歩8分
構造：RC造 ｜ 階数：地上1階 ｜ 延べ面積：196m²
初出：2008年「昭和モダン建築巡礼 東日本編」

長野県

浅間山をモチーフにした風景画で知られる洋画家、小山敬三の作品を集めた小さな美術館

発展期 1965-1967 | 絶頂期 1968-1970 | 終焉期 1971-1975

構想段階では、アッパーデッキの上に、樹木を植え、空中庭園とすることも計画していたという。しかし、全体重量の制約からこれは断念した。

理想(完成想像図)

実際には、一部を水耕栽培の芝生張りにするにとどまった。森にしたかっただろうなぁ…。

現実

ここ。

EXPO'75

このアクアポリスは、菊竹のメタボリズム思想の1つの実践であった。

「メタボリズム×沖縄海洋博」といえば、槇文彦にも触れておきたい。なぜか?

This is Metabolism!

KIYONORI KIKUTAKE

FUMIHIKO MAKI

それは、槇が設計した、この古代神殿のような水族館。槇はメタボリズムグループの創設メンバーの1人だが、実際に思い浮かぶものが少ない。そんな中にあってこの水族館は、プレキャストのパーツをひたすら連続させていくつくり方がメタボリズムを感じさせる。

この施設も、2002年に「美ら海水族館」に機能を移し、今はない。来る2025年大阪万博では、100年先まで残る「持続的水際建築」が現れることを願う。

1975年の沖縄海洋博は、大阪万博も知らない宮沢世代にとっては、初めて見聞きする「万博」だった。

宮沢少年・8歳・

ん、なんだ?

ご存知のように、日本政府館であるアクアポリスは、菊竹が1958年から提唱し続けていた「海上都市」の一部が実現したものだ。

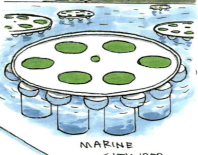
MARINE CITY 1958

当時の宮沢少年がそんな大きな構想を知るよしもないが、アクアポリスの映像を見たとき、心臓がバクバクしたことを覚えている。

すげえ、見たい!

当時の庶民の子どもにとって、沖縄は「夢のまた夢」。行きたいと思っても、口には出せず…。

でも、今から思うと、なぜあんなに見たかったのだろう。

図面を見ると、いわゆるアトラクションのスペースはこれだけ。

アクアホール

◀水深20〜30mを表現したマリンドラマ室。ムービングベルトは25m。え、それっぽっち?

大半はアクアホールという名の休憩スペースだった。

これって面白かったの? ディズニーランドに慣れた今の子どもたちは満足しなさそう…。

当時は、アトラクションがどうのというよりも、「海洋開発」という理念自体が子どもたちの心をとらえたのだろう。もし今つくるとしたら「完全自立型」でないと、子どもも納得しないだろうなぁ。

投資グループが中華レストランとして運営するという話で決まりかけたが実らず、結局、所有者の第三セクターは破産。破産管財人によって、わずか1400万円で米国のチェンコ・マリン社に売却された。

「中華レストランに使う案は賛成できなかった」と言う菊竹自身も、アクアポリスの利用法については、海洋博終了直後からいくつもの提案を発表している。各地の港を巡回する移動展示施設、黒潮を調査する海洋研究施設、石油掘削基地などのほか、震災に遭った神戸の港に着けて臨時の病院とするというアイデアもあったが、いずれも具体化には至らなかった。

## 「都市は絶えず滅び再生する」

海上都市は1958年から現在に至るまで、菊竹が一貫して取り組んできたテーマである。70年代の初めにはハワイで海上都市の計画を進めていたが、それが中断。沖縄の海洋博でフローティングパビリオンをつくることが決まったのはそんなころだった。「海上都市ができるのは20世紀の末ごろだろうと踏んでいた。こんなに早く実現するとは考えてもみなかった」。

そんな菊竹にとって、20世紀末にアクアポリスがスクラップになるという運命は、さらに予想外のことだったはず。さぞやがっかりしているだろうと思いきや、実はそうでもない。「一つの施設、あるいは都市は、絶えず滅びていくものだし、また再生していくもの。アクアポリスの中には浄化装置、発電装置、ウインチなど、有効なものがある。再利用して使ったらいい」。

菊竹といえば、1960年代に興ったメタボリズムを主導した一人。この運動では、建築や都市を生物のように部分的な更新が繰り返されるものとしてとらえたが、アクアポリスについての見方にも、そんな菊竹ならではのセンスが表れていると言えそうだ。

**A** 屋上階のアッパーデッキ。植物を植えて空中庭園とする計画だったが、実現しなかった（このページの写真は上海への出航前日に撮影）| **B** ミドルデッキにある幹部室。竣工当時の家具やアートワークがそのまま放置されていた | **C** 催事などに用いられたアクアホール。内部にいても揺れは全く感じない | **D** 海中の様子を疑似体験させるマリノラマ展示の前室。海洋博当時のまま、ほぼ残っていた。展示プロデューサーを務めたのは牧手塚治虫氏 | **E** アクア港まわり。赤さびが出て、一部の手すりや階段は朽ちて落ちている。下部には貝がびっしりと張り付く | **F** タグボートにひかれ、桟橋から離れていくアクアポリス。25年前、広島のドックから5日間をかけて沖縄まで運ばれて以後、えい航されたのはこれが初めてとなる

2000年10月23日の正午。アクアポリスはタグボートに引かれて出航した。向かう先は中国・上海。そこで解体処分されることが決まっている。見送りは報道のヘリコプターを除けばごくわずか。その一人、地元に住むという年配の男性は「未来のシンボルだったのに」と残念そうにつぶやいた。

いったん動き始めると、アクアポリスは驚くほどの速さで海の上を進んでいった。巨大な構造物が水に浮いていたことを、改めて実感させられる。最期の旅にもかかわらず、陸地から解き放たれたアクアポリスは、ようやく味わえる自由を楽しんでいるかのように見えた。しかしそれもつかの間、二時間もしないうち、その姿は水平線の彼方へと消えた。

## 海上レストランに変わる話も

アクアポリスは1975年に開催された沖縄国際海洋博覧会の政府出展パビリオンとして誕生した。3層のデッキを16本の柱が支える構造で、100m四方という大きさは都市の街区に匹敵するサイズとして決められたもの。全体は4基のロワーハル（潜水体）によって海に浮いており、16本のアンカーチェーンで位置を固定していた。

設計に当たったのは菊竹清訓と日本の造船技術者チーム。将来、建設されるであろう海上都市のモデルとして構想され、内部には自給自足ができるよう、汚水処理や海水を淡水化する装置も備えていた。

大阪万博に行った話はお祭り広場と太陽の塔のところ（219ページ参照）で触れたが、沖縄海洋博覧会にも親に連れられ出掛けた。このときも事前にガイドブックを読み込んで、数あるパビリオンの中でも、特にアクアポリスは非常に楽しみにしていた。建築家の菊竹清訓の名前は知らなかったが、展示プロデューサーを務めた手塚治虫のことは、「ブラック・ジャック」や「三つ目がとおる」を描いた有名な漫画家として知っていたからだ。もちろん、未来の海上都市を先駆けて体験できるという期待もあった。

しかし中に入ってみると、導入部の展示には少しワクワクさせられたものの、その後は停泊している船の中にいるのと大して変わらず、ガッカリした覚えがある。小学生にとって、将来の海上都市を支える水処理装置などの技術解説はまだ難しすぎたのかもしれない。

海洋博が終わった後、アクアポリスは沖縄県に引き下げられ、公園内の観光施設として利用されていたが、93年に閉館。その後は所有者も二転三転した。いったんは那覇港に移設し、台湾の

• 昭和50年 •
# 1975

## 海上都市の夢、水平線の彼方へ

菊竹清訓建築設計事務所

**アクアポリス**

所在地：沖縄県国頭郡本部町字石川
構造：半潜水浮遊式海洋構造物 ｜ 延べ面積：7400m²（上甲板）、2500m²（中甲板）、5800m²（主甲板）
初出：2000年12月25日号

沖縄県

解体

室内は110m²のほぼワンルーム。しかし、子どもの目線で見れば、無限の広がり。

カーペットは、リンゴの皮がモチーフ

柱に上っても注意されない。運営もおおらか。

▲冬の間は本棚だった部分に、川へと向かう隠し扉が…。

受付台の下の▶かくれんぼスペース

子どもたちは館に入るとすぐに靴下をぬぐ。床暖房の効果を全身で味わっている様子。

わずか110m²の建築に一体どれだけの労力がかかっている？

足？ハシゴ 足？

足が外に出せる

極めつきは、入リロの上部にある"隠し中2階"。楽しそう！

菊竹は竣工時、こう記している。

それにしても子どもの施設を考えることは何とも心暖まる楽しいことであろう。(中略)できるだけ根源的に建築を考えたいと思いながら、果たせないでいる日頃の思いが開放されたということであろうか──。

まさに、そんな建築である。仕事が惰性になりつつある人、必見！

建築が与える感動は、規模の大小とは関係ない。だからこそ建築は面白い─。
この「黒石ほるぷ子ども館」は、そんなことを再確認させてくれる建築である。

場所は青森県黒石市。黒石温泉郷の一つ、温湯温泉にある。菊竹ツヨの間↗

↗では、評価の高い建築だが、実物を見たことのある人は少ないだろう。何しろ遠い…。

ずっと見たかったこの建築。遠景を見た瞬間から、既に我々はノックアウト状態。

屋根が浮いてる！
軒が薄い！

シンプルな切妻の建物が空から舞い降りたかのようにふわりと建つ。軒下をぐるりと囲むガラスの透明感が効果的。

全景は現代的だが、近くで見ると古民家のよう。

取材したのは土曜日。開館時刻の10:15になると子どもたちがぞくぞくと集まってきた。

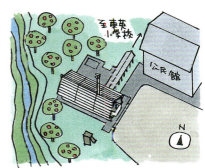

敷地は川べりのリンゴ畑の一画。隣地には公民館、近くに小学校もあり、子どもが集まりやすい環境。

建物の中には約1万冊の児童書を備えるが、図書館のしかつめらしさは全く感じない。なにしろ通常の図書館なら閲覧室の中央を占める机や椅子が、ここには存在しないのだ。子どもたちは、書架から読みたい本をてんでに選んで、床に座ったり、寝そべったりしながら読んでいる。

　現在は玄関として使われている土間も、もともとは屋外で読書を楽しむための場所だった。その上には中2階がある。ここは天井が低くて秘密基地のようなスペースだ。窓際の台の下は床が抜けており、子どもはそこから屋外に足を突き出して座っている。

　本を読むだけではない。子どもたちは柱に登ったり、床を走ったり、思い思いのやり方でこの建物を楽しんでいる。そうした使い方を想定して、実にいろいろな場所がつくられている。

　菊竹の建築は、メガストラクチャー志向で、群として人間を扱っているように見える。それが時には、一人ひとりの人間を相手にしていないような冷たさとして感じられることもある。例えば一人で江戸東京博物館のピロティにいても、居場所を見つけるのは難しいだろう。

　しかし黒石ほるぷ子ども館に来てみると、菊竹にも一人ひとりの人間を見つめる優しい視線があったことが分かる。

## 次代に伝えられるべき思想

　菊竹は、こんな文章を書いている。「黒石ほるぷ子ども館は小さな一粒の建物であり、どこにも新しいところといって無い。至極、平々凡々の建築で、野に埋れ民家にまぎれて建った。それでも何故か、ひどく充実した気持にひたることができた」(『新建築』1976年1月号、原文のまま)

　菊竹が充実感を得た理由は、これが子どものための施設だったことに由来するのだろう。子どもたちが育ち、世代が更新する。社会のメタボリズム（新陳代謝）を担うのは子どもたちであることを、菊竹はここで認識したのではないか。黒石の子どもたちは、成長した後も、この施設で遊んだ思い出を忘れることはないだろう。

　子どもの頃から菊竹による「未来都市」や建築の構想に接してきた僕らもまた、黒石の子どもたちと一緒である。菊竹が追究した建築の可能性について、その問題点も含めてこれからも考え続けていきたい。なぜなら、どんなに大人になっても、僕らはメタボリズムの子どもだからだ。

**A** 妻側正面には棟を支える丸太の柱が現れている｜**B** 屋根の上の「ほるぷレーダー」は伊藤隆道によるアート。上部を回転させて「開館中」を知らせるものだが、現在は動かしていない｜**C** 閲覧室。床には植松国臣がデザインしたリンゴの皮のカーペット｜**D** 入り口の土間。もともとは外で本を読むための場所だった｜**E** 土間から見上げると、中2階に座った子どもの足が出ている｜**F** 一部の本棚は扉になっていて、開けると南側の庭へと出られる｜**G** 西側の大きな窓の向こうにはリンゴ林が見える｜**H** 柱に登って遊ぶ少年。ここに来ている子どもはみんな元気だ｜**I** 隠し部屋のような中2階。窓際は掘りごたつのように座れる

2012年の初頭、菊竹清訓の突然の訃報を聞いて、自分の中の大きな何かが失われたような感じを覚えた。

　菊竹清訓による未来都市のイメージには、子ども向けの本で親しんでいたし、親に連れられ出かけていった大阪万博や沖縄海洋博では実作にも接している。建築や都市という言葉すら知らない頃から、その作品は自分の頭に入り込んでいたからだ。

　新聞の死亡記事に目をやると、代表作に江戸東京博物館（1992年）が挙げられていて、少し違和感をもった。首都東京に完成した大規模な公共施設であり、数々のメガストラクチャー的建築を計画してきた菊竹にとって、それは集大成の意味もある。重要作であることは認めるが、この建物に菊竹という建築家を代表させてしまっては、本質を見誤る気がする。

　黒石ほるぷ子ども館は、その対極とも言うべき小さな作品だ。小さな作品だが、菊竹の意外な、しかし大事な一面が、これに表れていると考えられる。

　同館は1975年、ほるぷ図書販売という児童図書の訪問販売を行っていた会社が、青森県黒石市に寄贈した子どものための施設である。敷地は浅瀬石川のほとりにあるリンゴ林の隣。この場所は、菊竹が自ら選んだものという。

　建物はほとんど平屋で、延べ面積は110 m²しかない。屋根の形は菊竹の建築としては珍しくシンプルな切妻だ。勾配はこの地域の豪雪を意識し、周りの民家にならって決めたという。斬新な建築を追求してきた菊竹も、建設地によっては慣習に従うことが分かる。

## 一人ひとりの居場所

　他の作品との違いが際立つが、よく見ていくと共通点も多い。

　例えば構造の形式だ。ここで採用したのは、鉄筋コンクリート造の壁の上に、木造の屋根を架けた混構造。上下に異なる構造を継ぐ手法は、都城市民会館（1966年）、萩市民館（1968年）、島根県立図書館（1968年）などでも見られるものだ。

　中央に柱が立つ空間のつくり方は、一連の京都信用金庫支店（1971年〜）におけるアンブレラ構造を連想させる。軒は傷んだときに取り換えることを想定して、先端部の垂木を分離させている。これはメタボリズムに通じるデザインだ。

　オープンして36年がたつが、建物はいまだに現役で使われている。訪れたのは土曜だったにもかかわらず、午前中から既に子どもたちが集まっていた。

## メタボリズムの子どもたち

### 黒石ほるぷ子ども館

菊竹清訓建築設計事務所

所在地:青森県黒石市大字温湯字派15-2｜交通:弘南鉄道弘南線黒岩駅から車で20分
構造:木造・一部RC造｜階数:地上2階｜延べ面積:110m²
初出:2012年3月10日号

1975 ・昭和50年・

No.53

青森県

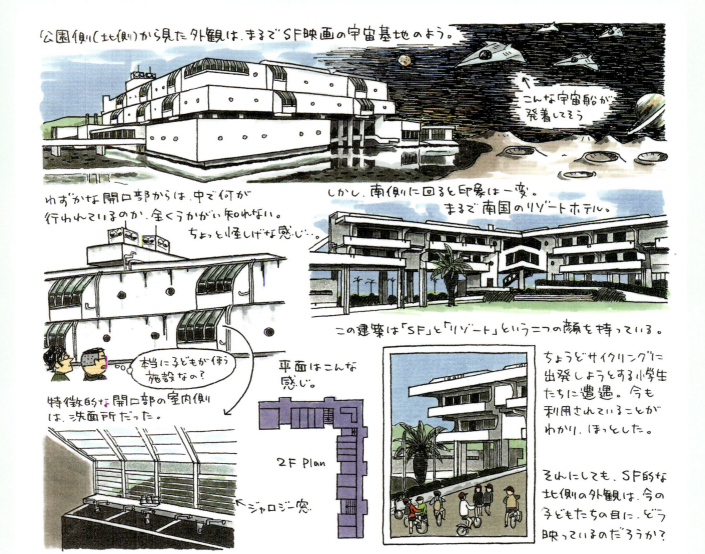

No.52

### 1974 昭和49年 寄り道

## 池に浮かぶ宇宙基地

宮崎県+坂倉建築研究所東京事務所

**宮崎県総合青少年センター・青島少年自然の家**

所在地：宮崎市大字熊野字藤兵衛中洲｜交通：JR運動公園駅より徒歩9分
構造：RC造｜階数：地下1階・地上3階｜延べ面積：4855m²
初出：2006年「昭和モダン建築巡礼 西日本編」

宮崎県

プロ野球の読売ジャイアンツも春のキャンプに訪れる運動公園の一画に建つ。鮮やかな真っ白い建物は、池の上に浮かんでいるかのよう

全国の地方裁判所、高等裁判所の頂点に立つ「最高裁判所」。巨大な石の彫刻のような外観は前々から気になっていた。「建物を取材したい」と企画書を送り、何度かやりとりした末に…

最高裁の中枢、大法廷。さすが"司法の頂点"と思わせる荘厳な空間。トップライトからの拡散光が効果的。

大法廷は憲法にかかわる判断をする場なので、「裁判員制」が導入されても一般の人が審理に加わることはない。まあ、何でも「開かれた○○」を目指してしまう最近なので、こういう「いつまでも神秘的な建築」があっていいのかも。

# 権威を正直に表現

**最高裁判所**

・昭和49年・ 1974 | 寄り道

岡田新一設計事務所

東京都

所在地:東京都千代田区隼町4-2 | 交通:東京メトロ永田町駅から徒歩約5分
構造:RC造・一部S造 | 階数:地下2階・地上5階 | 延べ面積:5万3994m²
初出:2008年「昭和モダン建築巡礼 東日本編」

東京のど真ん中にあるのに、訪れた人は少ないのではないか

室内はボールト天井の空間がうねりながら連続する。たった3種類のPCaパネルでできているとは思えないほど変化に富んでいる。

▲エントランス（2階は学習室）

1階と2階の閲覧室は、ゆるやかなスロープで結ばれている。バリアフリーなだけでなく、健常者にとってもゆったりとして、気持ちの良い空間。

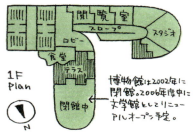
1F Plan

博物館は2002年に閉館。2006年度中に文学館としてリニューアルオープン予定。

「システムは単純なのに見どころ満載でしたよ。磯崎さん、すごいっス」

▼南側の棟の2階閲覧室

床が階段状に上がっていく。

妻面のストライプは、近づいてみると全部、本棚だった。実用的デザイン！

磯崎新ついでに同じ年に竣工した「北九州市立美術館」も見に行った。が、こっちはピンとこなかった。「よくわからん…」

「フッ、まだまだ甘いな」
今回もイソさんに冷笑される宮沢であった。

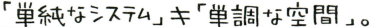

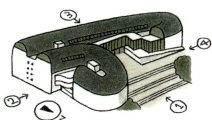

富士見カントリーが「?」なら、北九州市立中央図書館はなんと読めばいいのか。福岡相互銀行東京支店(1971年)では「homebank」という文字をそのままファサードにしてしまった磯崎である。何らかの文字がそこに描かれていると考えてもおかしくはない。

## RPかPJか、それとも「しの」か

西を上にして屋根伏図を眺める。すると図書館棟は引き延ばされた「r」に、博物館棟は押しつぶされた「p」に見える。

イニシャルがRPの建築家で思い起こすのはレンゾ・ピアノだ。磯崎がお祭り広場の設計に関わった大阪万博で、ピアノはイタリア館の一部を設計していた。そしてその直後、ポンピドー・センターのコンペで、リチャード・ロジャースとともに、お祭り広場のアイデアを美術館に応用したような案を出し、当選する。80年代以降も、磯崎が審査員だった関西国際空港のコンペでピアノが選ばれたり、ピアノがマスター・アーキテクトを務めたベルリンの再開発で磯崎が設計したり、といった関係が続く。そんな二人の運命を北九州市立中央図書館は予言していたのだろうか。

図書館棟をひっくり返すと「J」に見える。PJといえば先ごろ亡くなったフィリップ・ジョンソン。雑誌『新建築』(2005年4月号)に追悼文を寄せた磯崎は、比例による美にこだわる古典主義者のミース・ファン・デル・ローエと対比させ、ガラスという素材から起こる現象に注目したマニエリストとしてジョンソンを位置付けている。北九州市立中央図書館の設計でも、その名前を埋め込むことで共感を表したのかもしれない。

裏返しにすると図書館棟は平仮名の「し」に、博物館棟は「の」に見えなくもない。「しの」といえば篠原一男か。建築雑誌では北九州市立中央図書館と同じ号に篠原の代表作、谷川さんの住宅が載っている。半円筒が建物を貫く東京工業大学百年記念館(1987年)も、ボールト建築の変奏だ。

しかし、どの答えも決め手がない。もちろん正解があるわけではないのだが……。待てよ、屋根伏にこだわることはない。ボールト屋根を断面で見ると、ひっくり返された「U」。つまりこれは、Urbanismの転倒を表現に潜ませていたのではあるまいか。独自のスタンスで都市のデザインを考えていた60年代の磯崎が、万博での幻滅を経て70年代には都市からの撤退をうたうようになる。その建築的な宣言が、このボールト屋根なのだ。

Japanese Modern Architecture 1965-75　　　　　　　　　　　　　　　　　　　　No.50

**A** 小倉城の展望室から見た全景｜**B** 視聴覚センターがある西端部。現在は放送大学のサテライトスペースが入っている｜**C** マリリン・モンローのシルエットが採り入れられた談話室の外壁。当初はレストランだった｜**D** ボールトの切断部に表れた"薔薇窓"｜**E** 図書館ロビーから折れ曲がったボールト天井を見上げる｜**F** 図書室の上下を結んでいるスロープ｜**G** PCaパネルの構造がそのまま露出している2階閲覧室の内観

当惑。それがこの建物の第一印象だ。

北九州市立中央図書館は、群馬県立近代美術館（1974年）と並んで70年代における磯崎新の代表作である。社会や都市といった文脈から建築を引きはがすことをもくろんだ磯崎が、その時点でたどり着いたのが「手法論」であり、この建築もそれに基づいている。具体的には、半円形の断面を持ったボールト屋根という単純な形に、湾曲、切断、並置といったさまざまな操作を施すことで、この建築はつくられたわけだ。

そうした非常に高度な概念で設計されているにもかかわらず、この建物の前に立って我々がまず目にするのは、少しつぶれた、つきたての餅のような博物館棟（北側）のシルエットである。そして正面には図書館棟（南側）が不明解なガラスのファサードを見せている。知的な感じが伝わってこない。「えっ、こんな建物だったか？」と思う。

内部に入ると、またガラリと印象が変わる。ボールト天井が連続する静謐な空間は、ロマネスクの教会にいるかのよう。古典的な美にしみじみと見入ってしまう。屋根架構は、わずか3種類の型枠からつくられたプレキャスト（PCa）板の組み合わせ。構造技術の粋を凝らした設計だが、それを忘れさせるほど、深みが感じられる空間だ。

とにかく一筋縄ではいかない。通常なら建築は実物を見ると何かわかった気になるものだ。この図書館の場合は、これについて書かれた膨大な文章を読んで、行く前からわかったつもりになっている。しかし実際に見に行くと、近づけば近づくほどわからなくなっていく。そんな体験を味わう。

## 建築自体について語る建築

ひと通り建物を見た後、隣のブロックにある小倉城の天守閣に登る。最上階の展望室から眺めると、雑誌の空撮写真で見た2連のボールト屋根の形がはっきりと表れる。なめらかに折れ曲がりながら連続する屋根。それは文字の筆跡のようでもある。

このアングルからもう一度、この建築について考えてみよう。参考として引っ張り出すのは、富士見カントリー・クラブハウス（1974年）。磯崎はこの図書館の直前に手掛けた建物で、同じように連続するボールトを屈曲させてつくっている。

富士見カントリーの屋根は上から見るとクエスチョン・マークの形をしている。「建築って何？」という問題を、建築自体が投げ掛けているのだ。これについて磯崎は、意識的につくったわけではないが、いったん気付くとそれにとらわれはじめ、「？」と同じ位置に、円形の植え込みで点を打った、と明かしている（『SD』1976年4月号）。

# 1974 ・昭和49年・

## 隠された文字を読む
### 北九州市立中央図書館

磯崎新アトリエ+環境計画

所在地：北九州市小倉北区城内4-1｜交通：JR西小倉駅から徒歩11分
構造：RC造、PCa造｜階数：地下2階・地上2階｜延べ面積：9212m²（竣工時）
初出：2005年5月30日号

福岡県

発展期 1965–1967 | 絶頂期 1968–1970 | 終焉期 1971–1975

写真では分からなかった面白さ、その1は「天井」。天井のデザインだけで写真集がつくれそう。
玄関ホールは、スギ板張りの天井面に、大きな六角形の照明穴をグラフィカルに配置。
→あえて留め具を見せる"吉郎流"。

リベットみたい…
空調吹き出しの隠し方が見事！

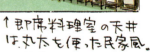

↑即席料理室の天井は、丸太を使った民家風。
←茶室の天井は複雑すぎて何が何だか…。

そして、メインの主和室も、天井や鴨居のシャープさにうっとり。池の反射を取り込んだ演出もさすが。一方、垂直面は、ほとんどがただの面。この差はなぜ？

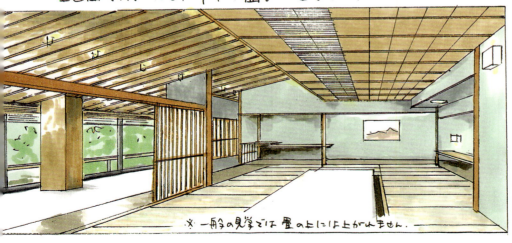

※一般の見学では畳の上には上がれません。

本館（1909年、片山東熊）に配慮した？ いや、むしろ「まずは天井だけでも空間の質をつくれる」と、まっ向勝負を挑んだのかも？

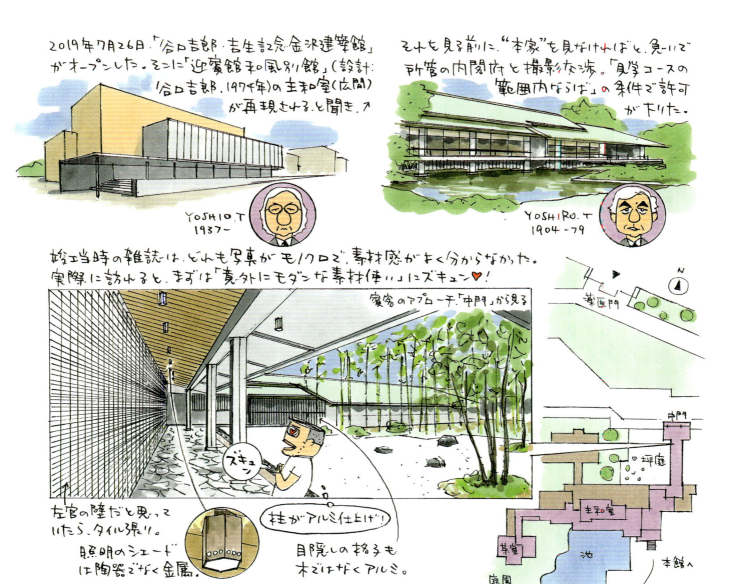

館については、依然として事前予約が必要だ。

## 外部と内部を一体に味わう

　和風別館の設計は谷口吉郎が手掛けた。谷口は和風建築の特徴として、木材を使用していること、構造は木の柱や梁で壁が少ないこと、開口部が大きいこと、材料自体の色や質感が表れていること、左右非対称の形態を採っていることなどを挙げ、これらのすべてを取り入れて設計したことを明かしている。

　「洗練された日本の伝統美と、日本の職人たちの優れた手仕事を、新しい別館の建築と庭園に美しく表現したいと、設計者の私は考えた。さらに和風の意匠が異郷の人々の目と心に清らかな詩情となることを、心から念願した」(『迎賓館 赤坂離宮』毎日新聞社、1975年)。

　この文章で注目したいところが2カ所ある。まずは「建築」と「庭園」を等価なものとして並べて扱っている点だ。

　それが設計に表れているのが広間の前に延びる広縁で、全面のガラスを通して庭の風景を内部にそのまま取り込んでいる。時刻によっては、池の水に反射した光が天井に当たって、ゆらめくような模様を見せる。外部と内部の境を消失させ、一体のように味わえるようにすることこそ、谷口がこの建物で目指したものだった。

　庭に面したギャラリー状の空間は、初期の代表作「藤村記念堂」(1947年)にも通じる。広間よりもむしろ、この広縁こそがこの建物の一番の見せ場と言ってかまわない。だからこそ金沢建築館の空間再現でも、広間だけをコピーするのではなく、広縁や庭とのつながり方をそのまま取り入れたのである。

　そしてもう一点、押さえておきたいキーワードが「清らかな」である。「清らかな意匠」というタイトルの著作(1948年)があることでも分かる通り、谷口は建築を肯定的に語るときに、しばしばこの形容詞を使った。それが意味するところは何か。和風別館について書かれた文章から関連していそうな言葉を拾うと、「簡素」「閑雅」「幽艶」などが目に留まる。要するに、押し付けがましくなく、さりげない美しさを言おうとしたのだろう。

　その価値観は共有できる。賓客として迎賓館に招かれたときのことを想像してみてほしい。本館は豪華絢爛で確かにすごいけれども、どちらに居たいかといえば、「清らかな」和風別館のほう。そう感じる向きは少なくないはずだ。

A 南側から池越しに見た外観｜B・C 東側の中門を入ったところにある坪庭｜D 池の水に反射した光が庇に当たって、ゆらめくような模様を見せる｜E 広間から見た雪景色の庭園。冬は池の反射光が天井の奥深くまで入り込む（写真：内閣府）｜F 広間の南側に延びる広縁｜G 茶室。畳の一角以外はじゅうたん敷きの立礼席になっている

2020年のオリンピック・パラリンピックに向けて、東京では様々な施設の建設が計画された。実現しなかったものの1つに「延遼館」がある。この名前はもともと、1869年（明治2年）に建てられた、日本で初めての迎賓施設に付けられたもの。五輪の開催を機に、これがあった浜離宮に再建することを、東京都知事だった舛添要一氏がぶち上げたのである。

　海外からの賓客に、招致プレゼンテーションで披露されて流行語にもなった「お・も・て・な・し」を実現するために、日本的な迎賓施設をつくるというもくろみだったが、進める前に知事が辞職となり、計画は幻に終わった。

　しかし、和風の迎賓施設は、東京に国の施設として既に存在している。迎賓館赤坂離宮に併設されている和風別館である。

　迎賓館赤坂離宮については、建築巡礼の連載で既に取り上げた（本誌2014年11月25日号）。1909年（明治42年）に、片山東熊による設計で東宮御所、すなわち皇太子の住まいとして建てられたものである。太平洋戦争時に被災して、戦後はほとんど使われていなかったが、1974年、村野藤吾の設計により迎賓館へと改修。その本館工事と併せて、敷地の一部に和風別館が設けられたのだった。

## 雁行しながらつながる棟

　「游心亭（ゆうしんてい）」の名前が付いた和風別館は、敷地の東側に位置する。本館前の噴水庭園から木々の間を抜けていく細い道をたどると、その前に至る。本館との距離は50mあまりしかないが、林を挟んでいるので視覚的には完全に分かれている。

　建物は分節された棟が、錦ゴイの泳ぐ池に面して雁行しながらつながる。屋根は緩い傾斜で重なり合いながら架かり、深い軒が開口部に影を落とす。

　内部には47畳敷きの広間、すしや天ぷらを振る舞う即席料理室、立礼席を備える茶室などの諸室を収める。公式の招宴や宿泊の機能は本館が担うので、こちらでは日本の文化に触れてもらうための様々な催しを行う。例えば今年5月に米国のトランプ大統領が来日して首脳会談を行った際には、メラニア夫人が安倍首相夫人とともに広間で生け花や子どもの日本舞踊を鑑賞した。

　ちなみに5年前に迎賓館赤坂離宮を取材した時点では、見学は夏と秋の短い期間に限られ、しかも事前に申し込んで抽選に当たらないと内部に入れなかった。これが現在では、賓客の接遇に支障のない範囲で一般に公開しており、事前予約なしで参観が可能になっている。ただしこの和風別

・昭和49年・
# 1974

## 清らかな建築 × 清らかな庭

建設大臣官房官庁営繕部、谷口吉郎

### 迎賓館和風別館

所在地:東京都港区元赤坂2-1-1｜交通:JR四ツ谷駅下車、徒歩約7分
構造:S造・一部RC造｜階数:地上1階｜延べ面積:1670m²
初出:2019年8月22日号

東京都

第2期で見るべきは、何と言っても1階南東側のラウンジ。こちらは和テイスト満載。というより、和の濃度があまりに濃すぎて、おとぎの国のよう。

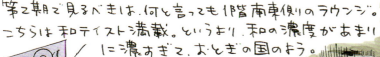

超高層の直下で「柱が多い」というデメリットを「樹木に見立てる」ことで、プラスに転じる。

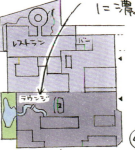

繊細な金の蒔絵が朝日を浴びてキラキラ輝く！ぜひ、朝見てほしい。

室内の川と屋外の滝をつなぐことで、内外も見事に一体化。(でも、流れが逆向きでは？)

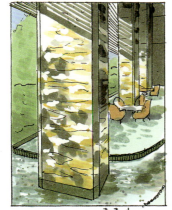

室内の川の流れ

照明は「光る雲」。配線が全く分からない吊り方が見事。

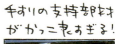
手すりの支持部材ががっこ良すぎる！

吉田五十八
1894-1974

五十八先生、これは誰が見ても素晴らしい。私にも分かります。でも、疑問は形を変えて残る…。「吉田五十八が目指した和が分からない！」

五島美術館（東京都世田谷区、1960年）もこの連載でリポートしたとき、宮沢はカミングアウトした。「私には、吉田五十八の良さが分からない——」。すると、何人かから「私も！」と、共感の声が寄せられた。そこで、吉田五十八の良さを少しでも理解すべく、この建築へ。

大阪・中之島の西寄りにある「リーガロイヤルホテル」（当初はロイヤルホテル）。

第1期（1965年）
第2期（1973年）
いずれも設計は、吉田五十八研究室＋竹中工務店。

ちなみにここは、グランキューブ大阪（1999年）。設計は黒川紀章・イプスタイン・アラップJV。

全体の平面は、こんな感じ。大きな施設なので、第1期・第2期の見どころをそれぞれ1つだけ厳選してお伝えしたい。第1期は「リーチバー」もいいけど、吉田五十八を語るなら、この円形レストランへ。

1階の奥の方にあって分かりにくいけれど、必見。和風にとらわれない吉田五十八の"自由演技"が見られる！

館でもこれを採用していたが（本誌2017年10月12日号）、このホテルでも例えばメインラウンジにそれが表れている。

　柱には金色の蒔絵があしらわれ、天井にはたなびく紫雲を模した照明が浮かぶ。そして床には緩やかに蛇行する水の流れが設けられ、それをまたいで橋が架かる。平安時代の絵巻物の情景を再現したかのようなインテリアだ。

　平安朝を採るのはなぜか。吉田はその理由を、日本の歴史の中では珍しく椅子を使っていた時代だから、と説明する。逆に、例えば鎌倉時代の書院造は、畳敷きなので使えない、という。

　とりわけ海外からの利用者も多いホテルという施設において、エキゾチックな和風のモチーフと椅子座の快適さを両立させる平安調は、要求にピタリとはまったと言える。

## バーナード・リーチとの対比

　平安朝の華やかなラウンジと対照的なのが、ウエストウイング1階のリーチ・バーだ。英国のコテージを思わせる重厚なインテリアは英国人陶芸家のバーナード・リーチが関わって実現したもの。リーチは英国と日本を行き来しながら創作を行い、また柳宗悦や濱田庄司、富本憲吉らとともに日本の民芸運動の一翼を担った。リーチ・バーの壁には、交流を持った日本の作家たちの作品も飾られている。

　リーチもまた吉田五十八と同じく、生涯を東洋の美と西洋の美を結び付けることに捧げていた。ただしその目指すべき姿は融合ではない。「東西の結合は黒と白の絵具が混じってきたない灰色になることではありません。その結合は白は白、黒は黒のままでいながら、いろいろと変化に富んだ模様を織りなすといった形をとるのです」（「月刊文化財」、1966年）

　一方、吉田五十八はもっと滑らかに連続するようなイメージで東西を捉えていた節がうかがえる。「日本と西洋の歩止まりを、2割にするか3割にするか、いったいどこらにするか。日本を5割にするか、8割にして、西洋を2割とするか、そこのところが非常にむずかしく、苦心するわけだ」（「現代日本建築家全集3 吉田五十八」、三一書房、1974年）。加減を見極める眼は必要だが、東西の配合はいかようにもなり得るというわけだ。

　自由自在の和風現代建築。その辺りが高度経済成長期の日本で広く受け入れられた理由でもありそうだ。

266　Japanese Modern Architecture 1965-75　　　　　　　　　　　　　　　　　　　　　　　　　　　　　　　　No.48

**A** 堂島川越しに見る。右側が1965年竣工のウエストウイング、左側が1973年竣工のタワーウイング｜**B** 庭園に面したレストラン「リモネ」のテラス席｜**C**「リモネ」内部の円形空間｜**D** メインロビー。改装により当初の華やかなじゅうたんがよみがえった(この写真のみ提供：リーガロイヤルホテル)｜**E F** 2層吹き抜けのメインラウンジ。天井の照明には細い棒状のガラスが約25万個使われている。照明デザインは多田美波｜**G** 2階ラウンジ吹き抜け周りの手すり｜**H** ウエストウイング・ロビーのシャンデリアはリーガロイヤルホテルの前身、新大阪ホテルから移設したもの｜**I** ウエストウイング1階の「リーチバー」

中之島は堂島川と土佐堀川の間に挟まれた中洲で、オフィスビルのほか、市庁舎、公会堂、美術館、図書館などの施設が集まる大阪の中心地だ。散策路や公園も整備されていて、都心のにぎわいと水辺の快適なオープンスペースが共存する。東京では味わえない都市環境で、ここに来るといつもうらやましく感じる。そこにリーガロイヤルホテルも立地している。

　開業は1965年で、当時の名前はロイヤルホテルだった。それが1990年に現名称へと変わり、今に至っている。ちなみにリーガとは「Royal International Hotel Group & Associates」の頭文字を取ったものである。

　前身に当たるのが1935年に開業した新大阪ホテルで、モダンな骨格にゴシック風の装飾をあしらった建物の設計には、高橋貞太郎や武田五一、竹腰健造といった名だたる建築家が関わった。また、実現にあたっては大阪政財界の強い後押しがあり、帝国ホテルの支配人だった犬丸徹三も参画している。世界の賓客を迎えるにふさわしい近代的な大型ホテルを大阪にも、という願いをかなえるものだった。

　ロイヤルホテルも、そんな位置付けを受け継いでいる。例えば、当時、松下電器産業の相談役だった松下幸之助は、ホテルの新館開業を記念して発行された書籍にこんな文章を寄せている。「大阪というものを考えるとき、遠くは太閤秀吉がしのばれ、大阪城がしのばれる。そして今、この新しいロイヤルホテルの完成を思うとき、古い大阪にも新しい大阪にも、大阪人としての一つの印象的な誇りのようなものをつよく感じるわけである」(「随筆集 大阪讃歌」、発行：ロイヤルホテル、1973年)。大阪人のプライドを表す建物、それがこのホテルなのだ。

## 平安朝のインテリア

　ホテルは、15階建てのウエストウイングと30階建てのタワーウイングから成る。前者が1965年竣工、後者が1973年の竣工で、ともに設計の中心になったのは吉田五十八だ。

　吉田は日本古来の伝統建築と西欧由来の新しい建築をどのように融和させるのかというテーマに取り組んだ代表的な建築家だ。数寄屋の近代化や現代建築への和風モチーフの取り入れなど、吉田が開発したデザインの手法は、その後の住宅や文化施設、商業建築などに当たり前のように使われている。

　日本の伝統建築と言っても、様々な時代の建築があるが、吉田が最も好んだのは平安朝のスタイルである。この連載で以前に取り上げた五島美術

## 1973 昭和48年

## 自由自在の東西「配合」

吉田五十八研究室＋竹中工務店

**リーガロイヤルホテル**［ロイヤルホテル］

所在地：大阪市北区中之島5-3-68｜交通：京阪電車中之島線中之島駅から直結
構造：SRC造・RC造・S造｜階数：地下2階・地上14階(1期)、地下2階・地上30階(2期)｜延べ面積：5万4385m²(1期)
初出：2019年7月11日号

| 発展期 1965–1967 | 絶頂期 1968–1970 | 終焉期 1971–1975 |

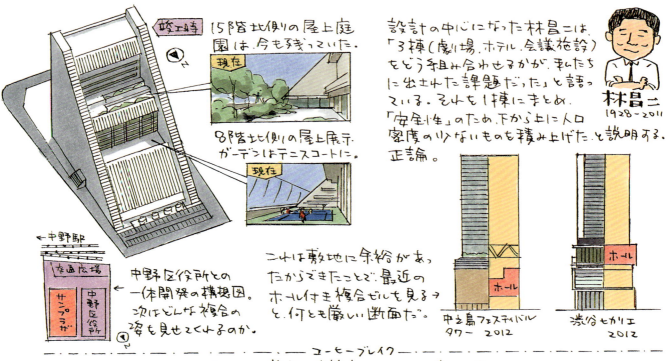

─────────── コーヒーブレイク ───────────

ここからは余談だが、林昌二には普通の建築家とはちょっと違った造形センスがあったと思う。林の代表作といわれる建築は、どれも外観がシンプルな幾何学で構成されている。傑作とされるパレスサイドビルも、外装がなければ積み木のようだ。

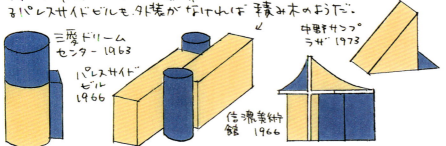

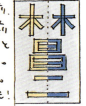

林の幾何学好きについては、イシさんが以前、「林昌二は名前も幾何学的だ」と指摘していた。さすが、イシさん。関係あるかも！

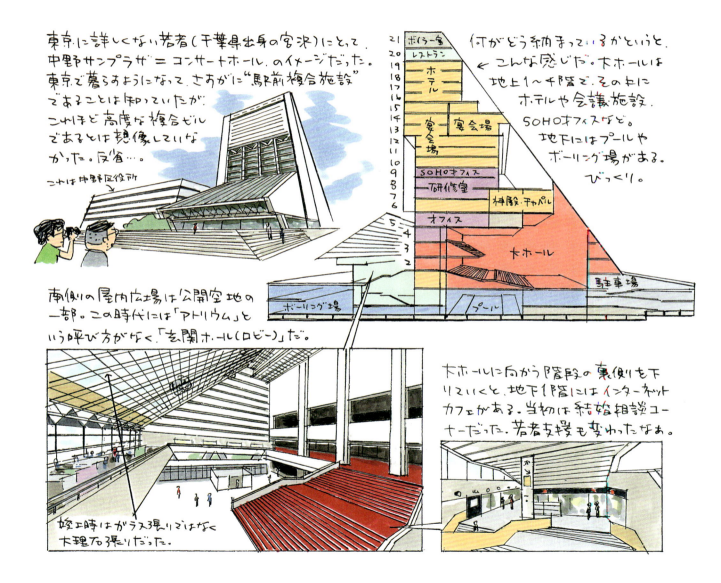

が「異様な大きさを感じさせる白い巨大な3角形が、平らな中央線沿線の風景の中にそそりたってしまった」と難じている。

そして翌年には、建築評論家の神代雄一郎が「巨大建築に抗議する」(「新建築」1974年9月号)で、新宿の超高層ビル群や最高裁判所を「いやな建築」として挙げ、これがいわゆる「巨大建築論争」へと発展するのだった。

それに対して林は、巨大建築をつくる側から「その社会が建築を創る」(「新建築」1975年4月号)を書いて発表。人々が過密に暮らす日本では建築の大型化は避けられず、その課題に応える責任を建築家は負っている、と反論した。

巨大建築をつくることの是非を、それを必要とする社会の側に放り出してしまったかのような林の論法は、アトリエ派と呼ばれる建築家にとっては確かにカチンと来るところがあっただろう。これによって林は、批判の矢面に立たされることとなった。

## 大きさの臨界量を超えた建築

しかし今になって振り返ると、当時の林のスタンスは、後に世界的に活躍する建築家、レム・コールハースの考え方に非常に近かったのでは、とも受け取れるのだ。

コールハースは唱えた。建築の大きさがある臨界量を超えると、「ビッグネス」という状態に達する。それは善悪を超えた、道徳と無関係の領域である。そうした建物にとって、質はもはやどうでもいい。

そして、「ビッグネスによってのみ、建築は近代主義とフォルマリズムの擦り切れた芸術／イデオロギー運動から離れ、近代化を推進する手段としての有効性を回復することができる」(レム・コールハース『S, M, L, XL＋』ちくま学芸文庫、原著1995年)として、ビッグネスを肯定的に評価する。

コールハースは、ビッグネス理論の実践として、いくつかの建築をつくった。それが例えば、様々な図書館の機能を分解したうえで積み重ねたシアトル中央図書館(2004年)であり、公共広場と証券取引所と超高層オフィスを3段に積んだ深圳証券取引所ビル(2013年)だ。

それらは、従来の建築美学の枠に収まらない形態を取りつつも、現代の都市にしっくりはまっている。

中野サンプラザは、そうした「ビッグネス」としての建築を先駆けていたものと思える。今こそ高く評価したい。

**A** 人だまりになる前面広場。竣工時にあった池と太陽のモニュメントはカリヨン時計に替わっている | **B** 北西側から見る。段上にセットバックしていき、途中階に庭園が設けられている | **C** 20階のレストラン。西新宿の超高層ビル街を眺めながら食事が楽しめる | **D** 玄関ロビー。天井の材料は当初、光を透す薄い大理石が使われていたが、現在はガラスに | **E** 大ホール（写真：中野サンプラザ）| **F** 15階、宴会場に面した和風庭園

JR中央線の中野駅から、交差点を挟んですぐ斜め前にそびえる高層建築が中野サンプラザだ。

　東京あるいは周辺に住んでいるなら、ロックやアイドルのコンサート会場としてなじみ深いはず。その会場となる大ホールが、この建物の低層部を占める。そのほか様々な機能がこの建物には収められていて、中層部には結婚式場、宴会場、研修室など、高層部にはホテル、レストランがある。そして地下にはボウリング場、プール、トレーニングジムなどのスポーツ娯楽施設が入っている。

　現在は中野区が所有しているが、もともとは労働省が所管する雇用促進事業団が勤労者福祉施設として建てたもので、当初の名前は全国勤労青少年会館だった。開業時のパンフレットを見ると、8階に郷土室という部屋があり、そこでは全国の地方新聞が読めるようになっていたという。遠方から東京まで働きにやってきた若者たちが、故郷のことを思い出しながら、寂しさをまぎらわしていたのだろう。そんな施設でもあった。

　設計したのは日建設計の林昌二をリーダーとするグループだ。林の担当作は、この連載ですでに長野県信濃美術館（2006年12月25日号）とパレスサイド・ビルディング（2018年7月12日号）を取り上げている。林についてはそれ以外にも、私生活におけるパートナーだった林雅子による海のギャラリーの回（2005年10月3日号）でも触れ、両側にエレベーター、階段、水まわりなどをまとめて配するツインコアの構造方式を好んだことを記した。ポーラ五反田ビル（1971年）に見られるその手法が、中野サンプラザにも採られている。

## 巨大建築論争で批判の矢面に

　一方で新しい試みもあった。それは機能ごとに異なる大きさのフロア群を、大から小へと単純に積み重ねていったことだ。

　そもそもこの施設の計画では、コンサートホール、研修施設、ホテルを敷地内にそれぞれ建てるという想定だった。それをまとめて1棟にすることを、林の方から提案したのだという。それによって、大ホールで公演がある際、観客のたまりにもなる広い前面広場が実現する。また、遠くからでもよく分かる特徴的なシルエットも生まれた。

　しかし、これは批判を受けることにもつながった。中野サンプラザが掲載された雑誌「新建築」1973年6月号では、建築評論家の小能林宏城が「『巨大』は、『虚大』か？」を執筆。中野サンプラザについて「人びとに味わい深い印象や生気に富む喜びを与えてくれる空間や意匠のニュアンスに乏しい」と批評した。また翌号の月評では建築家の武藤章

# 1973 ビッグネスとしての建築

●昭和48年●

日建設計

## 中野サンプラザ［旧・全国勤労青少年会館］

所在地：東京都中野区中野4-1-1｜交通：JR中野駅から徒歩3分
構造：SRC造・一部RC造｜地下2階・地上21階｜延べ面積：5万1009m²
初出：2019年10月26日号

東京都

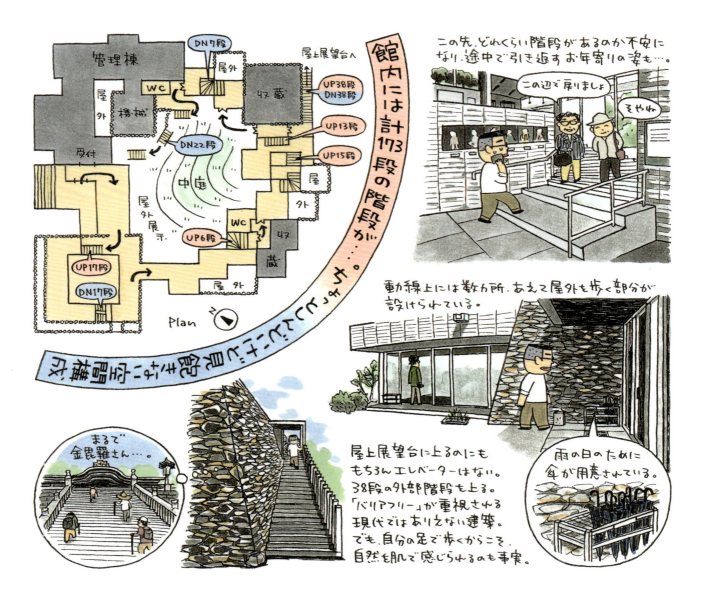

設計者の山本忠司は、ヘルシンキオリンピックの三段跳び代表だったことで知られる。

瀬戸内海歴史民俗資料館は、スポーツマンらしい「健康な身体」と「健康な精神」にみちみちた建物だった。

## 山本忠司
（1923-1998）

香川県庁建築課の職員として数多くの公共建築を設計。丹下健三設計の香川県庁舎にもかかわる。

おいで / 自然と / 親しもう！

外壁の大半は、現場で切り出された石を積み上げた壁。それだけだと城跡のようだが、そこにリズミカルに分節されたコンクリート部も加えることで、モダンな印象を与えている。

← この給水塔が意匠的にきいている。

屋上から見下ろすと、ほぼすべての展示室にハイサイドライトと中庭によって自然光を採り入れているのがわかる。立体パズルのようなプランニングに脱帽。

イメージ / 現実 / ← ずれてる

石垣の上部から滝のように雨が落ちる仕組みだが、どう見てもマトに命中していない様子。でも、そんなアバウトさもどこかいとおしい。

輪。この大会の三段跳び競技に山本は出場した。このとき彼は28歳、既に香川県営繕課の勤務となっていた。オリンピックではどんな活躍をしたのだろう。それが知りたくて、当時の新聞を調べてみた。

まずは開会式の記事。「小雨の中を日の丸を掲げて薄い紺のブレザーを着た百余名が整然と入場して来た（中略）先頭は三段跳びの山本」（朝日新聞1952年7月20日）。なんと山本選手は日本選手団の一番前を歩いていた。これは背の高い順に並んだためらしい。つまり身長185cmの山本は、選手のなかで一番の長身だったのである。

三段跳びは織田幹雄が1928年のアムステルダム・オリンピックで日本人初の金メダルを獲得した種目。メダルの期待も高かった。結果はどうだったか。

山本選手は実力を発揮できず、3回目でようやく予選通過ラインを越える14m97cmを記録するが、結局、入賞は果たせず。他の代表も一人は予選落ち、もう一人が6位に入賞するのがやっとだった。

日本のお家芸のはずだった三段跳びの不振に新聞は大騒ぎとなるが、陸上連盟ヘッドコーチだった織田幹雄は「オリンピックの経験を持たず連日のものすごい記録に圧倒されている日本選手にあがらぬことを求めてもそれは無理」と選手をかばっている。

五輪後の山本は、"建築知事"の異名をとった金子正則の下、香川に名建築を誕生させる産婆役を果たしていった。

## もう一人の日本代表との出会い

その代表が香川県庁舎だ。設計者に丹下健三が選ばれたのは、丹下が香川県へと向かう船で金子知事と相部屋になったことがきっかけだったとされている。この出会いを仕組んだのも山本だった。

ちなみに山本が三段跳びの選手として活躍していた時期、丹下は何をやっていたかというと、CIAM（近代建築国際会議）から招待を受け、ロンドンで開催された第8回大会に参加している。ここで丹下はル・コルビュジエやグロピウスらを前に、自らの広島計画を発表する。ヘルシンキ・オリンピックの前年のことだ。つまり丹下と山本は、ほぼ同じころ、世界を相手に日本を代表して戦っていたのである。片や建築家、片や三段跳びの選手として。不思議な縁を感じる。

山本は、自ら設計するだけでなく、丹下やイサム・ノグチといった世界的な建築家やアーティストを香川に呼び込んで、地域の建築を向上させることに尽くした。そうして香川をインターナショナルな場へとつないでいったのである。山本忠司という人自体が、海のような存在だったなと思う。

**A** 南西から見る。北側に瀬戸内海が広がる | **B** 漁労収蔵庫とその前にある野外ステージ | **C** 展示動線上には屋外を歩く部分が何カ所かある | **D,E** ほとんどの展示室が階段で結ばれている。展示室には中庭やハイサイドライトから自然光が差し込む | **F** 西側にある一番大きな展示室。木製船が何台も展示されている | **G** 屋上展望台から瀬戸内海を見渡す

高松市街から西に、車で20分ほど走ると五色台と呼ばれるエリアにたどり着く。山と海に囲まれた風光明媚なこの地は、香川県民のレクリエーション・ゾーンとして整備され、国民休暇村や少年自然の家などが点在している。その一画に、木製船や漁具などの民俗資料を収集・展示する瀬戸内海歴史民俗資料館がある。香川県建築課に属していた山本忠司の代表作である。

石積みの外壁は城跡のよう。展示案内の冊子に山本は記している。「なぜ石を積み重ねるのかという疑問がある。それにはなぜ石を捨てるのかという疑問で答えることになる」。ここで使われた石はすべて工事中に敷地から出てきたものなのだ。

石工事を担当したのは和泉正敏。イサム・ノグチのパートナーとして活躍した石工で、香川県牟礼町にあった仕事場の一部をイサムのアトリエに提供している。実はイサムに和泉を紹介したのも山本だった。イサムのアトリエは現在、イサム・ノグチ庭園美術館(170ページ参照)として予約制で公開されているが、そのデザインにも山本は関わっている。

さて資料館の中に入ろう。玄関ホールを抜けると漁船がいくつも並べられた第一展示室がある。その先は小さな展示室が雁行しながらつながり、ひと通り展示を見終えると中庭を通って玄関に戻ってくるようになっている。展示室の間には高低差があり、階段の段数を足し合わせると全部で173段にもなる(宮沢記者が数えた)。ポイントは、これだけ階段があるにもかかわらず、ごく一部の中2階部分を除いて、基本的に平屋であるということ。この建物に表れたレベル差は建築的に生み出されたのではなく、自然の地形をそのままなぞったものなのである。

バリアフリーの観点からすれば、階段は排除しなければならないやっかい者だ。だが、もとはといえば高さの違う床同士を結びつける役割のものだったはず。この建物は"海"を展示テーマにしているが、様々な資料から明らかになるのは、海は陸地と陸地を隔てるものではなく、船を使って多くの人や物が行き来する交通空間だったということ。その意味で階段は海に等しい。

屋上に上がると瀬戸内海が眼下に広がる。眺めているうちに、海賊たちが往来し、大阪商人の廻船が各地の産物を運ぶ、海の大動脈だったころの様子が思い浮かんでくる。

## 三段跳び選手として五輪へ

山本忠司というと必ず語られるのがオリンピックの代表選手だったという経歴だ。第二次世界大戦後に初めて日本が参加した1952年のヘルシンキ五

# 1973 ・昭和48年・

## 階段は「海」である
### 瀬戸内海歴史民俗資料館

所在地:香川県高松市亀水町1412-2 | 交通:JR高松駅からタクシーで約25分
構造:RC造 | 階数:地上1階 一部中2階 | 延べ面積:4441m²(漁労収蔵庫含む)
初出:2005年11月28日号

香川県建築課

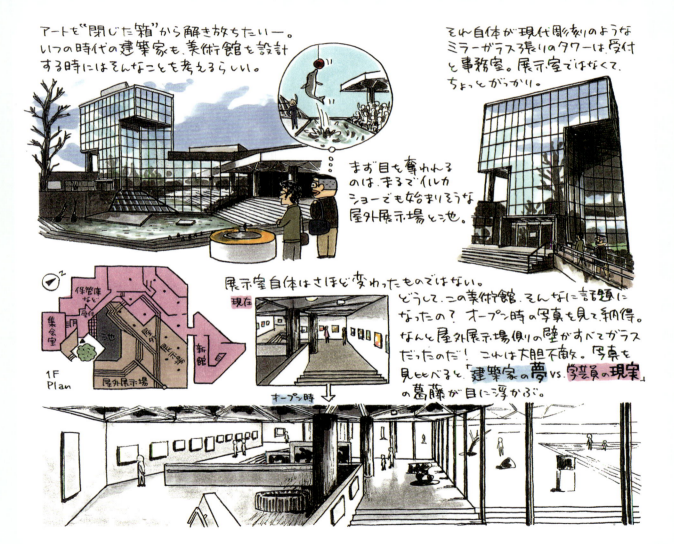

## 1972 昭和47年 寄り道

### 栃木県立美術館

## 万華鏡のように風景を反射

川崎清＋財団法人建築研究協会

初出：2008年「昭和モダン建築巡礼 東日本編」
構造：RC造│階数：地下1階 地上5階│延べ面積：3908m²
所在地：宇都宮市桜4-2-7│交通：JR宇都宮駅より関東バス桜道十文字下車

1981年に同じ設計者によって増築された常設展示館と併せて、建物全体が屋外展示場を囲むように配置されている

栃木県

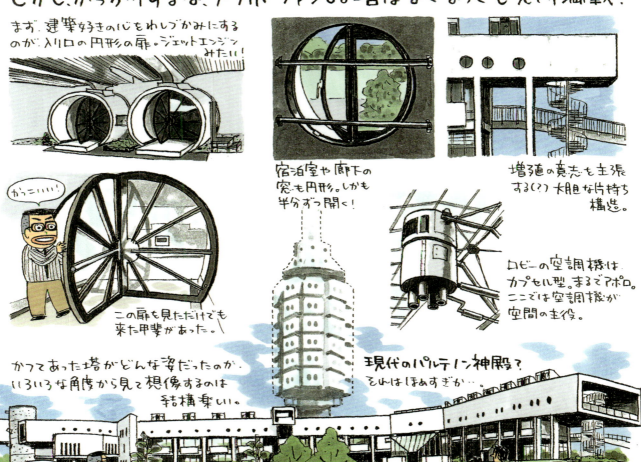

いということで、あきらめざるを得なかった。前述の通り、宿泊室は低層棟にもあるので、塔がなくなっても、建物全体の機能は果たせるのである。とはいえ、施設のシンボルだった塔を壊すのは、管理者として残念だったという。モダン建築巡礼者としても、菊竹清訓のエキスポタワーが解体され、黒川紀章の中銀も建て替えが論議されている今、カプセル建築の数少ない実現例だっただけに、なんとも惜しまれる結果である。

中に入ると、エントランス周辺は天井から自然光が差し込む吹き抜け空間となっている。「シティチューブ」と名付けられたこの空間は、折れ曲がりながら路地のように延びている。面白いのは、トイレ、洗面室、空調機がユニット化され、吹抜空間へと飛び出していること。設備もカプセルになっているのだ。

黒川紀章の中銀カプセルタワービルのことも含めて考える。建築家はなぜこの時期、こんなにカプセルにこだわったのか。

## 「希望」から「きぼう」へ

まず思い付くのは、人類を月面に着陸させ、帰還させたアポロ計画のことである。希望が丘青年の城の設計が始まったのは1968年で、アポロ計画が有人宇宙飛行を開始したのと同じ年。竣工したのはアポロ計画の終了と同じ1972年である。人間が月に行く史上初の快挙に、世界中が熱狂したが、このとき宇宙飛行士が任務をこなしていたのが、最小限のスペースしか与えられない宇宙船のカプセルだった。先端的な空間のあり方として、カプセルが注目されたことは想像に難くない。実際、希望が丘青年の城の空調カプセルは、ロケットの噴射口が付いた宇宙船のようだ。この建物は宇宙への夢を地上で実現した、"宇宙基地"のイメージで構想されたとも見ることができる。

この建物が出来てからあと、建築界のカプセルへの興味は急速にしぼみ、それを打ち出した建築はつくられなくなった。同様に、アポロ計画以後、宇宙開発の熱は冷め、月面に人が立つこともなくなってしまった。

しかし、宇宙への道が閉ざされたわけではない。例えば、世界各国の宇宙研究機関の参加で、国際宇宙ステーションの建設も進められている。ちなみに日本が計画している実験モジュールは「きぼう」と名前が付けられた。希望が丘青年の城で宇宙に浮かぶカプセルに思いをはせた少年少女たちが、将来、宇宙にある「きぼう」へとたどり着く日が来るだろうか。

**A, B** 在りし日の「青年の塔」。最高高さ49m（写真：希望が丘青年の城）｜**C** 円柱が二つ並んだ入り口｜**D** シティチューブと名付けられた吹抜空間の内部。宇宙船のような格好の空調カプセルが浮かぶ。中央には巨大なダビデ像が置かれている｜**E** トイレもカプセルのように独立している｜**F** 北側端部。円柱形の階段室とそこから突き出した廊下は、将来の増築を意識したかのようなデザイン｜**G** 東側アプローチ道路から見る。塔は根元から上が斜めに切り取られてしまった

菊竹清訓や黒川紀章らが主導したメタボリズムの理論は生物をモデルにしており、長期間にわたって変わらない幹の部分と、短期間で交換していく葉の部分から成る建築が様々に構想されていた。その交換される部分を具体的なかたちにしたものがカプセルで、その結果、メタボリズム＝カプセル建築と連想する人も少なくない。

　さて希望が丘青年の城である。円柱の周りにカプセルが取り付いたトウモロコシのような格好の塔は、メタボリズムを真正面から体現していた。にもかかわらず、建築の本で取り上げられることはあまりにも少ない。その理由のひとつは、設計者がメタボリズム・グループの正統メンバーではないからだが、同じメンバー外でも、丹下健三や磯崎新のものは関連作品としてしばしば触れられる。それを考えると、この建物が無視されている状況は不当ではないか。それで「希望が丘青年の城」は、当初からこの連載で取り上げたいと思っていた。

　しかし、遅かった。日本を西から東へと順に回っている途中、この塔が壊されてしまったのである。

　これを聞いたときはショックで、巡礼先のリストからいったんは外したのだが、結局、やはり行くことにした。実は塔がまだあったころに、一度、見に行ったことがあり、残っている低層部だけでも十分に見る価値があるだろう、と判断したからである。

## トイレも空調もカプセル

　現地に入ると宮沢記者がすぐにはしゃぎ始めた。「入り口が丸いですよ！」。よかった。ここに来たことはやはり間違っていなかったようだ。

　まずは外から見て回る。塔は竹を切ったようにすっぱりと根元から上がなくなっていた。用途不明の謎の円筒が、中途半端な高さで立っているという格好である。

　建物は青少年のための宿泊研修施設で、塔に付いていたカプセルは宿泊室として使われていた。以前に来たとき、カプセル内をのぞくと丸窓が船室みたいな雰囲気を出していたのを覚えている。黒川紀章の中銀カプセルタワービルと完成時期はほぼ同じ。違うのは、あちらのカプセルが1人用なのに対してこちらは1人用と2人用があることだ。またトイレは専用のカプセルがあった。

　宿泊室は低層棟の3階にもあるが、カプセルの方が少し料金が高かったらしい。高層なので少し景色がいいからかもしれないが、やはりカプセルの魅力にひかれる客もいたにちがいない。

　施設の管理者に聞くと、カプセルの耐用年数が来て、構造体に腐食が始まっていたという。カプセルを取り替える案も出たが、その費用は捻出できな

## 1972 ·昭和47年·

# アポロ時代の夢のかたち

都市科学研究所[中島龍彦]

### 希望が丘青年の城

所在地：滋賀県蒲生郡竜王町薬師1178｜交通：JR近江八幡駅から近江バスで希望が丘青年の城（東ゲート）下車
構造：RC造・一部SRC造｜階数：地下1階・地上10階（竣工時）｜延べ面積：1万445m²（竣工時）
初出：2006年7月24日号

― 滋賀県

発展期 1965–1967　絶頂期 1968–1970　終焉期 1971–1975　　　　　　　　　　　　　　　　243

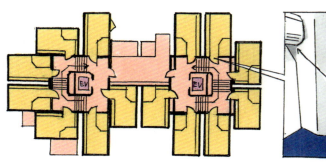

カプセルとコアの接続部は意外にあっさり。こんなんで大丈夫？台風のときなどにはかなり揺れるらしい。

当初の空調は機能しないため、エアコンを自費で設置。お湯は出ず、常温の水のみ。

カプセル間の隙間は20cmほどしかなく、人間が入ることは不可能。雨漏りの修繕を外から行うことは困難だ。
一部、設備ユニットが見える所があり、のぞいて見るとかなり老朽化していた。見えない所は推して知るべし。

そもそもこのカプセル、どうやって交換するつもりだったの？本気で取り換えるつもりなら、巨大なクレーンをつけておくべきだったのでは…。ちなみに、同時期に完成した「希望が丘青年の城」（設計：都市科学研究所）にはクレーンがついていた。（これも交換はされず…）

クレーン→
カプセル寝室→
カプセルタワーは2006年に解体。

中銀の竣工時、設計担当者の上田篤二郎は雑誌にこんなことを書いている。「各カプセルは頻繁に取り替えるわけではないので、強度・耐水性・施工性のほうを重視し、取り外せるということに対しては、可能性がある、というまでにとどめた」。えっそうなの？黒川先生は本当の所、どう思っていたんですか？

あまりにも有名な、この中銀カプセルタワービル。「メタボリズム」の代表例として、その名は世界に知られており、いつ見に行っても、興奮気味に写真を撮りまくる外国人観光客に遭遇する。

しかし、分譲マンションなので、中に入ったことのある人は少ないはず。そこで今回は、竣工47年目のカプセル住戸の"リアル"をリポートする。まずは室内から—。

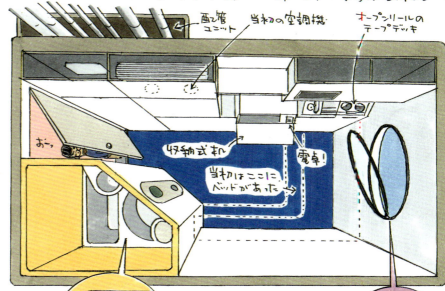

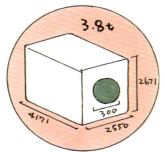

8tコンテナとほぼ同じ大きさのカプセルが140個取り付けられている。

バスタブ、便器、手洗いがコンパクトに納まる

円形の窓には扇子状のブラインドが標準装備されていた。

ようとしたメタボリズムの考え方を、分かりやすく示したものだ。

そして将来のカプセル建築の在り方として、ウイークデーは都心のカプセルで過ごし、週末にはトレーラーなどを利用してカプセルごと移動し、リゾート地で過ごすというライフスタイルも提唱していた。この頃の黒川は、動くことこそが人間の本質と捉え、新時代の人間の在り方として「ホモ・モーベンス」を提唱した。その実践もこのカプセル建築の先に考えられていたのである。

## 世界をリードしたカプセル建築

しかし、実際にはカプセルの交換はそう簡単ではなかった。コアの突起に上から引っ掛けるジョイントを併用しているので、カプセルを単体で外そうとすると、上のカプセルが邪魔になる。つまり、上から順番に外していかなければならない仕組みになっているのである。

結果としてカプセルは1度も交換されることなく47年が経過し、カプセルや設備の老朽化が進むままとなった。それにより、この建物は、メタボリズムの成果を示すとともに、見方によってはメタボリズムの過ちを表すモニュメントともなってしまっている。

しかし、そうしたメタボリズム批判が可能になるのも、この中銀カプセルタワービルがメタボリズムに真正面から取り組み、当時できる限りの技術で実現して見せたからだ。

カプセル建築の構想は、1960年代には英国のアーキグラム、ドイツのヴォルフガンク・デーリンク、オーストリアのギュンター・ドメニクなど、世界各国の前衛建築家が競い合うように発表していた。彼らが果たせなかったカプセル建築の実現を唯一、果たしたのが中銀カプセルタワービルだった。

建築家の先進的なアイデアを、世界に先んじてつくり上げたという意味では、大阪万博のお祭り広場（設計：丹下健三ほか）もそうだ。これらの建築は1970年前後の日本が、世界の建築界をリードしていたことを示す記念碑でもある。

中銀カプセルタワーは今、建て替え論議の渦中にある。何らかの方法で、このカプセルが生き延びてくれればいいと望む。いやむしろ、このカプセルではなく、別のカプセルへと交換され、いわば転生できればさらによいのかもしれないが。

Japanese Modern Architecture 1965-75　　　No.43

**A** カプセルは所々で向きを変えて付けられている | **B** 道路から見上げる。2階には事務室が入っていた | **C** カプセルの内部。ベッドは外されている（取材協力：前田達之／中銀カプセルタワービル保存・再生プロジェクト） | **D** 壁面に必要な機能がコンパクトにまとめられている | **E** ユニットバスの内部 | **F** ベッド脇にはテレビやオーディオ装置が配置された。左は収納式のデスク | **G** X字形の取っ手が目を引く正面玄関 | **H** カプセルの円窓。2重のガラスで内側は開くが、外側は固定されている

東京の銀座という地名が付くエリアの南端。すぐ脇には首都高速道路の高架が走り、その向こうは汐留の再開発エリアだ。そこに、丸窓が付いた白い箱を寄せ集めたようなこの建物は立っている。

設計したのは黒川紀章。竣工した時点でまだ37歳だった。大阪万博で設計したタカラ・ビューティリオンを見て、不動産事業を展開する中銀グループの社長が、このビルの話を持ちかけたのだという。ちなみに「中銀」は「ちゅうぎん」ではなく「なかぎん」と読む。中央区銀座がその由来らしい。

取材で訪れた日には、建物の前に海外からの旅行客とおぼしき2人がカメラを持って立っていた。なかにはホテルと間違えて入ってきてしまう人もいて困ると聞いたことがある。

確かにそんな外観にも見えるが、この建物はホテルではない。かと言って普通のマンションとも違う。竣工当初、この建物はアトリエになったり、都心のセカンドハウスになったりする「ビジネス・マンション」と説明されていた。

それぞれの箱は幅が2.5m、奥行きが4m、高さが2.5mという大きさ。狭いけれども、その中にはバス・トイレのユニットとベッドが付き、壁面には収納式のデスクや電話、オーディオ装置、電卓など備え付けられていた。1人の人間が生活し、活動するための機能がコンパクトに詰め込まれている。オーディオ装置がCDでもカセットでもなく、オープンリールだというところに時代を感じる。

## メタボリズムを分かりやすく示す

この箱が「カプセル」と呼ばれたことも、この時代ならではだ。

カプセルという言葉を広めたのはまず、米国が行った月探査のアポロ計画だろう。そのなかで宇宙飛行士を乗せて地球へと帰ってくる司令船のことをカプセルと呼んでいた。

そしてテレビの特撮ドラマではウルトラセブンがカプセル怪獣を操り、大阪万博では松下館がタイムカプセルを展示していた。カプセルはかっこいいものとして認識されていたのである。

建物は2本の鉄骨鉄筋コンクリート造のコアを建て、その周りに合計140個のカプセルを取り付けている。カプセルは滋賀県のコンテナ工場でつくられ、トラックに載せて現場まで運ばれた。逆に言えば、公道を走るトラックで運搬できるサイズというところから、カプセルの大きさは決まっている。

カプセルは4本のボルトでコアに固定されているだけなので、古くなったら取り外して、新しいカプセルを付ければよい、と黒川は説明した。これは、生物の新陳代謝を建築や都市のデザインに取り入れ

## カプセルよ、転生せよ

**中銀カプセルタワービル**

・昭和47年・
1972

黒川紀章建築・都市設計事務所

所在地：東京都中央区銀座8-16-10｜交通：JR新橋駅から徒歩8分
構造：SRC造・一部S造｜階数：地下1階・地上13階｜延べ面積：3091m²
初出：本書のための描き下ろし

東京都

| 発展期 1965–1967 | 絶頂期 1968–1970 | 終焉期 1971–1975 |

大規模ビル内庭園の先駆けは、ケビン・ローチが設計したフォード財団ビル(1967年、ニューヨーク)だといわれる。これも確かにすごいが、この庭園はオフィスに囲われるプランだ。

それに対し、この大同生命ビルは、オフィスが庭園をガバッとまたぐ形にして、四方から光も入れた。しかも庭園部分の柱が末広がり! 何て大胆…。

水平力は中央のエレベーターコアで負担。

階段状の緑化部が居室上部の緑化であることも特記しておきたい。

何より驚かされるのは、このビルが市民の日常的な通り抜け道になっていること。

東側にある人工地盤上の江坂公園から、ブリッジで直接、中に入れる。

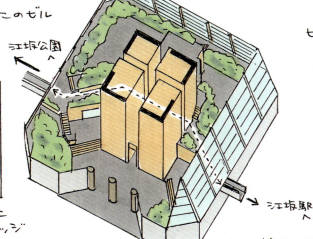

→江坂公園

→江坂駅へ

ビルに用のない子連れの女性、お年寄り、学生が、どんどんビルのまん中を通り抜けていく。

大規模開発に関わる人は、見るべき!!

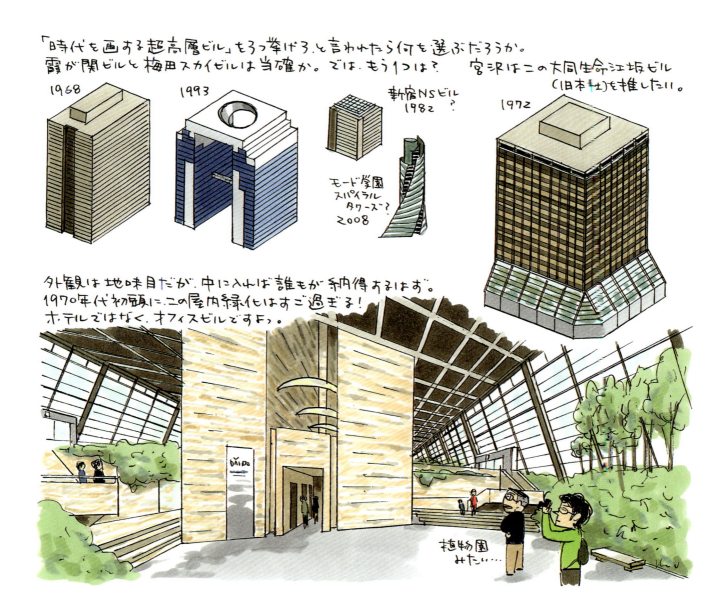

SOMなどに勤めた。SOMといえば、リーバ・ハウスやチェース・マンハッタン銀行ビルなど、米国を代表するオフィスビルを手掛けてきた事務所。そこで先進的なオフィス設計を身近に経験したからこそ、このビルの斬新なアトリウムをつくることもできたのだろう。

ちなみに竣工直後に載ったこの建物の記事には「アトリウム」の言葉は出てこない。この言葉はまだ日本で普及していなかったのだ。それほど画期的だった、と言える。

この時代の日本で建築界が追い求めた技術は、高さへの挑戦だった。東京の西新宿では、1971年から74年にかけて、京王プラザホテル（設計：当時、日本設計事務所）、新宿三井ビルディング（同）、新宿住友ビルディング（設計：日建設計）など、高さ200m前後の超高層ビルが相次いで完成。大阪でも1973年、高さ120m超の大阪大林ビルディング（現・北浜NEXU BUILD、設計：大林組）と大阪国際ビルディング（設計：竹中工務店）が、ほぼ同時期に竣工している。

大同生命江坂ビルは高さ64mで、これらの超高層ビルと比べると高さでは明らかに見劣りする。しかし高さ競争を尻目に、オフィスビルの全く異なる豊かな可能性を示したのである。そこにこの建築のすごさがある。

## 大阪万博の遺産として

その後、日本におけるアトリウムは、新宿NSビル（1982年、設計：日建設計）や、吉本ビル（1986年、設計：竹中工務店）、ツイン21（同、設計：日建設計）などでも設けられていく。しかし大同生命江坂ビルは、それらに10年以上も先行しており、しかも植栽の充実度で勝っている。

時代を先取りした未来の建築が出来上がった理由の一端には、立地も関係がありそうだ。このビルが立つのは大阪府吹田市。市内では、竣工の2年前の1970年に大阪万博が開催されている。

その会場内には空気膜構造やカプセル式のパビリオン、立体トラスの大屋根、動く歩道や電気自動車といった交通システムが設けられ、さながらSFで描かれた未来の都市だった。

SFに登場する未来都市と言えば、都市全体が透明なドームで覆われていることも多い。大同生命江坂ビルのアトリウムには、そんなイメージも投影されているように感じられる。

万博で共有された未来都市のビジョンがあったからこそ、このアトリウムも実現したのではないか。今も生き続ける、1970年大阪万博の遺産として、この建築を位置付けてみたい。

234　Japanese Modern Architecture 1965-75　　　　　　　　　　　　　　　　　　　　　　　No.42

**A** 外観はブロンズガラスのカーテンウオールに覆われている。裾を広げたような腰部の内側がアトリウムになっている｜**B** 緑化されたアトリウムの内部｜**C** アトリウムの上に架かるワッフルスラブの天井｜**D** アトリウム内でカフェも営業している｜**E** 東側に隣接する江坂公園の園路からそのまま2階の入り口へとつながる｜**F** 2階、エレベーターホール

新幹線を使って大阪へ。新大阪駅で大阪メトロの御堂筋線に乗り換えて、いつもなら梅田・なんば方面に向かうところを、逆の千里中央方面に向かう。そして2つ目の江坂駅で降りると、目の前に大同生命江坂ビルはあった。

2階の改札を出て、地上に下りることなく道路の上に架かるブリッジを渡ると、そのままビルの中へと入り込む。目の前に現れるのは、天井まで5階分もの高さを持ったアトリウムだ。中央にエレベーターや階段を収めたコアがあり、その四周をぐるりとこの大空間が巡る。外側を覆うのは、斜めに傾けられたガラス面。それを通して、自然光がふんだんに差し込んでいる。

この中で人はそれぞれに自分の時間を過ごしている。誰かと待ち合わせをしているのだろうか、メールをチェックしているビジネスマンがいる。ベンチで休んでいるお年寄りがいる。一角で営業しているカフェでは、子どもを連れた親同士がおしゃべりを楽しんでいる。そして足早に通り抜けていく大勢の人がいる。駅の反対側にも出入り口があり、東側の公園へとつながっているからだ。建物は民間のオフィスビルである。にもかかわらず、ここは公共性の高い空間になっている。

そしてこのアトリウムには、樹木が生い茂っている。まるで公園にいるかのようだ。

## ビルの高さ競争を尻目に

アトリウムとはそもそも、古代ローマの住居で「中庭」を指す言葉だったが、現在では自然光がふんだんに入り込む、屋外のような大空間を指すものとして定着している。

先駆けとしては、ミラノのガレリア(1865〜77年)や、シカゴのルッカリービルでフランク・ロイド・ライトが改装したホール(1905年)などがある。日本では日本橋・三越本店(1929年)の中央ホールなどがこれに該当する。

本格的なアトリウムが最初に実現したのは、1967年竣工のハイアット・リージェンシー・アトランタ(設計:ジョン・ポートマン)で、22階分の高さをガラスの屋根で覆った吹き抜けが、建物に囲まれた形で実現した。この空間を「アトリウム」と称したことで、この呼び名も広まった。

同じ年には、ケビン・ローチが設計したフォード財団ビルも完成している。こちらは側面から光を入れて、内部に緑を多く取り込んでいる。これを意識しながら、大同生命江坂ビルは設計されたと言える。

設計者は竹中工務店の設計部で、北村隆夫が担当した。彼は1959年からの数年間、研修としてサンフランシスコに派遣され、大手設計事務所の

232　Japanese Modern Architecture 1965-75　　　　　　　　　　　　　　　　　　　No.42

## 1972 ・昭和47年・

# 未来を先取りしたアトリウム

竹中工務店

## 大同生命江坂ビル

所在地：大阪府吹田市江坂町1-23｜交通：大阪メトロ御堂筋線江坂駅から直結
構造：SRC造・S造｜階数：地下3階・地上15階｜延べ面積：3万1123m²
初出：2019年6月13日号

大阪府

発展期:965-1967 | 絶頂期 1968-1970 | 終焉期 1971-1975　　　　　　　　231

**コンクリートから木へ**──。そんなフレーズを耳にすることが増えた昨今だが、1960～70年代には**コンクリートの可能性を追求する建築家たち**がいた。その1人が増田友也(1914～81年)。代表作の1つである「豊岡市民会館」(兵庫県豊岡市、1971年)を訪れた。

竣工時「水に浮かぶ殿堂」と呼ばれた外観は健在。白塗りの壁が、コンクリート打ち放しの質感を際立たせる。

開口部の割り付けが、グラフィック・アートのよう。型枠が大変だったろうなぁ。
◀南側全景。▼東側4階。

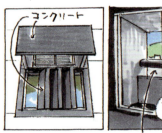

そこまでやるかっ！　もちろんコンクリート

これで終わりではない。さらにびっくりするのは、大ホールの内部。両側面の壁も、舞台の上の音響反射板もコンクリート！　ルーバー状のプレキャスト版が木質っぽさを感じさせる。コンクリートは味気ない、なんて言わせない──。そんな増田の思いがにじみ出ている、高濃度の建築だ。

# 1971 昭和46年 寄り道

## 豊岡市民会館
## コンクリート造形の到達点

京都大学増田研究室
[増田友也]

初出：本書のための描き下ろし
構造：SRC造・RC造　階数：地下1階・地上4階・塔屋2階
所在地：兵庫県豊岡市立野町20-34　交通：JR豊岡駅から徒歩約20分。全但バス豊田町バス停から徒歩1分

増田友也といえば鳴門市文化会館（1982年）が有名だが、むしろこちらを急いで見に行くべし。なぜなら、老朽化のために新ホールが計画中

| 230 | 41 | 豊岡市民会館 1971————寄り道 |
| 232 | 42 | 大同生命江坂ビル 1972 |
| 238 | 43 | 中銀カプセルタワービル 1972 |
| 244 | 44 | 希望が丘青年の城 1972 |
| 250 | 45 | 栃木県立美術館 1972————寄り道 |
| 252 | 46 | 瀬戸内海歴史民俗資料館 1973 |
| 258 | 47 | 中野サンプラザ［旧・全国勤労青少年会館］1973 |
| 264 | 48 | リーガロイヤルホテル［ロイヤルホテル］1973 |
| 270 | 49 | 迎賓館和風別館 1974 |
| 276 | 50 | 北九州市立中央図書館 1974 |
| 282 | 51 | 最高裁判所 1974————寄り道 |
| 284 | 52 | 宮崎県総合青少年センター・青島少年自然の家 1974————寄り道 |
| 286 | 53 | 黒石ほるぷ子ども館 1975 |
| 292 | 54 | アクアポリス 1975 |
| 298 | 55 | 小山敬三美術館 1975————寄り道 |